BESTSELLER

Laia Vilaseca (Barcelona, 1981), apasionada del misterio, el true-crime y la novela negra, es escritora y periodista.

En 2021 su novela *La chica del vestido azul* llegó a las librerías de la mano de Suma después de haberse convertido en un éxito de ventas durante los tres años que estuvo autopublicada en Amazon, atrapando todavía muchos más lectores y convirtiéndose en la autora revelación de la novela negra en catalán.

Con *Cuando llega el deshielo*, la autora vuelve a cautivar a los lectores con un thriller trepidante y adictivo en el que la naturaleza y el misterio vuelven a ser protagonistas, y en el que su pasión por el misterio y el true-crime se hacen más evidentes que nunca.

En febrero de 2024 llega su novela más reciente, *La isla del silencio*, también de la mano de Suma.

Vilaseca siempre ha sido una apasionada del misterio y la novela negra. Admira a escritores de estilos muy variados, como Dashiell Hammett o Raymond Chandler, por su estilo conciso, irónico y directo, pero también a autoras como la británica P.D. James, de estilo mucho más clásico; Sue Grafton, con un tono más cercano e intimista, o escritoras más contemporáneas como Gillian Flynn o Lianne Moriarty, por su enorme capacidad para atrapar al lector a través de una narrativa ágil y adictiva.

Para más información, puedes consultar la página web de la autora:

www.laiavilaseca.com

Biblioteca
LAIA VILASECA

La chica del vestido azul

Traducción de
Noemí Sobregués

DEBOLS!LLO

Papel certificado por el Forest Stewardship Council®

Penguin
Random House
Grupo Editorial

Título original: *La noia del vestit blau*

Primera edición en Debolsillo: febrero de 2024

© 2020, Laia Vilaseca
Autora representada per SalmaiaLit, Agencia Literaria
© 2021, 2024, Penguin Random House Grupo Editorial, S. A. U.
Travessera de Gràcia, 47-49. 08021 Barcelona
© 2020, Noemí Sobregués, por la traducción
© 2020, Pol Miquel, por el mapa de las páginas 8 y 9
Diseño de la cubierta: Penguin Random House Grupo Editorial / Yolanda Artola
Imagen de la cubierta: Composición fotográfica a partir de las imágenes
de © Rekha Garton / Trevillion y © iStock

Printed in Spain – Impreso en España

ISBN: 978-84-663-7271-8
Depósito legal: B-21.340-2023

Compuesto en Punktokomo, S. L.
Impreso en Novoprint
Sant Andreu de la Barca (Barcelona)

P 372718

Para todos aquellos que formaron parte de mi infancia en ese lugar tan especial en el que se inspira Treviu; para los que están y para los que no están, pero siempre seguirán formando parte de aquel paisaje en la memoria de mi corazón.

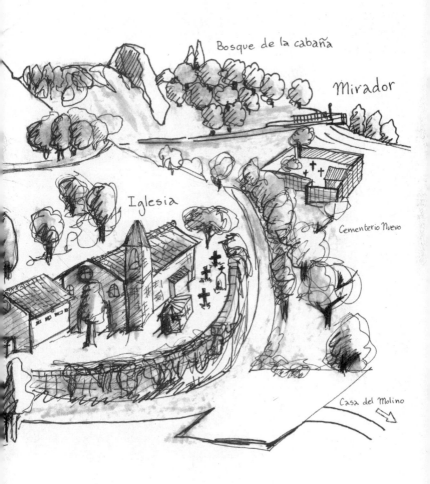

Bosque de la cabaña

Mirador

Iglesia

Cementerio Nuevo

Casa del Molino

I

El silencio y la oscuridad me rodean en cuanto apago el motor del coche.

Hay una farola en la vieja escuela, al lado de casa, pero hace tres años que los del ayuntamiento de Falgar tienen que arreglarla y nunca terminan de encontrar el momento. Avanzo a tientas con la única ayuda de una luna tenue y desganada, revolviendo el bolso en busca de las llaves que abrirán la puerta de mi santuario.

Observo desde el balcón las cuatro casas dormidas, a ambos lados de la calle Mayor, que conforman Treviu. No hay luz en ninguna ventana, ningún sonido que perturbe el rumor de las ramas y la incesante corriente del agua del río. Ningún ruido humano dispuesto a romper el silencio una vez que te has instalado en él, aunque el silencio absoluto, como el de la muerte, es más difícil de encontrar de lo que parece. La casa es vieja y, como cuando era pequeña y mi abuela me contaba cuentos de conejos antes de irme a dormir, gimotea y habla un idioma que ahora no quiero entender.

Cojo la radio, la botella de José Cuervo, el pijama y dos Trankimazin, y subo a la habitación.

Mañana será otro día.

Me despiertan unas voces demasiado agudas y chillonas. Miro el reloj: las nueve de la mañana. Las vigas de madera me recuerdan que estoy en Treviu.

Abro la ventana. Hay un grupo de gente en la plaza de la iglesia, moviendo los brazos y gesticulando exageradamente.

Ha pasado algo gordo.

Me debato entre volver a la cama o bajar a la plaza. Quizá un pequeño drama rural sea exactamente la distracción que necesito. Por otra parte, tarde o temprano tendré que ir a ver a Marian y a Linus, así que me conviene aprovechar la confusión del grupo para ahorrarme más preguntas de las necesarias.

Cojo rápidamente los vaqueros y la camiseta que dejé en la silla del dormitorio y, calzada con las chancletas, bajo a toda prisa por la calle Mayor hasta llegar a la plaza.

A medida que me acerco voy reconociendo a algunas de las personas que se amontonan en la puerta de la iglesia, aunque hace años que no las veía. La señora Encarna, con el rostro arrugado y mucho más encorvada que la figura que yo guardaba en mi recuerdo, se mueve de un lado al otro de la plaza moviendo la cabeza como si negara algo compulsivamente y murmura «Virgen santísima, Virgen santísima», mientras Pere Duran, detrás de ella en el trayecto de cuatro metros que hace y deshace repetitivamente, intenta calmarla como puede. Cerca de la iglesia y de la puerta contigua al pequeño cementerio se aglutina un grupo de diez o doce personas, entre las que distingo a Joan Linus y Marian. Todo son murmullos de sorpresa y de confusión.

—Alguien debería avisar a la policía de Falgar.

Reconozco la voz de Eva, de la fonda.

Avanzo hacia el grupo y toco tímidamente el brazo de Linus para llamar su atención. Sus ojos tardan unos segundos en reconocerme, los mismos que necesito para identificar los cambios que el tiempo y la experiencia han causado en su fisonomía.

—¿Martina? —Aún no me ha dado tiempo a asentir con la cabeza cuando sus brazos me rodean y me levantan con tanta fuerza que mis pies apenas tocan el suelo. Luego me suelta suavemente y me pregunta—: ¿Qué haces aquí? ¿Cuándo has llegado? —Su piel morena, curtida por el sol de muchos mediodías trabajando en el campo, resalta el brillo de sus ojos, profundamente azules.

—Anoche. Me quedaré un par de semanas o tres.

O quizá para siempre, pienso para mis adentros, si encontrara una manera de sobrevivir trabajando desde aquí.

—¡Qué alegría! ¡Mira, mamá! —dice tirando del brazo de Marian y arrastrándola fuera del círculo de gente, donde conversaba con Robert, el marido de Eva—. ¡Mira a quién tenemos aquí!

—¡Martina! ¡Qué cambiada estás! ¡Casi no te había conocido con este pelo tan rubio!

El efecto de su sonrisa me pilla completamente desprevenida y me descubro abrazándola con más efusividad de lo que me habría considerado capaz. A veces no somos conscientes de hasta qué punto hemos echado de menos a alguien hasta que volvemos a verlo. En este momento tengo la sensación de que, en este entorno, con esta gente, podría recuperar una parte de mi infancia.

—Ha venido a pasar unos días —le dice Linus, contento. Y después, con una sonrisa de oreja a oreja y algo enigmática, añade—: Parece que a Martina le gusta la tranquilidad y la soledad de Treviu, como cuando era pequeña...

Por un momento me pregunto si las palabras de Linus tienen doble sentido, pero me doy cuenta de que es del todo imposible que sepa nada de lo que pasó en Barcelona. Por si acaso, evito que la conversación se centre en mí y cambio de tema.

—¿Qué ha pasado? ¿Por qué está todo el mundo en la puerta de la iglesia?

—En la puerta de la iglesia no, en la del cementerio —dice Marian—. Pere quería entrar, pero el cura ha dicho que era mejor que no pisáramos el suelo ni tocáramos nada, porque quizá la policía podría averiguar algo, y que no debíamos contaminar la escena del crimen. Creo que este cura ha visto muchas series de televisión. Ya me dirás qué va a encontrar aquí la policía. Y eso si se dignan a venir...

—Pero ¿qué ha pasado? ¿Le ha ocurrido algo a alguien?

—No, mujer, no. Un acto de vandalismo, o quizá algún animal... El caso es que han profanado algunas tumbas de los mineros, la del abuelo de los Fabra y no sé qué otra, y ahora todo es un revoltijo de trozos de madera podrida y huesos. —Y añade mirando a Linus—: Ve a casa y llama a la policía de Falgar, porque aquí todo el mundo mira y charla, pero nadie se decide a hacer nada. Cuanto antes lleguen, antes acabaremos con este teatro.

Linus asiente con la cabeza y camina los escasos metros que lo separan de la puerta del jardín justo cuando la señora Encarna repara en mi presencia y se dirige decididamente hacia nosotros. Al llegar, hace un leve movimiento de cabeza a Marian y, mirándome fijamente, me pregunta:

—¿Tú no eres la hija de los Casajoana?

Suspiro para mis adentros. La resignación se me debe de dibujar en la cara, pero me da igual.

—Martina, sí.

—¡Qué alta estás, niña! ¡Y qué cambiada! Y mira que no parecía que fueras a crecer demasiado, con lo bajita que has sido siempre.

Marian interviene en la conversación antes de que yo pueda contestar:

—Linus ha ido a llamar a la policía, a ver si vienen. Mientras tanto... —Y ahora me mira a mí—. ¿Por qué no vienes y te doy un par de margaritas y pensamientos, que tengo un montón en las jardineras de la entrada? Te irán bien para arreglar un poco tu jardín, si es que piensas quedarte una temporada.

—¿Has venido sola? —me pregunta Encarna con cierto escepticismo—. Creo que la vuestra es mucha casa para una persona sola. Y con lo que ha pasado...

Ya estamos. Lo que me faltaba.

—Pero, bueno —sigue diciendo—, al menos ahora tienes al lado a los de la casa nueva, que alquilan habitaciones, así que si te pasa algo, pegas un grito y te oirán...

—¡Aquí no hay ningún peligro, Encarna! Esto lo han hecho unos adolescentes aburridos de algún pueblo cercano —la interrumpe Marian—. ¿No ves que han terminado la escuela y no tienen nada que hacer? Vamos a buscar las flores, que hasta que llegue la policía puede pasar media mañana, y yo tengo mejores cosas que hacer que estar aquí cotilleando. —Y devolviéndole el movimiento de cabeza, me coge del brazo y me obliga a dar media vuelta.

En la casa de los Linus, Tom y Laica nos reciben moviendo el rabo de un lado a otro incansablemente y nos acompañan hasta el pie de la escalera. Saben que a partir de ahí tienen la entrada vetada.

Linus está encorvado sobre el pequeño escritorio, en una esquina del inmenso comedor, y hace un gesto de sorpresa cuando advierte nuestra presencia. Juraría que se ha guardado algo rápidamente en un bolsillo del pantalón.

—¿Quieres que te prepare algo, papá? —le pregunta Marian.

—No, gracias, ahora voy. —Y nos guiña un ojo.

La cocina es exactamente como la recordaba. Inmensa, con el suelo de baldosas claras, del mismo color que el pino de los postigos y las ventanas, a la derecha de la estancia. Las demás paredes, que junto con la de los ventanales forman un rectángulo, están flanqueadas por un mueble lleno de piezas de una vajilla antigua, de color blanco y azul, y también copas, vasos y tazas, que alberga, en el centro, un televisor de medidas considerables. Cuando era pequeña, en este televisor veía *Bola de Dragón* y *Campeones* cuando la señal no llegaba al aparato de nuestra casa, que era muy a menudo. Marian y Linus fueron los primeros, y diría que los únicos, en tener conexión vía satélite en el pueblo. Lo mismo sucedió con el teléfono, muchos años antes, cuando solo existía la cabina de la plaza, que hoy en día todavía funciona con pesetas. Las otras dos paredes tienen las instalaciones propias de una cocina excepcionalmente completa: el horno de leña, el horno de gas, una zona destinada a hacer brasa, un juego de seis fogones de gas, un fregadero doble bastante profundo y una buena superficie de trabajo de mármol blanco. Justo en el centro de la cocina, una mesa redonda de madera con seis sillas, todas ellas hechas por Samuel, su hijo, hacen de comedor.

—¿Te preparo un café especial de los tuyos?

Preferiría un trago de tequila. Aun así, se me escapa una sonrisa. Los cafés especiales se los inventó Marian cuando yo era pequeña y me empeciné en tomar café, «como los mayores». Como respuesta a mi petición, y ante la mirada amenazante de mi madre, Marian me dijo que haría un café especial para mí. El invento funcionó, y nunca más consideré la posibilidad de beber algo que no fuera mi café especial en aquellos veranos que pasaba en Treviu. Sé que le ponía leche condensada y un poco de Nescafé (me había convencido de que no era descafeinado, pero evidentemente lo era), y después le echaba el agua hirviendo. Y yo, con aquel café especial, sentada a la mesa de los mayores y alternando mi atención entre los dibujos animados y las conversaciones de los adultos, era la niña más feliz del mundo.

—Sí, gracias —le contesto.

—Hay galletas y sequillos en el armario —añade sonriendo.

A los tres minutos estamos sentadas a la mesa central con una taza en la mano, una frente a la otra.

—Así que ¿crees que eso de abrir las tumbas ha sido una gamberrada? —le pregunto. Mientras las preguntas las plantee yo, evitaré que las hagan los demás.

—¿Qué quieres que haya sido si no? Aquí no está enterrado ningún rey. Las tumbas de este cementerio son de gente sencilla, nadie enterraba cosas de valor. Solo puede ser fruto de la inconsciencia y el aburrimiento.

—Probablemente tengas razón. A ver qué dice la policía.

—Ya ves tú lo que van a decir… Volverán a meter los huesos en su sitio y echarán un capazo de tierra húmeda encima.

—¡Mira que eres bruta, Marian!

Aunque seguramente no se equivoca.

—Ya me contarás. ¿No esperarás que lo investiguen? Tú te llevarías bien con este nuevo cura, con tantas pruebas e investigaciones…

—Mujer, una investigación, así, con todas las letras, no lo sé; pero hacer unas preguntas aquí y allá… es de sentido común.

Linus entra en la cocina y sonríe.

—¡Ah! Un café especial para Martina. ¡Como en los viejos tiempos!

Marian me mira y alza los ojos azules al cielo. Luego le pregunta:

—¿Qué te ha dicho la local? ¿Con quién has hablado?

—¿La local...? —Las arrugas de la frente se le van alisando a medida que recuerda la respuesta—. ¡Ostras, lo había olvidado! ¡Ahora mismo los llamo! —Y sale corriendo hacia la mesita de la sala de estar, donde reposa el teléfono de teclado circular, seguido por Marian.

Aprovecho para levantarme y echar un vistazo a través de la ventanita redonda de la pared de los fogones, que da directamente a la calle del cementerio. Desde donde estoy no veo a nadie. Parece que la sorpresa inicial se ha diluido y poco a poco la gente se ha ido a hacer las tareas y los recados que han quedado pendientes a primera hora de la mañana.

Dejo el vaso de vidrio vacío en la mesa y desde la puerta grito:

—¡Ahora vuelvo!

Y desaparezco escalera abajo.

2

Avanzo los pocos metros que me separan del cementerio. Laica decide seguirme y le agradezco la compañía, porque aunque siento una curiosidad extrema por ver las tumbas desenterradas, la desazón y la incomodidad crecen dentro de mí a medida que me acerco.

La puerta de hierro oxidado está ajustada, y su única sujeción es un candado reventado alrededor de la reja que intenta preservar una intimidad que ya se ha vulnerado salvajemente, si es que los muertos pueden tener algún tipo de intimidad.

La pared de cemento me impide ver el cementerio por dentro, y la puerta solo me deja vislumbrar el bloque de nichos situado justo a la entrada. Utilizo la manga de la chaqueta para coger el candado y, tocando la menor superficie posible, lo libero de la puerta y lo dejo colgado en la reja. No creo que nadie se tome la molestia de buscar huellas dactilares, y si alguien lo hiciera y consiguiera sacar alguna, no sé con qué base de datos las compararían… En cualquier caso, no quiero ser yo la que entorpezca la investigación, aunque probablemente las autoridades considerarán que aquí no hay casi nada que investigar.

La puerta chirría al abrirse, como siempre. Piso de puntillas el césped lleno de malas hierbas que crecen altas a mis pies. Este cementerio es el antiguo, y desde hace al menos treinta años aquí ya no entierran a nadie. Por lo que tengo entendido, de vez en cuando el chico que vive en la rectoría a cambio de arreglar el tejado de la iglesia, que se está derrumbando, corta el césped, pero poco más.

La perra se mantiene prudente detrás de mí, y cuando ve que avanzo tímidamente hacia el fondo del pequeño parterre, me hace saber que su apoyo consistirá en vigilarme sentada desde exactamente el lugar en el que se encuentra ahora.

Aunque las tumbas que ha mencionado antes Marian están al final de la esquina, a la izquierda del cementerio, que tiene forma de ele, el olor a tierra húmeda llega hasta la entrada. A escasos metros, justo antes de la esquina, la oscuridad de un pilón de tierra destaca entre el verdor del césped y las hierbas que lo rodean.

Avanzo despacio, vigilando dónde pongo los pies, hasta que aparecen ante mí los restos exhumados. Los huesos, prácticamente limpios y de color marfil, no me impresionan tanto como pensaba, pero cuando distingo un cráneo al lado de una de las cruces, decido que ya he tenido bastante y me doy media vuelta.

—¡Aaaaaaaaaaaaaaaaaaah!

Mi grito viaja hasta la otra punta del cementerio. Siento que el calor me sube por el cuello y las orejas hasta cubrirme toda la cara, que en estos momentos debe de parecer un pimiento. Me encuentro de frente con un chico que, si no me equivoco, es el de la rectoría. Laica sigue inmóvil en el mismo sitio, observándonos con curiosidad.

—¿Estás bien? —me pregunta con una sonrisa amable y una voz grave que me hace pensar en un locutor de radio.

—Sí, sí, es solo que me has asustado. Además de pillarme… in fraganti.

—No sufras, no eres la primera persona a la que encuentro aquí esta mañana.

—¿Ah, no? Bueno, da igual. De todas formas no sé por qué quería verlo. Es morboso y desagradable.

—A mí me parece normal. Es la curiosidad que inspira la muerte y todo lo que la rodea. De una u otra manera, siempre intentamos entender lo que desconocemos. Martina, ¿verdad?

Alargo la mano para encajarla con la suya, de falanges largas y delgadas. Podrían ser las manos de un músico o un dentista, si no fuera por los cortes y rasguños que se adivinan en la piel morena.

—Sí. Andreu, si no me equivoco…

—Exacto.

—¿Tienes que…? —le pregunto mirando el pilón de tierra.

—No, no se puede tocar nada hasta que llegue la policía.

Empieza a caminar hacia la puerta.

—¿Lo has encontrado tú?

Asiente con la cabeza mientras salimos del cementerio seguidos por Laica. Luego cierra la puerta de reja de hierro oxidado, saca un pequeño candado nuevo y lo engancha volviendo a unir la puerta con la vieja pared de piedra maciza. Al girarse, me mira y me dice, divertido:

—Órdenes del cura, para proteger la escena del crimen.

Apenas le ha dado tiempo a cerrar el candado cuando vemos el cuatro por cuatro blanco y azul de la policía local bajando por la calle Mayor y llegando hasta donde estamos nosotros.

Del vehículo salen un hombre y una mujer uniformados. Él tiene el pelo tan blanco como la piel: o no sale del coche cuando patrulla, o es alérgico al sol. Ella lleva el pelo castaño recogido en una coleta alta que le llega a los hombros y se dirige a nosotros con una sonrisa condescendiente.

—Hemos recibido una llamada diciendo que se ha producido un incidente en el cementerio.

El hombre nos mira alternativamente a Andreu y a mí.

—Sí. Soy Andreu Montbau. Esta chica se llama Martina Casajoana y veranea en una de las casas de arriba.

No sé si es el verbo «veranear», mi apellido o mi cara lo que no convence al policía, pero no considera oportuno perder el tiempo con más presentaciones y se limita a hacer un ligero movimiento de cabeza.

—Esta mañana hemos encontrado los restos de tres tumbas desenterradas. Por eso los hemos llamado —les explica Andreu.

—¿En este cementerio? —le pregunta, incrédula, la mujer señalando la puerta.

—Sí —le contesto.

—¿Las has encontrado tú? —me pregunta el hombre, aún en un tono que no termina de gustarme.

Tengo la sensación de que no tienen demasiado claro cómo gestionar el incidente y han optado por tomárselo con una cínica mezcla de escepticismo y humor.

—No —interviene Andreu—, las he encontrado yo. Trabajo para el obispado, en el mantenimiento de la iglesia y el cementerio.

Los policías levantan la cabeza y miran el campanario y las paredes de la iglesia. El hombre deja escapar un bufido socarrón, que despierta una sonrisa en su compañera.

—¿Y el cementerio está cerrado normalmente? —le pregunta ella.

—Por la noche, siempre. De día está abierto de diez de la mañana a dos de la tarde. De todas formas, casi nunca viene nadie, aparte del día de Todos los Santos.

—O sea, ¿usted tiene la llave?

Ahora el que pregunta es el hombre.

—Sí. Quieren verlo, ¿no?

Andreu abre y empuja la puerta de hierro, que vuelve a chirriar. Luego les hace un gesto con la mano invitándolos a pasar, pero los agentes no lo siguen. Ahora entiendo el escepticismo de Marian: ninguno de los dos hace nada por tomar la iniciativa. Andreu y yo nos mantenemos en riguroso silencio hasta que por fin parece que la chica coge impulso y se adentra en el pequeño cementerio.

—Al final a la izquierda —les indica Andreu desde la puerta.

Entro para observarlos a distancia. Andreu me sigue.

El policía, muy recto y con los brazos blancos como la leche apoyados en las caderas, observa los movimientos de su compañera, que se inclina y clava una rodilla en la tierra húmeda, delante de los restos.

—¿De quién son estas tumbas? ¿Había algo de valor? —pregunta.

—No lo creo —le contesta Andreu—. En este lateral izquierdo estaban los restos de los mineros del accidente del 77. Al lado estaba la tumba del señor Fabra, y a la derecha del todo, debajo del roble, estaba la chica del vestido azul.

—¿Qué quiere decir con eso de la chica del vestido...? —empieza a preguntar la mujer.

Pero su compañero niega con la cabeza y con un gesto de la mano le da a entender que ya se lo explicará después. Es evidente que es nueva en la zona. La mujer se levanta, contrariada, y los dos se dirigen hacia la puerta.

—Bueno, me parece que no tenemos nada más que hacer aquí. Comunicaremos el incidente a comisaría y seguiremos el protocolo para estos casos.

—¿Cuál es el protocolo? —pregunto.

—Cierre la puerta con el candado y deme la llave, por favor —le ordena a Andreu ignorando mi pregunta—. ¿Tiene más copias?

—No —le contesta.

Andreu sigue las instrucciones y entrega la llave al policía, que la coge con los dedos, cortos y gordos, y se limita a asentir en señal de aprobación. A continuación se guarda la llave en el bolsillo del pantalón azul y entra en el coche. Sin decir nada más, arrancan el vehículo, recorren la calle Mayor y desaparecen del pueblo en dirección a Falgar.

3

Llego a casa cargada con las bolsas de tela que contienen dos matas de pensamientos de color lila y blanco, y tres de margaritas.

Abro la gran puerta de madera que escolta la entrada principal y me dirijo al cuartito que utilizamos como carpintería y almacén.

Equipada con una pala pequeña y un pico de los que utilizaba mi abuelo cuando cuidaba el huerto, me pongo a trasplantar las flores que tan amablemente me ha regalado Marian. Lo hago en la entrada del terreno que antes era el huerto y ahora se ha convertido en un jardín de césped y flores, porque nadie de mi familia pasa bastante tiempo aquí para cuidar un huerto, aunque la idea me tienta cada vez que vengo.

Planto las flores en el cuadrado que había sido mi huerto personal, donde mi abuelo me enseñaba a arar y sembrar la tierra, y me permitía experimentar por mí misma el resultado de mi impaciencia en la cosecha de zanahorias. Era un espacio de cuatro metros por dos en el que había, perfectamente ordenadas, un par de tomateras, tres o cuatro lechugas, las escarmentadas zanahorias y algunas patatas y cebollas. Allí, día a día, verano a verano, fui aprendiendo, aunque me costaba, el arte de la paciencia y la observación. Allí entendí que el crecimiento es un proceso lento pero constante, que una semilla, por muy enterrada que esté, casi siempre encuentra la fuerza necesaria para buscar la luz, alimentarse del sol, el agua y la tierra, y crear sabrosos frutos y vegetales de colores y sabores deliciosos, si se le dedica el tiempo y la atención necesarios. Con el tiempo comprendí también que este proceso puede aplicarse a prácticamente cualquier ser vivo con idénticos resultados, excepto, por supuesto, algunas singularidades, especialmente las humanas.

Me quedo bastante satisfecha con mi trabajo y agradezco a Marian el gesto, que me ha servido para ahorrarme la conversación insustancial y hasta cierto punto perversa de Encarna. Por otra parte, me doy cuenta de que es la primera vez que me siento más o menos relajada y serena en el último mes, así que supongo que también eso tengo que agradecérselo.

Decido celebrar este hito yendo a tomarme una cerveza al pueblo de al lado, ya que bebérmela en la fonda implicaría encontrarme con más conocidos, y por lo tanto tener que seguir evitando conversaciones que no quiero mantener.

Puedo desplazarme a Gascó, a unos nueve kilómetros de Treviu en dirección oeste, o bien a Falgar, que está a unos seis kilómetros al este y es el municipio al que pertenece Treviu. Dudo sobre a cuál de los dos pueblos me apetece más ir. Normalmente elegiría Falgar: está más cerca y además podría aprovechar la ocasión para comprar algunas provisiones, porque solo me queda media botella de tequila. Pero el encuentro de esta mañana con la policía me ha dejado mal sabor de boca, y en Falgar algunas personas me conocen, así que al final decido ir a Gascó.

En poco más de cinco minutos aparco en la plaza. Estoy contenta con mi elección: hacía como un año y medio que no pisaba el pueblo, que sin duda tiene su encanto. La plaza circular está pavimentada con adoquines y tiene en medio una pequeña rotonda con un diminuto parque infantil. Al lado hay un par de bancos, debajo de un cerezo que en verano da unas cerezas rojas y brillantes que los pájaros no tardan en devorar con sus picos glotones.

Gascó es, en realidad, un pueblo como sugiere su nombre: pequeño, tosco, duro y auténtico. Siempre he pensado que si hay un pueblo que encarne el carácter de la zona es Gascó. Aunque con la modernización de los últimos años las cosas han cambiado bastante, el bosque y la explotación de lignito y carbón han sido durante mucho tiempo sus fuentes de trabajo y riqueza. Tradicionalmente, la prospección de los yacimientos era la base de la economía. Se pone de manifiesto en el carácter eminentemente minero de la zona, todavía presente en la memoria colectiva de la comarca, marcada por un pasado del que aún quedan diversas bocas de minas escondidas entre las hierbas silvestres, que las han ido ocultando. La máxima producción de carbón se produjo en la década de los sesenta, cuando proliferaron las explotaciones mineras, que atrajeron a gran cantidad de trabajadores de toda España, y fue disminuyendo a partir de los años setenta, hasta que en el año 2007 se cerró la última galería que quedaba en activo en la zona, lo que puso punto final a ciento cincuenta años de historia de la minería del carbón en la comarca.

Casi todas las casas de Gascó son de piedra gris, como la de la montaña en forma de horca que corona el pueblo, y sus habitantes han conseguido que se respetara todo lo posible, una estética genuina e integrada a la montaña que los vigila día y noche.

Camino por los adoquines hasta el bar de la esquina de la plaza, donde a veces me llevaban a merendar cuando era pequeña. Un papel colgado en la puerta de cristal me asegura que hay conexión wifi para los clientes.

Enciendo el móvil y aprovecho para consultar el correo mientras sorbo la pinta de cerveza.

Encuentro tres mensajes de WhatsApp de Levy y una llamada perdida de mi madre. Borro el chat con Levy y, tras dudar unos segundos, decido bloquear su número de teléfono. Después llamo a mi madre:

—…

—Hola, mamá.

—…

—En Gascó.

—…

—Sí, es que me había quedado sin batería.

—…

—Sí, ya lo sé, pero…

—…

—No, todo bien.

—…

—Sí, me he tomado un café con ellos esta mañana.

—…

—Bien, como siempre.

—…

—Vale, mamá, no sufras. Pasáoslo bien y no os preocupéis. Dale un beso a papá de mi parte.

—…

—No, pero ya sabes cómo va la cobertura aquí arriba. Ya te llamaré yo.

—…

—Adiós. Un beso.

Cuelgo, pago y voy a buscar víveres a Can Manel.

Antes de vaciar el maletero miro a ambos lados de la calle Mayor. Si Encarna me ve con la bolsa llena de botellas, en menos de cinco minutos el pueblo se llenará de rumores sobre mi supuesto alcoholismo, y prefiero ahorrármelo. Además, no es cierto. No soy alcohólica. No en el verdadero sentido de la palabra. Y si lo soy, solo lo soy de manera temporal.

Subo la bolsa a casa. Las botellas de vidrio repican insistentemente unas contra otras.

Me sirvo un vaso de José Cuervo con tónica y bajo al jardín con el portátil bajo el brazo.

Me siento a la mesa hecha con una piedra de molino, de cara a la montaña de la Gallina Pelada, y empiezo a escribir cuando una voz desde la entrada me distrae de mis pensamientos:

—¡Hola! Martina, ¿estás en casa?

—¡Estoy en el jardín trasero!

Bajo la pantalla del portátil y me dirijo a la puerta.

Es Linus. Deduzco que viene de trabajar en el campo: un sombrero de paja lo alivia del sol insistente de este mediodía.

—Marian me envía a preguntarte si quieres comer en casa.

—Os lo agradezco mucho, pero la verdad es que pensaba tomar algo rápido y seguir trabajando —le miento.

—¿Estás haciendo un reportaje para la revista?

—Sí —le contesto sin pensarlo.

—Entonces parece que las cosas te van bien. —Y esboza una sonrisa con un punto de melancolía.

—Sí, bien, más o menos… —improviso, y enseguida me arrepiento.

—¿Qué problema tienes?

—¿Quién te ha dicho que tengo un problema?

—Nadie. Pero lo tienes, ¿verdad?

Linus habla así. Su voz suave y tranquilizadora navega el aire que nos separa. Me recuerda a mi abuelo, y de repente siento una punzada de tristeza en el pecho. ¿Es posible que no esté hablándome del reportaje?

—No estoy convencida de que tenga interés —sigo diciéndole—. En realidad no tengo una historia que me guste y que valga la pena.

Y, por una vez, lo que digo es del todo cierto.

—Pues busca una.

—Sí, ya, de eso se trata…, pero a veces parece que las ideas se nieguen a venir.

—¿Por qué no te inspiras en lo que ha pasado?

—¿En alguien que se dedica a abrir tumbas de un viejo cementerio?

—Sabes que en una de las tumbas estaba enterrada Olivia, la chica del vestido azul, ¿verdad?

—Sí, lo he visto esta mañana. Lo que pasa es que se trata prácticamente de una leyenda local. Sería como apropiarse de una historia que no es mía, y no me gusta.

—Quizá a la leyenda le falta información. Quizá podrías convertir la leyenda en historia.

—Tú la conociste, ¿verdad?

—Muy poco.

—¿Y qué piensas de lo que pasó?

—Siempre me ha parecido que no se supo toda la verdad de aquella muerte.

—¿Qué quieres decir? ¿Que no se suicidó?

—No lo sé. Pero a mí no me daba la sensación de que fuera ese tipo de persona.

—Es una afirmación muy arriesgada, teniendo en cuenta que apenas la conociste.

—Es verdad. Pero, mira, pasó algo curioso: la tarde que llegó al pueblo coincidimos en el bar de la fonda. Yo solía ir a tomar una cerveza al terminar el trabajo. Entonces la llevaba Guillermina, la madre de Eva, no sé si llegaste a conocerla.

Asiento con la cabeza.

—Pues Guillermina y yo estábamos hablando, no me preguntes de qué, porque hace ya treinta y ocho años, y la chica apareció en la barra. Se sentó a mi lado y le preguntó a Guillermina si sabía dónde vivían los Fabra. Dijo que era amiga de Julià.

—El que murió en el accidente de coche.

—Exacto. Y Guillermina se lo indicó. Yo me ofrecí a acompañarla y, justo al salir, ya sabes cómo son las tardes de agosto aquí arriba, empezó a caer una tromba de agua que nos dejó empapados en el poco camino que hay de la fonda a la Casa Gran. Subimos corriendo, con los pies mojados y resbalando con el agua que bajaba por la calle, que entonces no estaba asfaltada y era como una pista de barro. ¡Si hubieras visto cómo se reía, Martina! Le brillaban los ojos y soltaba carcajadas sin parar mientras levantaba la cabeza y miraba el cielo... Nadie con esa alegría de vivir, nadie que disfrute de la magia de esos momentos y sepa que tiene la oportunidad de volver a vivirlos se suicida. Créeme. —Hace una pausa y, ante mi silencio, añade—: Bueno, en todo caso solo era una idea.

—La tendré en cuenta. —Sonrío.

—Le diré a Marian que no te viene bien venir y que ya tenías la comida medio hecha, pero quedas convocada para cenar. Sin excusas.

—Sin excusas —le contesto.

Linus esboza una amplia sonrisa y pinza una punta del sombrero de paja con el pulgar y el anular a modo de despedida. Después da media vuelta, cruza la valla del jardín y desaparece calle abajo silbando una melodía alegre y familiar.

Vuelvo a la mesa y me dispongo a abrir de nuevo el documento cuando oigo el motor de un coche que se para en la carretera de entrada al pueblo. Dos puertas se cierran consecutivamente, y dos personas hablan mientras, deduzco, descargan el equipaje. El ruido de las pequeñas ruedas de plástico en el asfalto confirma mis suposiciones.

Me levanto de la silla, cruzo el jardín y saco la cabeza por la valla, desde donde puedo ver la plaza de la vieja escuela y la escalera que sube hasta la carretera. Hay un Cayenne negro aparcado en medio de la calzada, delante de la fuente en la que paran todos los turistas para llenar garrafas de agua.

A escasos metros, las espaldas de una mujer y un hombre enchaquetados suben por la rampa que lleva a la portalada de madera vieja que marca el inicio de la era de la Casa Gran: así que los Fabra han decidido pasar unos días en Treviu. Probablemente la policía les haya comunicado el incidente del cementerio y hayan venido a ocuparse del tema.

Intento repescar en mi memoria algún recuerdo, conversación o rostro que me permita acceder a la carpeta en la que mi cerebro ha decidido clasificarlos, pero me doy cuenta de que no tengo prácticamente ninguno de primera mano. Todo lo que sé de los Fabra me ha llegado por los comentarios que he oído en las comidas familiares, en alguna excursión con mi padre o a través de Linus, Marian y la gente de Treviu. Desde hace muchos años, cada vez que he venido, la Casa Gran estaba vacía y silenciosa. Para mí siempre ha sido una gran sombra del pasado, erigida en piedra fuerte y antigua como las rocas de las montañas, llena de habitaciones secretas y vacías, que vigila el pueblo, altiva.

Sin embargo, sí recuerdo que durante unos años vivió allí una mujer sola, que siempre iba vestida de negro de la cabeza a los pies y cuya silueta intuía a veces a través de la ventana del balcón de madera, con las paredes pintadas de un azul cielo alegre que contrastaba con la oscuridad y la tristeza de la figura encorvada que se paseaba por aquella casa enorme y vacía. Para mí, aquella mujer de rostro desconocido siempre fue una bruja por la que no sabía si sentía compasión o miedo. Imaginaba que la habían expulsado de las cuevas de la montaña en forma de horca, donde vivía con las demás brujas, porque había vulnerado de algún modo un código establecido.

Sea como fuere, el mito fue arraigando en mí hasta que un buen día llegó un coche gris, del que salieron dos hombres con traje negro que entraron en la casa. Al rato salieron los dos acompañando a la bruja, cogiéndola cada uno de un brazo. Aquella fue la primera vez que la vi salir de casa y la última. No he vuelto a verla nunca más.

Cuando fui más mayor, y a fuerza de insistir y preguntar, descubrí que aquella mujer se llamaba Àgata, que era una de los tres hijos que habían tenido Ramon y Carme Fabra, y que, bruja o no, había vuelto a la casa muchos años después de marcharse de Treviu, sin dar ninguna explicación y sin relacionarse con nadie, hasta que la familia decidió ingresarla en un hospital psiquiátrico porque decían que no podía cuidar de sí misma en aquella casa, que, además, empezaba a acusar los estragos del tiempo, porque no habían hecho reformas desde antes de la guerra civil. Una historia triste que había acabado con la casa vacía hasta la aparición, hoy, del que tengo entendido que es el único descendiente masculino vivo de los Fabra, Agustí, acompañado de su mujer, Elvira.

Desando el camino y vuelvo al porche. Diez minutos después me doy cuenta de que he llenado dos páginas hablando de la bruja Fabra y mis recuerdos de infancia.

Y es entonces, al levantar la cabeza de la pantalla y observar las montañas inamovibles en soledad, cuando mi mente empieza a dibujar una imagen, cada vez más nítida, de una chica joven, vestida de azul, que llegó un caluroso día de agosto, hace treinta y ocho años, a un pueblecito de montaña.

4

Paso la tarde haciendo listas sobre lo que sé de la chica del vestido azul y lo que me falta por saber.

Desde el momento en que decidí venir a Treviu, me propuse dejar mi fallida carrera como investigadora en pausa, pero parece evidente que los viejos hábitos se resisten a abandonarme. Por otra parte, la faceta de periodista, que aún no me ha abandonado de manera definitiva, cree que, efectivamente, hay una historia detrás de lo que le pasó a la chica del vestido azul. Quizá es mejor no luchar contra ella: el reportaje me proporciona la excusa perfecta para centrarme en un caso que me mantenga ocupada y lejos de mí misma, y eso siempre es una buena idea. Además podría ser una gran oportunidad para recuperar mi antiguo trabajo en la revista...

La penumbra empieza a imponerse y el sol escurridizo detrás de las montañas me indica que pronto tendré que cumplir la promesa de ir a cenar a la casa de los Linus.

Después de una ducha breve y refrescante, bajo la sinuosa calle Mayor haciendo una lista mental de las preguntas que me han surgido cuando escribía para hacérselas a Linus y a Marian durante la cena. Quizá me sean útiles si al final me decido a convertir en verdad lo que ha empezado como una mentira.

A mi derecha, los señores Fabra toman una copa de vino en la fonda sentados donde antes estaba la era, que ahora se ha habilitado como patio exterior con mesas y sillas de colores, formas y medidas diversas. Probablemente estén esperando que Eva les sirva uno de sus sabrosos platos. Dan pequeños sorbos de vino en absoluto silencio, concentrados en la luz tibia de la vela de la mesa, como si escondiera algún secreto. Dos mesas más allá, un hombre de mediana edad al que no conozco está sentado con una caña delante, aunque parece que no la ha tocado desde que se la han servido. Nuestras miradas se cruzan y me sonríe. Por algún motivo la situación me incomoda. Desvío la mirada y sigo bajando por la calle Mayor hasta llegar a la casa de los Linus.

La puerta de entrada está medio abierta. Pulso el timbre y entro sin esperar respuesta.

Tom y Laica están tumbados en el suelo fresco de la gran entrada que forma la planta baja, al lado de la habitación que hace de despensa, donde hay una nevera auxiliar, dos congeladores llenos de comida y una gran repisa repleta de conservas, mermeladas y mieles que Marian vende a la gente del pueblo y a los cuatro turistas despistados que llegan hasta aquí.

Subo la escalera hacia el primer piso y encuentro a Marian inclinada sobre los fogones de la cocina. Me dedica una sonrisa cuando me ve aparecer por la puerta.

Diez minutos después estoy sentada a la mesa con una lubina humeante en el plato. Linus sirve vino blanco en las tres copas sedientas.

—¿Y cómo va todo, Martina? —me pregunta Marian—. ¡Desde que has llegado no he tenido tiempo ni de preguntártelo, con el espectáculo de esta mañana! ¿Están bien tus padres?

—Sí, están de viaje por el sur de Italia, de vacaciones.

—¿Y a ti cómo te va el trabajo en la revista?

—Bien —miento.

Pero creo que he bajado la mirada, lo que me ha delatado.

Linus, quizá para echarme una mano, levanta la copa y sugiere un brindis:

—¡Estupendo! Pues ¡por Martina! —Me guiña un ojo y añade—: Nos alegra mucho tenerte aquí.

—Por vosotros —añado—. Muchas gracias por la cena… Y por el consejo, Linus. Me parece que te haré caso y escribiré sobre la chica del vestido azul. Creo que sería un reportaje interesante.

Linus y Marian se miran con una complicidad alimentada por las caricias regaladas durante muchos años.

—Por cierto —sigo diciendo—, esta tarde han llegado los Fabra.

—Sí, ya he visto el coche cuando he vuelto de Falgar. Deben de haber venido a controlar qué pasa con los huesos del abuelo Fabra.

Detecto en el tono de Marian una indiferencia fingida.

—¿Solo el abuelo? —le pregunto—. Creía que estaban los dos enterrados en el mismo sitio.

—No, la mujer está enterrada en el cementerio nuevo. Murió hace un par de años, recuerdo que fuimos al entierro, ¿verdad, papá?

Conozco a los Linus desde que era muy pequeña y venía a Treviu a pasar los veranos con mis abuelos, y aún hoy en día me resulta extraño oírlos llamarse entre sí *papá* o *mamá*.

Linus mira hacia un horizonte más allá de la pared que tiene delante y contesta:

—Sí, sí que lo recuerdo. Fue un entierro muy gris. Lloviznaba y estaba todo muy embarrado. Apenas éramos cinco personas. La enterraron al lado de su hijo, Julià.

Es raro que los cuerpos estén enterrados en lugares diferentes, pero no pregunto más sobre el tema porque leo la tristeza en los ojos de mis compañeros de mesa. Hablar de cementerios, hijos y muerte no ha sido buena idea, porque les ha traído el doloroso recuerdo de Teresa, que murió en un accidente de montaña durante una excursión cuando era muy joven.

—Así que ¿quieres escribir sobre Olivia? —me pregunta Marian, entrenada para evadir un dolor con el que no ha tenido más remedio que aprender a convivir.

—Sí. Es una historia que me llama la atención y siento que hablo de un lugar que conozco y con el que estoy conectada emocionalmente. —Antes de venir ya me he preparado el discurso—. Pero para empezar tendría que averiguar algunas cosas más sobre ella y los dos días que pasó aquí, aparte de lo poco que sé por la leyenda. Tengo la sensación de que intentando explicar su historia, de alguna manera podríamos conocer por fin su identidad.

—Pues ¡tienes mucho trabajo por delante, nena! —exclama Marian—. Supongo que lo único que puedes hacer es hablar con todos los que la conocimos y aún estamos vivos.

—Precisamente por eso había pensado en haceros un par de preguntas...

—No tengo problema en contestar lo que sepa —me dice Marian sonriendo—, si te comprometes a ir comiéndote la lubina mientras charlas...

Recorro el camino de vuelta con cierta satisfacción. Aunque Linus y Marian no me han aportado mucha información sobre Olivia, ha bastado para hacerme una idea de qué aspecto tenía y el magnetismo de su carácter.

Ambos la han descrito como una chica joven, de unos veinte años, con una melena ondulada de color castaño claro que le caía sobre los hombros y ojos de un color verde oscuro intenso. Por lo que tienen entendido, apareció por primera vez en el pueblo vestida de azul de la cabeza a los pies, lo que sin duda causó una gran impresión en sus habitantes, que, ante la incapacidad de identificarla en el momento de su muerte, decidieron referirse siempre a ella como la chica del vestido azul.

Como ya me había comentado por la mañana, Linus se la había encontrado por primera vez en el bar de la fonda, cuando ella había preguntado por la residencia de los Fabra. Más tarde, la madrugada de la primera noche de fiesta mayor, Marian y él la habían visto bajando por la calle Mayor. No se dijeron nada, pero el matrimonio estaba de acuerdo en que parecía nerviosa y quizá algo desorientada. Aun así, como la vieron entrar en la fonda, no le dieron más importancia y siguieron su paseo hasta la pequeña central eléctrica, junto al río, a las afueras del pueblo.

Ninguno de los dos volvió a verla con vida.

Llego a casa y, después de cerrar la puerta principal, subo la escalera irregular de piedra, desgastada por las suelas que la han pisado repetidamente durante muchos años, y abro la puerta que da directamente al comedor. Mientras la cierro con el candado y el pestillo me viene a la cabeza el comentario de Encarna sobre haber venido sola, y me pongo de muy mal humor. Precisamente vine a Treviu porque es el único sitio que consideraba seguro. De alguna manera, en mi cabeza, venir aquí era la única forma de reencontrarme conmigo misma, con una esencia más pura, inocente y genuina: la de la niña que jugaba por los campos y los bosques sin miedo. Regresar a los lugares familiares de la infancia me pareció la única opción para olvidar lo que había pasado y volver a ser la persona que pretendo, muy diferente de la que soy ahora mismo.

Además, Levy tendría que hacer un esfuerzo considerable para encontrarme aquí. Recuerdo al hombre de la fonda, y la incomodidad se instala en mi cuerpo.

Mis ojos se desplazan hasta el armario de licores de la esquina del comedor.

Cuando el sueño se vuelve escurridizo, siempre hay maneras de seducirlo para que vuelva a hacer acto de presencia.

Me despiertan los rayos de sol que se filtran por los agujeros del postigo acompañados del piar de los pájaros. Los miedos de la noche anterior se han disuelto entre sueños de persecuciones y las carcajadas de la chica del vestido azul en medio de la lluvia. Como por arte de magia, la luz cálida que ilumina las paredes blancas de la habitación lo hace todo más idílico y positivo.

Pongo la cafetera en el fogón y el pan en la tostadora anotando mentalmente la necesidad de ir a Falgar en busca de pan decente, de ese que aguanta una semana sin problemas.

Después entro en el estudio con el café con leche y abro los postigos y la ventana para que el aire fresco de la mañana inunde la estancia.

Escribo durante dos horas, y el resultado es una mezcla de diario e historia de ficción de la que creo que seré capaz de extraer el inicio del reportaje sobre la chica del vestido azul.

Organizo el resto del día de manera que pueda conseguir más información sobre Olivia e ir a Falgar. Pero priorizo una visita a la fonda.

La fonda de Can Miquel está a unos cincuenta metros de mi casa y consta de un edificio principal, cuya entrada se encuentra al final de la era, y un edificio anexo —que antiguamente era el pajar—, donde han construido y acondicionado cuatro estancias de tipo apartamento. Fuera, ahora en verano, las mesas y sillas invitan a tomar el fresco bajo las parras que cubren una estructura metálica de forma rectangular que hace las funciones de techo vegetal.

Solo un par de mesas están ocupadas, deduzco que por montañeros que han hecho una parada en su excursión para descansar. Cruzo la era, los saludo con un discreto «buenos días» y empujo la puerta de vidrio del edificio principal. En la mesa de recepción, a mi izquierda, equipada con una libreta de anillas con la tapa de color marrón, un teléfono y un ordenador portátil con la pantalla apagada, no hay nadie, pero distingo la figura femenina de Eva en la barra del bar, al fondo de la estancia.

—¡Hola, Eva! —grito a medio camino.

Ella se gira, deja la bayeta con la que estaba limpiando la superficie de la barra y se aparta el flequillo rubio, ya con algunas canas, que le tapa el ojo izquierdo de color avellana. Cuando me reconoce, se le dibuja una sonrisa en la cara.

—¡Hola, guapa! ¿Qué tal? ¿Has venido con tus padres?

—No, he subido sola. Me apetecía cambiar un poco de aires.

—Estos aires siempre vienen bien, ya lo sabes. ¡Si no pasas aquí todo el año!

—¿Cómo va todo? ¿Bien?

—Bien, bien. Estos dos últimos meses parece que la cosa se ha animado un poco, así haremos caja para cuando la cosa baje… ¿Quieres algo? ¿Qué te pongo?

—Una cerveza. ¿Y dónde tienes a Robert?

—Está limpiando los apartamentos. Los de fuera han decidido quedarse un par de días y los han alquilado hace un rato. —Destapa la botella de vidrio marrón que ha sacado de la nevera y la deja en la barra, delante de mí. Luego añade—: Creo que lo de las tumbas nos ha hecho publicidad. Ya ves tú cómo es la gente. ¡Los de fuera han llegado preguntando si era aquí donde habían profanado el cementerio!

—La atracción del misterio… —bromeo.

—Seguramente Marian tenga razón y se trate de una gamberrada. Aunque también podría ser que…, bueno, da igual.

—¿Aunque también qué? Dime.

—Creo que quizá es algo personal… con los Fabra. No es que se lleven bien con mucha gente aquí arriba, y quizá alguien ha querido hacerles llegar un mensaje.

—Pero abrieron dos tumbas más.

—Ya, pero piensa que, al estar enterrados unos al lado de otros, debe de ser complicado excavar solo una. Bueno, da igual, no me hagas caso. Son tonterías que pienso para entretenerme mientras limpio.

—Pues podría ser… Habría que tenerlo en cuenta. De hecho, hablando de este tema, quería hacerte un par de preguntas sobre una de las personas desenterradas: Olivia.

Su primera reacción es de sorpresa, acompañada de algún sentimiento más que no consigo identificar: quizá pesar, desagrado. Después, en poco más de dos segundos sus facciones se normalizan, y también su tono de voz:

—¿Qué quieres saber?

—Estoy inspirándome en su historia para escribir un reportaje. Mi intención es hablar con todos los que la conocisteis, por poco que fuera, para hacerme una idea de quién era y qué le pasó.

—Creo que en esto no podremos ayudarte demasiado —me contesta—. ¡No sabemos ni su apellido! Apenas habló con nadie el día que llegó, y al día siguiente se tiró del puente del Malpàs.

—Pero se alojó aquí, en la fonda, ¿no? Tú debiste de verla...

Otra vez detecto el intento de ocultar una sensación de incomodidad en su rostro moreno y pecoso. Aun así me contesta amablemente.

—Sí que la vi. En aquella época atendía la recepción mi madre, pero yo la ayudaba en lo que necesitaba. Yo no estaba en el momento en que entró, pero mi madre siempre decía que le sorprendió que fuera muy bien vestida y la gracia con la que se movía. Por lo que tengo entendido, pidió una habitación para una noche. No contó gran cosa. En cuanto mi madre le dio las llaves, subió a la habitación, porque entonces no teníamos los apartamentos, ya lo sabes, y allí se quedó casi una hora. Después, cuando bajó, vino a la barra y preguntó dónde estaba la casa de los Fabra. Mi madre se lo indicó, y Linus, que también estaba aquí, le dijo que la acompañaría.

—¿Y no volviste a hablar con ella?

—Aquella noche no volví a verla. Conseguí que mi madre me dejara librar a última hora para ir al baile de la fiesta mayor. Pero sí que hablé con ella al día siguiente, porque fui yo la que recogió las llaves y la que le cobró la habitación.

—Entonces, ¿dijo que se marchaba?

—Sí, sí, pero no dijo adónde.

—¿Recuerdas cómo hablaba? ¿O si dijo alguna palabra que me ayude a saber de dónde era?

—Hombre, era de fuera, seguro, pero no sabría decirte de dónde exactamente.

—¿Qué quieres decir con fuera?

—Que no hablaba en catalán. Hablaba en castellano, pero no me pidas que te diga de dónde, porque tengo la sensación de que intentaba ocultar su acento. Bajó vestida con la misma ropa que el día anterior, y con una maleta, y fue directamente al mostrador de la entrada. Pagó y luego me preguntó por la manera más rápida de ir a Falgar. Le indiqué cómo ir a la parada del correo, porque en aquel entonces el cartero también traía víveres a la gente aprovechando el viaje de vuelta. Me dio las gracias, se despidió y se marchó.

—¿Y ya está?

—Ya está. No la vi nunca más.

—Es raro que acabara yendo al puente del Malpàs, que está en dirección contraria a la parada del correo… porque estaba cerca de Cal Vermell, ¿no?

Eva asiente con la cabeza mientras seca los vasos calientes y húmedos que acaba de sacar del lavavajillas.

—¿Tú qué crees que le pasó? —le pregunto.

—No tengo la más remota idea, Martina —me contesta encogiéndose de hombros.

Creo que ya la he molestado bastante. Pero antes de marcharme le hago una pregunta más, esta mucho más relacionada con el presente:

—Anoche había un hombre tomándose una cerveza en la terraza. ¿Sabes quién es? ¿Se aloja aquí?

Eva me mira divertida, sorprendida por mi pregunta.

—¿Un hombre de unos cuarenta años, rubio?

—Ese.

—Creo que se aloja en uno de los apartamentos de arriba. En la fonda debemos de haberle parecido muy antiguos. ¿Por qué? ¿Te interesa?

Me guiña un ojo.

—No, no. Solo era curiosidad. Por lo que ha pasado, quiero decir. Llegó ayer, ¿no? ¿O ya estaba en el pueblo antes?

—No, llegó ayer. Al menos que yo sepa. No creo que tenga nada que ver. Me preguntó si había alguna propiedad o parcela en venta. Debe de ser un dominguero de ciudad con dinero buscando lugares para construir.

—Seguramente tengas razón. Bueno, no te molesto más.

Me saco un euro y medio del bolsillo y lo dejo en la barra. Eva me devuelve las monedas arrastrándolas por la superficie de madera.

—¡Venga ya, no seas burra! Invita la casa.

—Muchas gracias.

—Pero recuerda mencionar la fonda cuando publiques ese reportaje. ¡No nos iría mal un poco de publicidad!

Y me guiña un ojo.

5

Cuando salgo de la fonda observo que el grupo de jóvenes sube los estrechos peldaños de madera que llevan a las estancias del pajar. Sonrío pensando que cuando intenten acceder al cementerio y vean que está todo cerrado y cubierto con una lona, no sabrán cómo pasar las veinticuatro o cuarenta y ocho horas que les quedarán aquí sin aburrirse.

Al otro lado de la calle distingo la figura de Andreu; está en el jardín de la rectoría. Lo observo desde la distancia, con tranquilidad, prestando atención a todos los detalles, de una manera que ayer, cuando me descubrió en el cementerio, no me fue posible.

De aspecto alto y delgado, pero sin ser escuálido, se mueve como un felino, ágil y seguro, en el trozo de parterre que ha dedicado al huerto. Parece que esté sembrando, aunque me resulta extraño, porque agosto es más bien un mes de recogida, y no es muy común sembrar nada, aparte de abono verde o un par de escarolas o lechugas. Si ha hecho buen tiempo, como este año, las tomateras están llenas de frutos rojos y jugosos. De hecho, agosto es una época típica de conservas, siguiendo la tradición del pasado, cuando era la única manera de aprovechar al máximo los frutos maduros y listos para que los recogieran del huerto en grandes cantidades.

Me acerco, entro en el jardín y lo saludo desde la distancia cuando, intuitivamente, levanta la cabeza y me mira.

Hasta ahora mismo no me había fijado en su atractivo: de cara angulosa y con un pelo negro y ondulado que enmarca unos ojos de color verde grisáceo. Sus altos pómulos resaltan unos labios que ocultan una sonrisa blanca y con un punto misterioso cuando se deja ver. Una nariz un poco aguileña, aunque no excesivamente prominente, acaba de dar el toque personal a un rostro que sin duda no es el de un hombre guapo, pero sí muy atractivo.

No parece que mi visita lo importune demasiado. Me recibe con una gran sonrisa cuando me acerco.

—¿Quieres volver al cementerio?

—No, no —le contesto—. He pensado que podríamos charlar un poco, ya que el otro día vino la policía y no pude… —Me doy cuenta de que mi discurso puede parecer un flirteo, aunque no veo que lo incomode en absoluto, así que añado—: Quería saber si podría hacerte un par de preguntas sobre lo de las tumbas.

Se sacude las manos en las perneras de los viejos pantalones azules y suelta un suspiro contenido, no sé si por cansancio, decepción o pereza de contestar a mis preguntas. Pero luego añade:

—¿Quieres entrar y tomar algo? Dentro estaremos más frescos, y yo me muero de sed.

—Sí, claro.

Lo sigo por el caminito que lleva a la casa: una rectoría de planta rectangular adyacente a la iglesia, que consta de una planta baja con un cuarto para las herramientas, un porche lleno de ladrillos apilados, tejas y sacos de cemento, y una plaza de aparcamiento, que está cerrada. A la izquierda, una escalera con la barandilla pintada de color amarillo nos conduce a la puerta de entrada al primer piso. El interior, con escasa luz natural y protegido por las viejas y gruesas paredes de piedra, es casi frío.

Ya en la cocina, abre la nevera y saca una botella de vidrio llena de agua. Señala con la cabeza una de las tres sillas que rodean la mesa de madera cuadrada, pegada a la pared, donde hay una pequeña ventana rectangular con cortinas semitransparentes que me permiten distinguir las vistas de la entrada al pueblo, y por lo tanto de mi casa. Detrás, en la carretera de entrada paralela al jardín, las figuras que ayer vi entrando en la Casa Gran suben al coche y se marchan en dirección a Falgar.

—¿Qué prefieres: agua, vino o cerveza?

—Agua, gracias. Acabo de tomarme una cerveza en la fonda.

Después de lavarse las manos y la cara en el fregadero de piedra, se seca con un trapo viejo pero limpio y dispone dos vasos de vidrio amarillo, en los que vierte agua de la botella. Da un largo trago en uno de ellos y lo vacía del todo. Después vuelve a llenarlo, se sienta a la mesa, delante de mí, y deja los vasos en la superficie desgastada mientras observo las vacas pastando en los dos niveles de campo que separan la rectoría de mi casa.

—¿Nunca habías estado aquí? —me pregunta.

—Sí, cuando vivían aquí los Linus, pero apenas lo recuerdo. Era muy pequeña.

—No debe de haber cambiado casi nada. La casa es vieja y gime por las noches. Habría que renovar la instalación eléctrica y cambiar las tuberías de plomo por otras de PVC, pero eso está al final de la lista de cosas que tengo que hacer a cambio de vivir aquí. Así que…

—¿Cómo llegasteis a este acuerdo? No me malinterpretes, me parece perfecto, es solo que creía que ya nadie hacía tratos al margen del dinero, y menos aún el obispado.

—Un familiar conocía al responsable de patrimonio del obispado, y le presenté la propuesta. Aún pueden permitirse comprar el material, y les pareció justo intercambiar el alquiler por la mano de obra.

—¿Siempre te has dedicado a la construcción?

—No. Aprendí hace diez años, durante un par de veranos, para ganarme un dinero extra, pero siempre me ha gustado. Y tú, ¿cómo vendes tu tiempo?

—Soy periodista. Hago reportajes de investigación.

O al menos los hacía hasta hace poco, pienso.

Asiente con la cabeza y vuelve a sonreír de una manera que me es imposible saber qué está pensando.

—¿Y qué querías preguntarme? —me dice clavándome los ojos, ahora más grises que verdes.

—Un par de cosas sobre la noche que entraron en el cementerio.

—¿Y eso? ¿Buscas material para uno de tus reportajes?

Asiento con la cabeza.

—Estoy escribiendo una historia sobre la chica del vestido azul, y como una de las tumbas era la suya…

—Pues la cosa no tiene demasiado misterio. Parece que fue una gamberrada de unos chavales de Falgar —me dice encogiéndose de hombros. Mi cara de confusión lo anima a ampliar la explicación—: Me lo han dicho esta mañana en la panadería cuando he ido a comprar el pan. La madre de uno de ellos encontró la ropa manchada de tierra y lo presionó hasta que le contó lo que habían hecho.

—¿Y por qué lo hicieron? ¿Lo contaron?

—No lo sé.

—¿Y qué harán ahora con los huesos?

—Han puesto encima una lona para protegerlos. Este domingo vendrá el cura y volverá a enterrarlos.

—Exactamente como dijo Marian —murmuro.

—¿Cómo?

—No, nada.

—Pareces decepcionada.

La información me ha puesto de mal humor, aunque no sabría explicar por qué exactamente. Quizá esperaba que de este incidente saliera una gran historia, y ahora resulta que se trata de algo tan vulgar y precario como la curiosidad y el gamberrismo de cuatro adolescentes…

—No, no…, solo estoy sorprendida. Bueno, da igual. Se me está haciendo tarde. Será mejor que vaya a trabajar un rato.

Me levanto de la silla.

—Vuelve cuando quieras. Cuando llevas un tiempo viviendo aquí, se agradece un poco de conversación con una cara nueva y bonita.

Le devuelvo la sonrisa y asiento con la cabeza. Luego abro la puerta y bajo la escalera mientras los ojos se me adaptan a la cegadora luz del sol.

Vuelvo a casa con un malestar que quiero atribuir al hambre, aunque sospecho que tiene que ver con esta última conversación con Andreu.

Como un gazpacho y salmón a la plancha viendo las noticias.

Riego el café solo de después de la comida con un chorrito de ron y dedico el resto de la tarde a anotar la información y las sensaciones que he sacado de las conversaciones que he mantenido hasta ahora sobre la chica del vestido azul. No es gran cosa, y teniendo en cuenta la revelación que me ha proporcionado Andreu, no tengo claro que sea suficiente para hacer un reportaje. La emoción que había sentido el día anterior va desapareciendo como agua engullida por un desagüe, y una capa de apatía me rodea el cuerpo.

Me interrumpe el gemido de la puerta del jardín. Abro el balcón y saco la cabeza para ver quién es. Es Marian.

—¡Ahora bajo!

La encuentro al otro lado del jardín, observando con atención las flores que trasplanté y moviendo la cabeza arriba y abajo. Interpreto que aprueba mi limitado talento de jardinera.

—Vamos a Berga a comprar. ¿Quieres que te traigamos algo?

Aunque en Falgar y Gascó han proliferado bastante las tiendas desde que yo era pequeña, y ahora conseguir víveres es tan fácil como coger el coche y desplazarse, en general los precios son más altos de lo habitual, de manera que la vieja costumbre de ir a Berga, que siempre ha sido la ciudad más cercana a Treviu, no ha cambiado para los Linus, que mantienen llenos los congeladores y la despensa, especialmente en invierno, por si la nieve aísla el pueblo durante unos días. De hecho, yo también suelo subir con la compra y limitar el gasto al consumo de pan y algún embutido ocasional de la comarca.

—No es necesario. Pero quizá baje a pediros algún huevo cuando volváis, si no os importa.

—Cuando quieras, guapa. Estaremos aquí en un par de horas.

—Gracias.

Marian hace el gesto de marcharse, pero la duda ralentiza sus movimientos reticentes hacia la puerta, lo que evidencia que tiene algo más que decir. La sigo con la mirada, en silencio.

—Así que estás bien… ¿Seguro que no necesitas nada?

La miro extrañada. Marian es muy atenta, pero nunca insistente.

—No, Marian, ya te he dicho que no necesito nada.

—No me refiero a la comida… —me dice, dubitativa—. Es solo que…, bueno, te conozco desde que eras muy pequeña, Martina, y siento que hay algo en ti… diferente.

—¿El pelo? —bromeo.

—No, guapa, no hablo de tu aspecto.

—Las personas cambian, Marian. Son cosas que pasan.

—No creas… —Y niega con la cabeza—. Las personas no cambian tanto. No en su esencia, al menos. ¿Ha pasado algo en Barcelona? ¿Algo importante? Sabes que puedes confiar en nosotros, Martina. Te ayudaremos en lo que necesites.

—No ha pasado nada. He venido a pasar unos días de vacaciones. ¿Tanto cuesta creerlo?

Mi tono ha sido demasiado a la defensiva, y me arrepiento de inmediato.

—Encarna me comentó que ayer llegaste cargada de botellas… de alcohol. ¿Seguro que no quieres que habl…?

¡Será desgraciada! Pero ¿desde dónde coño me vio esa mujer? ¿Es que se esconde detrás de los árboles para espiar?

—Llené la despensa —la interrumpo—. No hay nada que hablar. Estás sacando las cosas de contexto.

Marian asiente con la cabeza, se acerca y me da un beso en la frente.

—Vale, está bien. Nos vemos esta tarde.

—Hasta esta tarde.

Estoy segura de que se ha dado cuenta de que mi sonrisa era falsa.

El viejo jeep aparece a la altura de la casa y Linus nos saluda con la mano desde el asiento del conductor. Marian sube al coche, y unos segundos después desaparecen por la carretera.

Ahora que estoy en el jardín soy reticente a volver dentro de la casa. Una brisa fresca y limpia hace que los rayos de sol de la tarde proporcionen la calidez óptima para leer cómodamente en la hamaca. Creo que por hoy ya he tenido bastante chica del vestido azul.

Tumbada frente a los verdes prados, arreglados y limpios de hierbas por la labor concienzuda y perseverante de las vacas, observo las casas mudas con las frondosas montañas de fondo. Abajo, a la derecha de la calle Mayor, la fonda de Can Miquel descansa silenciosa, sin el más mínimo movimiento. Las mesas de la era reposan vacías, y no hay rastro de los excursionistas ni de los coches con los que llegaron. Probablemente hayan ido a Falgar o Gascó a tomar una cerveza y buscar algo de contacto social. Un poco más adelante y al lado opuesto de la calle Mayor distingo el Lada Niva de Andreu, aparcado a la entrada del jardín. A su lado, tres robles de hoja verde con pinceladas anaranjadas enmarcan el edificio de la vieja rectoría. Un poco más allá, un avellano que se ha anticipado al otoño y ha decidido convertir sus hojas en chispas de fuego que armonizan perfectamente con las tejas cercanas del campanario, que se alza por detrás. Ni siquiera las altas y metálicas torres eléctricas, colocadas de forma alterna tanto en los prados como en las lejanas montañas de pino negro, consiguen estropear este paisaje mágico.

Estoy absorta en esta visión idílica, con los ojos clavados en el infinito, más allá de las montañas y del intenso cielo azul que nos hace de techo, cuando la sombra de un movimiento brusco me asusta. Enfoco la vista hacia el campanario y la rectoría siguiendo las órdenes de mi cerebro. Todo parece inmóvil, excepto las ramas de los árboles, que agitan suavemente las hojas verdes y amarillas en un sensual baile vespertino. En ese mismo momento, en la fachada trasera de la rectoría, juraría que una figura sinuosa ha desaparecido detrás de las cortinas de la pequeña ventana por la que esta misma mañana he mirado yo. Sonrío, un escalofrío me recorre la espina dorsal, y los dos sentimientos empiezan a luchar entre sí mientras intento sumergirme en la lectura sin demasiado éxito.

Me despierto de repente y me doy cuenta de que un par de ojos verdes grises me observan desde muy cerca. Me levanto de la hamaca con tanta prisa y tan asustada que el libro, que había quedado suspendido en mi pecho, se cae al suelo y queda extendido boca abajo.

Andreu, divertido, se saca las manos de los bolsillos de los vaqueros y se agacha para recogerlo.

—Creo que has perdido el punto. —Sonríe y me lo tiende—. Perdona, no quería asustarte.

—Pues evitar entrar en los jardines de los demás cuando están durmiendo sería un detalle que podrías tener en cuenta.

—Lo siento. No he podido resistirme —se limita a decirme encogiéndose de hombros.

Su voz grave y serena, y la aparente sinceridad de su respuesta me desarman completamente y no sé qué decirle.

—Te invito a cenar —me suelta.

Me aparto el pelo de la cara y me hago una coleta.

—¿Perdona?

—Podemos ir a Falgar, a la pizzería.

Debate interno. Una parte de mí está encantada con la invitación, y otra me dice que, por algún motivo que no sé especificar, Andreu no es del todo de fiar. La idea de subir a un coche con él me provoca tanta resistencia como tentación. Miro al frente. Las luces de las farolas ya se han encendido, aunque la luz del sol aún hace esfuerzos por sacar la cabeza por detrás de la montaña. El jeep de los Linus está aparcado en la era.

—Dame diez minutos —le digo—. Iré a buscarte a la rectoría.

Entro en casa de los Linus y encuentro a Marian con una pequeña cesta con unos diez huevos.

—¿Adónde vas? —me pregunta.

Normalmente, en esta época del año, mi vestuario en Treviu se limita a unos pantalones anchos de color verde o unos de chándal negros y viejas camisetas de manga corta o tirantes. Los vaqueros deben de haberme delatado.

—Ese chico, Andreu, ¿es de fiar? —le pregunto.

—No lo conozco mucho, pero diría que sí. Ha trabajado un par de veces con papá, en el campo.

—Bien, estupendo, pues, porque me voy a cenar con él a Falgar.

Marian sonríe con perspicacia.

—Ah, muy bien. ¿Y vienes a decírmelo para que esté atenta a que vuelvas y vuelvas bien?

—Exacto.

—¿Has dejado la luz del porche encendida?

—Sí, la apagaré cuando llegue.

—Muy bien. No quieres los huevos ahora, ¿verdad?

—Vendré a buscarlos mañana por la mañana.

—Cuando quieras. ¡Que vaya bien la cena!

Me guiña un ojo y sube la escalera con la cesta de los huevos.

Cojo aire por la nariz, lo espiro, salgo por la puerta y me dirijo a la entrada de la rectoría, donde encuentro la figura alta y esbelta de Andreu, que me espera sonriendo con las manos en los bolsillos.

6

Me despierto sola a las ocho de la mañana. El vino de la pizzería y la compañía de Andreu fueron distracción suficiente y no necesité más alcohol ni los ansiolíticos para dormirme cuando llegué a casa.

El aire fresco de primera hora transporta el perfume de los campos limpios llenos de rocío. Decido desayunar en el jardín en lugar de en la cocina escuchando las noticias, como suelo hacer cuando estoy en Barcelona.

Preparo un café con leche y disfruto del sabor y la textura de la tostada de pan con tomate y jamón acompañada de un silencio absoluto que solo rompe de vez en cuando el canto de dos trepadores azules que parecen mantener una conversación en la que ambos quieren tener razón. Delante de mí, las casas del pueblo empiezan a despertarse y, de vez en cuando, el sonido de una ventana o un postigo me indica que cada uno de los habitantes va incorporándose paulatinamente a este nuevo día que comienza.

Los ojos se me van involuntariamente hacia la ventana de la cocina de la rectoría, la única que puedo observar desde mi posición. Los postigos están abiertos, y las cortinas tapan los cristales, como siempre. Desplazo la mirada al final del jardín para corroborar lo que ya sé: el coche no está. Como me dijo ayer, Andreu debe de haberse levantado muy temprano para ir a comprar material de construcción y seguir reparando la iglesia.

Sonrío. La cena fue una sorpresa agradable y excitante, y me doy cuenta de que ahora mismo preferiría que Andreu estuviera en casa para poder hacerle una visita. Como no me gusta descubrir en mí este sentimiento, y menos cuando solo hace nueve horas que no lo he visto, decido tomar las riendas de mis pensamientos y dedicarme a labores más productivas.

Paso la hora siguiente releyendo las notas sobre la chica del vestido azul y reflexionando sobre la importancia que tiene para el reportaje el hecho de que exhumaran los huesos unos adolescentes. Quizá la historia no resulta tan atractiva desde el punto de vista de la actualidad, pero el caso es que la identidad de la chica sigue siendo desconocida para todo el mundo, y este hecho en sí mismo ya resulta bastante interesante. Las cosas han cambiado mucho en los últimos treinta años, y ahora debería ser mucho más fácil descubrir quién era. Por un lado, algo dentro de mí me empuja a seguir investigando, el deber de darle nombre a esta figura que forma parte de las leyendas de Treviu. Por otro, la última investigación en la que participé acabó tan mal que tuve que huir de Barcelona para no volverme loca.

Empiezo a sentir que se me acelera el corazón, y la sola idea de que se me dé un ataque de pánico me hiela la sangre. Mi primer impulso es coger un Trankimazin y poner fin a mi inquietud, pero me obligo a esperar unos minutos e intentar solucionar el problema yo sola. Me repito que el pasado, pasado está y que esta investigación conlleva muchos menos riesgos y problemas que la anterior. Al fin y al cabo, la chica del vestido azul murió hace más de treinta años, y al parecer se trató de un suicidio. No tengo motivos para inquietarme. Solo quiero saber quién era y por qué decidió quitarse la vida. Algo dentro de mí necesita responder a estas preguntas, y mientras me dedique a este tema no estaré pensando en otras cosas ni sintiendo la tentación de ahogar la ansiedad en alcohol o ansiolíticos. Empieza a ser hora de pasar página, y esta labor puede ser el empujón que me ayude a hacerlo.

Releo la lista que hice de la información que necesito conseguir para el reportaje. Como no es poca cosa, decido que después de comer iré a ver a Olvido, de la que casi no me acordaba, probablemente porque vive lejos del pueblo, en el valle, cerca del río. No habría pensado en ella si no fuera porque anoche Andreu la mencionó cuando hablábamos de las personas que habían conocido a la chica del vestido azul. Sonrío y pienso que las cosas pasan de una manera y no de otra porque así debe ser. O eso espero.

Con la digestión casi hecha, bajo por la calle Mayor hasta llegar a la plaza de la iglesia. El cementerio viejo y la iglesia marcan el final del pequeño grupo de casas que forman el núcleo principal de Treviu, justo donde se celebra la fiesta mayor cada 14 de agosto. Más allá, un camino estrecho custodiado por zarzas y ortigas a ambos lados sigue bajando el pequeño valle hasta llegar a la antigua casa del molino, donde vive Olvido.

Creo que, aunque no subió al pueblo cuando descubrieron los huesos, por fuerza debe de saber lo que ha pasado. Seguramente Encarna ya se ha ocupado de bajar a su casa con cualquier pretexto para darle la noticia. La verdad es que no tengo ni idea de cómo reaccionará Olvido a mi inesperada visita, ni si querrá hablar conmigo. En cualquier caso, lo más grave que puede pasarme es que acabe con las piernas llenas de rasguños y que ella me cierre la puerta en las narices, riesgos que estoy dispuesta a correr. Cruzo la plaza y tomo el pequeño camino lleno de curvas.

Cuando llego a la casita de piedra, deteriorada por el paso del tiempo, dos gatos —uno negro y otro gris— me cortan el paso y deciden enroscarse en mis piernas en una inusual danza afectiva que me enternece y me inquieta a la vez. Mi primer impulso es responder a sus muestras de afecto, pero el ojo lisiado del gato gris, que supura, me aconseja que me contenga y siga mi camino.

Un poco más adelante encuentro la puerta de madera que marca la entrada de lo que antes había sido un jardín y ahora es una masa vegetal silvestre y frondosa de malas hierbas y ortigas. Los gatos han desistido de sus esfuerzos y me miran, curiosos, desde una distancia prudencial.

—¿Hola? —grito. No veo ningún timbre, pero me parece brusco entrar sin avisar de mi presencia—. Hola… ¿Hay alguien?

Me responde el movimiento rápido de una cortina amarilla y roñosa en una de las ventanas cuadradas de la primera planta. Sin estar demasiado segura de lo que hago, decido abrir la valla del jardín y acercarme a la puerta de madera oscura y maciza de la entrada principal. Justo cuando estoy empujando la primera, la segunda se abre y una mujer alta y bastante delgada, con el pelo hasta la cintura, pelirrojo y canoso, aparece delante de mí.

—¡Hola! —digo lo más amablemente que puedo—. ¿Es usted Olvido?

—¿Tú quién eres?

Su tono es desconfiado, pero leo la curiosidad en sus ojos de color almendra tostada. Me doy cuenta de que sujeta la parte interior de la puerta con la mano izquierda, como si fuera a cerrarla en cualquier momento.

—Soy Martina, la hija de Jaume Casajoana. —La explicación parece dejarla como mínimo indiferente—. Soy periodista. Estoy escribiendo un reportaje sobre Olivia, la chica del...

—La chica del vestido azul.

Sus facciones se relajan. Creo intuir un esbozo de sonrisa en sus labios finos y agrietados, pero sigue sin moverse ni un centímetro.

—Estoy entrevistando a las personas de Treviu que la conocieron, o que al menos sepan su historia. He pensado que quizá usted...

—Yo la conocí —vuelve a interrumpirme. Pero no me mira a mí, sino más allá, a un punto infinito al que no puedo llegar con la mirada.

—¿Le importaría que le hiciera unas preguntas?

No me contesta de inmediato. Tengo la sensación de que su cabeza y su corazón libran una batalla interna, porque se queda en silencio unos diez segundos, en los que las facciones le cambian a toda velocidad y muestran emociones contradictorias y claramente opuestas. Decido mantenerme en silencio y esperar paciente hasta que alguna de estas emociones se erija como triunfadora, y por fin, con una sonrisa en la cara y mirándome directamente a los ojos por primera vez, me contesta:

—Claro que no. Adelante.

Y mis pasos se adentran en el peculiar mundo en el que habita Olvido cada día de su solitaria vida.

Me sorprenden la calidez y el orden de la estancia, comparados con el desorden natural que se ha impuesto en el jardín. Tengo la sensación de estar en una cabaña de montaña o en un refugio pequeño, cálido y confortable. Olvido me indica con un gesto que me siente en una de las dos sillas de madera y mimbre que acompañan a una pequeña mesa rectangular que ocupa el centro del habitáculo. Elijo la de color verde y dejo la azul para ella. A mi izquierda hay un sofá de dos plazas cubierto con una tela estampada de flores amarillas y blancas, situado delante de una pequeña chimenea circular de hierro, muy similar a la que había en casa cuando veraneaba con mis abuelos. Olvido pone a calentar una tetera roja y metálica en uno de los dos fogones de la cocina, pegada a las dos paredes que forman una esquina. A continuación coge dos de las tres tazas que cuelgan de la pared azulejada y abre un pequeño armario superior, del que saca tres botes de vidrio con tapa metálica y llenos de hierbas.

—Tengo tomillo, manzanilla y tila. También puedo hacerte una infusión de menta. La de la maceta aún está creciendo, pero en la orilla del río hay un montón. Puedo ir a buscarla en un momento.

Aunque la menta es mi preferida, elijo la manzanilla para no causarle más molestias de las necesarias. Decido lanzar una pregunta al aire, porque tengo la sensación de que se siente más cómoda si hace algo mientras habla.

—Así que usted conoció a Olivia…

Al oír el nombre vuelve a poner una mueca, diría que de espanto, solo por un breve segundo.

—Sí, ya te lo he dicho antes. Aunque no mucho. En realidad solo charlamos un par de veces.

—¿Cuándo?

—¿Cómo que cuándo?

—En qué momento. Solo estuvo aquí dos días. Intento saber los movimientos que hizo para ser lo más fiel posible a la historia.

—La noche de la fiesta mayor.

—¿En la plaza?

De nuevo esa expresión. Olvido se gira completamente y se coloca de espaldas a mí, ocultando el rostro, mientras llena dos saquitos de tela con una cucharadita de manzanilla.

—No. En la Casa Gran.

—¿En la fiesta de los Fabra?

—Sí. Servía las copas de cava.

—¿Vino al pueblo para trabajar con los Fabra?

—No sé por qué vino. Me dijo que la habían cogido de prueba para esa noche.

—¿Y de qué hablaron?

—Solo de esto. No sé por qué te he pedido que entraras. Quiero decir que dudo que pueda ayudarte para ese reportaje que dices que estás escribiendo… Solo intercambié dos palabras con ella. —Vierte el agua hirviendo en las dos tazas, las coge con cuidado por el asa y las trae a la mesa.

—No se preocupe, eso ya me sirve. Solo intento hacerme una idea de quién era, por qué vino al pueblo…

—Y qué le pasó —me dice mirándome fijamente, y se sienta en la silla. Después señala un bote de cerámica y añade—: Ahí tienes el azúcar, si quieres. ¿O quizá prefieres miel?

—Azúcar está bien. Gracias. —Cojo el bote y me echo una cucharada en la taza, que humea delante de mí. Ella sigue en silencio—. ¿No siente curiosidad? —vuelvo a preguntarle, incrédula.

—De eso hace mucho tiempo, y entonces, cuando sucedió, no descubrieron nada. ¿Qué te hace pensar que ahora, casi cuarenta años después, será más fácil? La mitad de las personas que la conocieron están muertas.

—Y la otra mitad no me dicen todo lo que saben…

Me la juego porque intuyo que si me ha dejado entrar es porque siente el impulso de contarme algo, algo más importante que lo que me ha dicho hasta ahora.

—¿Qué quieres decir con la otra mitad? No sé los demás, pero yo no sé nada más de lo que te he dicho.

—¿Cómo fue la fiesta de los Fabra?

La pregunta la pilla desprevenida. Mantiene los ojos fijos en el líquido amarillo y aguado de la taza, y su mano izquierda aprieta con tanta fuerza la cucharilla que la piel cercana a las uñas se enrojece.

—Pues una fiesta. Normal. Con baile, bebida y cosas para picar. Pero un poco más sofisticado, claro, porque eran los Fabra.

—Tengo entendido que aquel fue el último año que la celebraron. ¿Pasó algo inusual? ¿Diferente?

—Diferente no, pero supongo que la señora Fabra se cansó de que su marido aprovechara la ocasión para perseguir a jovencitas y pensó que se lo ahorraría si no hacía la fiesta.

—Entonces ¿conocía bien a los Fabra?

Sé una parte de la respuesta, pero quiero ver si me dice la verdad.

—Estuve a punto de casarme con su hijo menor, Julià. Pero poco después de la fiesta murió en un accidente de coche. Poco a poco fui perdiendo el contacto con la familia. Me hacía más mal que bien.

—Lo siento.

Asiente con la cabeza, pero no dice nada. Inmediatamente me siento culpable por haberla sumido de nuevo en una tristeza que, sospecho, la acompaña más a menudo de lo que sería deseable.

—Perdone, no quería ponerla triste.

—Se hable de ello o no, es lo que pasó.

Se me ocurre una última pregunta, pero no quiero abusar de su hospitalidad, así que me la guardo para una futura ocasión.

—Muchas gracias por su ayuda, y por la manzanilla. No la molesto más.

Me levanto de la mesa, dejo la taza vacía aunque aún caliente en el mármol de la cocina y extiendo la mano para despedirme. Olvido se acerca y me da un frágil abrazo. Cuando su rostro está a la altura de mi oreja, murmura:

—Cuidado con las preguntas que haces. Y a quién se las haces. Hay gente que no quiere que se remuevan asuntos del pasado. Especialmente este.

—Gracias. Lo tendré en cuenta —le contesto.

Salgo por la puerta del jardincito silvestre, donde los dos gatos están pacíficamente tumbados en la hierba. Esta vez no se toman la molestia de levantarse, sino que se limitan a observarme mientras paso por delante de ellos.

En lugar de volver por donde he venido, tomo el estrecho camino de tierra que sube hacia la carretera. Como aún es temprano y la tarde es agradable y serena, decido ir hasta el mirador, que está a poco más de un kilómetro de Treviu. Desde que he llegado no he salido a correr porque, aunque las cicatrices ya casi han desaparecido del todo, aún tengo el cuerpo dolorido y no me he visto con ánimos para ponerme a ello. Pero sin duda echo en falta el estímulo y la gratificación que proporciona el ejercicio, así que andar, aunque sea un poco, me vendrá bien.

El caminito de tierra es de subida y está rodeado de prados de un verde que aún no ha sucumbido a los intensos rayos del sol, fruto de un verano de ambiente primaveral, salpicado de diversas flores de amarillos alegres y lilas de diferentes tonalidades. En los márgenes de la tierra crecen zarzas que ahora ostentan unas flores de un color que es una mezcla de rosa pálido y blanco roto, de forma muy similar a las rosas, pero aún más frágiles y delicadas a las caricias del viento. Detrás de mí, a mucha más altura, los pinos frondosos ocupan las majestuosas montañas hasta el horizonte, y delante, la roca gris y dura de la montaña en forma de horca observa, vigilante, el pequeño conjunto de casas ubicadas en los prados más llanos, entre el valle de techo limpio y azul.

Unos cien metros antes de llegar a la carretera aparece a mi izquierda el cementerio nuevo. De planta cuadrada, no es más grande que el antiguo, pero sí más ordenado y arreglado a primera vista, aunque, quizá precisamente por eso, echo de menos el carácter romántico y melancólico del segundo.

Me desvío del camino y me acerco a la puerta, que está firmemente cerrada con llave. Observo que aún quedan nichos vacíos, distribuidos en una edificación rectangular de cemento en una de las paredes. En el centro, rodeado de una superficie de césped recientemente cortado, hay una cruz de hierro forjado negro, y detrás se erige un panteón con la puerta de hierro abierta, con el interior de paredes limpias y blancas, que, desde mi posición, parece vacío. De algún modo, posiblemente fruto de una conversación que he oído y ahora mismo no recuerdo, asumo que es de los Fabra.

Vuelvo al camino y sigo andando hasta llegar a la carretera asfaltada que me lleva al mirador.

Llego a los diez minutos y confirmo lo que intuí de pasada la noche que llegué a Treviu: no se ve nada. Lo que antes era una curva desde la que admirar las múltiples montañas que forman parte del camino de los Bons Homes, y que mis abuelos y antepasados recorrían sin grandes aspavientos hasta llegar a Berga, ahora es un muro de pinos rojos que, insistentes, proclives y fuertes, han crecido masivamente y de forma paralela a escasos metros del balcón de piedra que forma el mirador. El mensaje parece claro: quien quiera admirar las montañas que las recorra andando.

Después de observar la frondosa masa verde que tengo ante mí, se me aparece en la mente el rostro triste de Olvido y me doy cuenta de que se debe al hecho de que estoy en el lugar donde hace treinta y ocho años el coche de Julià fue embestido por una furgoneta cuando el primero salía del mirador y el otro iba en dirección contraria. Tres años después nací yo. Es curioso cómo las leyendas acompañan la propia historia. Aunque nunca conocí a la persona en cuestión, de alguna manera tengo la sensación de estar unida a ella por un hilo muy fino: el de haber formado parte del mismo paisaje en tiempos diferentes, pero probablemente sintiendo lo mismo al admirar la impetuosa montaña, los campos verdes o el agua limpia y fresca del río.

Inspiro y dejo que el aroma de los pinos me limpie la mente.

A continuación doy media vuelta y me dirijo a Treviu pensando en la enorme altura de los pinos que acabo de ver y cómo esa altura se relaciona directamente con mi edad y el tiempo que ha pasado para todos.

Vuelvo por el camino del Zorro. Aunque en realidad no se llama así. Se trata de un trocito de la carretera vieja al que llamo camino del Zorro porque un día que paseaba con mi abuela en dirección al mirador encontramos el cadáver de un zorro aplastado en el suelo, rodeado de las plantas y flores que crecen por todas partes. Probablemente un coche lo había atropellado en la carretera nueva, que pasa justo por arriba, y el conductor, u otra persona, decidió lanzarlo desde allí.

Aquel descubrimiento, seguramente bastantes meses después de que lo hubieran atropellado —ya que el volumen que en un principio debía de ocupar el animal se había reducido a la piel y la cabeza disecados, como si fuera una alfombra—, me entristeció y a la vez me fascinó. Así que cada vez que íbamos al mirador, año tras año, pasábamos por allí para observar el estado del pobre zorro, hasta que un año ya no quedaba nada. Había pasado a formar parte del sustrato y la montaña para siempre.

Observo el lugar exacto en el que lo encontramos. Me resulta fácil localizarlo porque coincide con la situación, un metro y medio más arriba, en la pared de piedra, de un gran tubo metálico que canaliza el agua que baja de la montaña cuando hay lluvias o deshielo. Si miras por el agujero de casi un metro de diámetro, se ve a contraluz el otro lado de la carretera nueva.

Pero por un momento creo distinguir no solo la montaña, sino también el reflejo de una sombra en movimiento. Un escalofrío me recorre la espalda, y la inquietud se me instala en la mente. Vuelvo a mirar por el tubo, pero no veo ninguna figura ni forma inusual.

Probablemente haya sido un juego de sombras combinado con mi mente sugestiva.

Acabo el camino hasta casa a paso ligero y convenciéndome de que no tengo nada de lo que preocuparme, pero cierro la puerta con llave en cuanto entro.

7

Antes de subir al piso de arriba enciendo el televisor y lo programo para que se apague dentro de cuarenta y cinco minutos, de manera que cubra los gemidos de la casa mientras espero a sumergirme en el mundo onírico con la ayuda de la relectura de *La dama del lago*, de Raymond Chandler, y la compañía de mi amigo Cuervo. Esta noche decido prescindir de los ansiolíticos.

La combinación funciona y accedo fácilmente al reino de los sueños y la oscuridad, aún con el sonido amortiguado del televisor de fondo.

Pero de repente me encuentro sentada en un sillón de color verde oscuro ubicado en una sala de techo alto que ha conocido mejores días que los que ahora intenta soportar en presencia de una decadencia de algún modo dignificada. En una esquina, un tocadiscos gira distribuyendo las notas de «Moon River» por toda la sala. Las cortinas, que tapan a medias los enormes ventanales, dejan pasar la tenue luz de un día nuboso pero no gris. Fuera distingo el verde de los campos que rodean la casa. No sé por qué estoy aquí, ni de quién es esta casa, pero me siento cómoda sentada en el sillón de fieltro, rodeada de estantes que llegan hasta el techo y están llenos de libros polvorientos de diversas medidas y colores. Me levanto, me dirijo al estante más grande, que ocupa toda la pared opuesta a los ventanales, y examino con atención los ejemplares que reposan en él. Los títulos son variados y no parecen ordenados de ninguna manera concreta: *Primeros relatos,* de Chéjov; *La mente errabunda,* de Asimov; *Cinco pistas falsas,* de Dorothy L. Sayers; *Diario de una escritora,* de Virginia Woolf; *Belle de jour,* de Joseph Kessel; *Robinson Crusoe,* de Daniel Defoe…

—Coge el que quieras. —Me sorprende una voz masculina aterciopelada.

Me giro y veo a un hombre alto y delgado apoyado en el marco de la gran puerta de entrada a la sala. Va exquisitamente vestido con unos pantalones sastre grises, una camisa de tonalidad violeta y un chaleco de color gris oscuro. Lleva al cuello una pajarita que en ningún caso le hace parecer ridículo, al contrario. Tiene el pelo blanco y ligeramente ondulado, y un bigote delgado y bien peinado hace de sombrero a sus labios.

—Los he leído casi todos. ¿Buscas algo en concreto? —me pregunta, aún de pie, con las manos enlazadas detrás de la espalda.

—Respuestas.

—Sí, suele ser una de las principales razones y consuelos de la lectura. ¿Sobre qué, si puede saberse?

—Sobre la verdad. La verdad de lo que le pasó a la chica del vestido azul.

—¿La chica del lago?

—No, la chica del vestido azul. Olivia. Usted no la conoció.

—¿Y tú cómo lo sabes? ¿Acaso sabes de dónde venía?

De repente me siento avergonzada y un golpe de humildad me sacude los músculos de arriba abajo.

—No, no sé de dónde venía. Ni adónde iba.

—Pero acabó en el puente del Malpàs.

—No creo que se tirara.

—Quizá no fue para eso.

—¿Y entonces? ¿Cree que había quedado con alguien?

El hombre cruza la sala hasta llegar al otro extremo, donde hay un imponente escritorio de madera maciza de roble, y se sienta.

—La dulce Olivia… —Suspira—. ¿Por qué fue a Treviu?

—No lo sé. ¿Para ver a los Fabra? Preguntó por ellos en la fonda.

El hombre estira los labios finos, con los que forma una sonrisa encantadora y satisfecha.

—¿Ya has elegido qué libro te llevas?

Observo rápidamente los títulos que tengo delante. Algunos ya los he leído. Dudo entre los demás porque, como siempre, incluso en los momentos en que no resultan vitales, las decisiones siempre me obligan a pensar más en las puertas que cierro que en las que abro, cosa que me supone un exceso de tiempo y energía que podría emplear en otras cosas más productivas que la proyección de diversos futuros derivados de cada una de las decisiones posibles.

Un lomo de tapa dura, de color gris con dos franjas, una de color crema y la otra roja con unas letras doradas, me llama la atención. Me acerco y vuelvo a inclinar la cabeza: *Por quién doblan las campanas*, de Hemingway. Lo cojo con delicadeza, apoyando el dedo índice en la parte superior del lomo. En la cubierta aparece un niño colgado cabeza abajo, atado de pies y manos. En la tercera página encuentro una cita de John Donne:

«Nadie es una isla por completo en sí mismo; cada hombre es un pedazo de un continente, una parte de la Tierra. Si el mar se lleva una porción de tierra, toda Europa queda disminuida, como si fuera un promontorio, o la casa de uno de tus amigos, o la tuya propia; por eso la muerte de cualquier hombre me disminuye, porque estoy ligado a la humanidad; y por tanto, nunca preguntes por quién doblan las campanas, porque están doblando por ti».

—Este. Me quedaré este —le contesto por fin cerrando el libro y colocándomelo bajo el brazo.

Unos gritos y portazos reclaman de repente nuestra atención. Los dos dirigimos instintivamente la cabeza hacia uno de los tres ventanales y apartamos las pesadas cortinas del mismo color verde que el sillón en el que estaba sentada antes. Aparte del verde de los campos, ahora la amplia vista me permite identificar rápidamente un edificio de establos, rectangular y de una sola planta. De ahí surgen los gritos. Tres caballos huyen despavoridos y galopan a gran velocidad hacia los prados. Pero a los pocos metros uno de ellos da media vuelta y empieza a cabalgar hacia la casa, cada vez más deprisa, hasta que casi sin darnos cuenta lo tenemos delante de nosotros, al otro lado de la ventana. Nos apartamos en un acto reflejo, justo a tiempo para evitar la estampida que provocan los vidrios al romperse como consecuencia del peso y la fuerza con la que el caballo se echa encima a toda velocidad.

Me despierto empapada en sudor.

Tardo unos segundos en situarme en la realidad que suponen las cuatro paredes blancas de la habitación. Aun así, me doy cuenta de que los gritos que he oído en el sueño no eran exclusivos del mundo onírico.

Abro la ventana y los postigos para corroborar que lo que oigo es real. Efectivamente lo es, pero no veo nada anormal.

Las casas están dormidas alrededor de la calle Mayor, completamente vacía.

Voy al lavabo, que tiene vistas a la carretera y al otro lado del pueblo. Al abrir la ventana identifico más claramente los gritos, que parecen mucho más cercanos. Abro los postigos, y una luz viva, anaranjada y roja a mi izquierda termina de confirmarme lo que el olor a quemado ya me había hecho sospechar: hay un incendio en la Casa Gran.

Me pongo unos vaqueros y una chaqueta por encima de la camiseta que utilizo para dormir, me calzo rápidamente las zapatillas y bajo la escalera a toda prisa. Salgo a la calle; todavía está oscuro, aunque la luz de color violeta detrás de las montañas permite intuir la salida del sol en un par de horas.

Subo la escalera de piedra hasta la carretera principal, y la vista se me va rápidamente hacia el punto de la casa donde las llamas enfurecidas lamen el marco de la ventana, la puerta y el balcón de madera que se ven desde el jardín de mi casa. La habitación de la bruja, pienso.

Corro a la entrada, donde encuentro a Agustí Fabra con dos cubos en la mano, dirigiéndose al lavadero en el que las criadas lavaban la ropa antiguamente, cuando la electricidad y las lavadoras ni siquiera eran conceptos en la mente humana.

—¿Dónde está su mujer? —le pregunto sin presentarme.

—Está bien, dentro, en la entrada.

—¿Han llamado a los bomberos?

—¡De aquí a que lleguen el fuego habrá engullido la casa!

—¡Con eso no hará nada! —le digo señalando los cubos—. La manguera que tenemos en el jardín llegará si la paso por el muro y cruza la carretera. ¡Voy a buscarla!

Echo a correr, cruzo la carretera, bajo la escalera de piedra y rodeo mi casa para acceder al jardín lateral.

Una vez allí desenrosco la manguera lo más deprisa que puedo y me la enrosco alrededor del cuello y el pecho.

Utilizo las dos manos para trepar las primeras piedras del muro que marca el desnivel del jardín con la carretera. Encuentro los pies de Agustí delante de mí. Me sujeto como puedo a la pared y con dificultad, utilizando la mano derecha mientras con la izquierda intento desenrollar la manguera, que me rodea el cuello, y se la tiendo a Agustí. En cuanto la ha cogido, me dejo caer de un salto a la tierra del jardín.

—¡Voy a abrirla! —grito.

Él cruza la carretera con la manguera y la enfoca hacia el balcón en llamas.

—¡De acuerdo! —me contesta.

Giro la manija. La presión del agua llena con fuerza la manguera.

Vuelvo a subir a la carretera. Aunque el agua no tiene mucha presión por el cambio de altura, llega al balcón, donde las maderas de la barandilla empiezan por fin a apagarse. Aun así, el interior de la habitación todavía es inaccesible y sigue quemándose.

—Tendríamos que conectar la manguera al grifo del lavadero para ganar todos los metros que pierde desde la carretera. ¿No tiene otra?

—No, no tenemos ninguna.

—Siga echando agua con esta. Voy a buscar una a casa de los Linus.

Justo cuando me doy media vuelta con la intención de bajar por la calle Mayor, iluminada por las tres farolas de luz blanca rodeadas de mosquitos, veo a Andreu, que sube corriendo con una manguera enroscada en el hombro.

Cuando sale el sol, el fuego ya se ha extinguido del todo. Algunas barandillas del balcón se han desmoronado sobre la carretera, y la puerta de acceso a la habitación de la bruja y el interior están completamente destrozados. Aun así, el fuego se ha podido controlar y los daños se limitan a una única habitación de la casa, así que, después de la adrenalina y el esfuerzo, reina un cierto alivio impregnado del cansancio propio de una noche sin dormir.

Tras recoger la manguera y lanzarla al jardín desde la carretera, me despido de Agustí, que me agradece la ayuda de su parte y de parte de su mujer, que, pese a que no se lleva bien con Marian, ha ido a casa de los Linus a tomarse una tila y a tranquilizarse después del ataque de pánico que le ha dado cuando ha visto el fuego.

Andreu me atrapa en la escalera de piedra, justo antes de entrar en el jardín delantero de mi casa.

—¡Hey! —me saluda, casi en un suspiro.

Lleva la manguera enrollada, como cuando ha llegado, pero ahora está toda mojada y manchada de barro, como su camiseta de manga corta y los pantalones azules que se pone para trabajar.

—Hey…

—Parece que en este pueblo no falta la diversión, y menos desde que llegaste tú.

Dudo si la frase es un pretexto cualquiera para entablar conversación o si realmente está insinuando que el hecho de que alguien abra las tumbas y haya un incendio en la Casa Gran está de alguna manera relacionado con mi presencia en Treviu. Por un momento pienso en lo que pasó con Levy y si puede tener alguna relación con lo que ha ocurrido hasta ahora, pero lo descarto porque la hipótesis me parece completamente absurda. Antes de que haya podido elegir una respuesta, añade:

—La cena de ayer estuvo bien.

Sonrío.

—Sí, estuvo bien.

—Podríamos repetirlo. O quizá hacer otra cosa.

—Claro, por qué no. Pero tendrá que ser mañana. Hoy tengo trabajo por terminar y quisiera dormir un rato antes de ponerme.

—Sí, yo haré lo mismo.

A continuación acerca la cara a la mía y me planta un beso en la boca.

—Que descanses.

Intento moderar mi respiración y el flujo sanguíneo para no ruborizarme ni parecer especialmente afectada por uno de los mejores besos que me han dado nunca.

—Igualmente —le contesto por fin.

Cruzo la puerta del jardín y me dirijo a la entrada de la casa. Es entonces cuando me doy cuenta de que, con las prisas y los nervios, he olvidado cerrar la puerta al salir. Ya sea porque es de día o por el cansancio que me impregna los músculos y los huesos de la cabeza a los pies, apelo a mi parte más relajada y confiada, que lleva bastante tiempo escondida. Entro en casa y sin darle más importancia me dirijo directamente a la cama, donde me quedo frita, por primera vez desde hace mucho tiempo, sin ayuda y de forma instantánea.

Me despierto cinco horas después con la boca seca y un insistente martilleo en la cabeza que me recuerda las peores resacas. El reloj antiguo de color verde oscuro me indica que son las doce del mediodía. Me arrastro hasta el lavabo deseando que una buena ducha y una aspirina aplaquen todos mis males.

Durante un buen rato dejo que el agua caliente me desentumezca los músculos más rebeldes y rígidos.

Salgo y piso la suave alfombra de algodón, renovada, como si hubiera descansado tres horas más, que en realidad son las que me harían falta para ser persona. Alargo el brazo hacia el colgador que está a mi izquierda cuando, en mitad del gesto, el suelo se hunde bajo mis pies y un vacío implacable me succiona el estómago.

En el espejo hay unas letras escritas sobre el vapor que ha creado el agua caliente.

DÉJALO CORRER

Busco de inmediato algún arma improvisada. Aun así, mientras revuelvo los armarios tapada con la toalla, mi razonamiento lógico va imponiéndose al miedo. Si alguien ha estado en el lavabo y hubiera querido hacerme daño, ya me lo habría hecho. Esto es una amenaza, una herramienta disuasoria; probablemente, la persona que lo ha hecho ya ni siquiera esté en casa. De todas formas, cojo unas tijeras y una botella de alcohol del botiquín. No son gran cosa, pero es lo único que tengo en este momento.

Abro la ventana del lavabo con la idea de que si grito sea más fácil que alguien me oiga y procedo a abrir la puerta que da al pasillo. Me quedo con la cabeza fuera, en total silencio, durante dos o tres minutos, intentando identificar todo pequeño sonido, por lejano que sea. El suelo, de láminas de madera vieja, es un inevitable delator de todo paso, cosa que juega tanto en contra de mí como del inesperado visitante, si es que aún está dentro de casa.

Camino de puntillas los dos pasos que me separan de la habitación y entro. Lo primero que hago es mirar debajo de la cama sin hacer ruido, y después en el armario, con las tijeras preparadas para clavarlas en cualquier cosa que se mueva o respire. Me alegro profundamente de no encontrar a nadie.

Me visto y pienso que lo más probable es que quien haya dejado el mensaje escrito en el espejo haya entrado en casa de madrugada, durante el tiempo en que la puerta se ha quedado abierta. Pero el visitante habría debido de comprobar que la puerta estaba abierta, porque, aunque no la he cerrado con llave, sí la he cerrado. Deduzco que o bien la persona en cuestión se ha tomado el tiempo y la molestia de escribir el mensaje haciendo vapor con agua caliente para que yo lo viera cuando me duchara y después se ha marchado, o bien se ha quedado encerrada en casa cuando he vuelto y ha escrito el mensaje hace escasos minutos.

Ninguna de las dos opciones me gusta, pero si tengo que elegir una, sin duda preferiría la primera.

Después de vestirme rápidamente cojo la Star de 9 mm de Levy y compruebo todos los armarios, debajo de las camas y todos los rincones de la casa desde el segundo piso hasta la planta baja. Nunca había pensado que utilizaría la pistola en este pueblo, pero desde que está en mi poder me gusta tenerla cerca, me ayuda a sentirme más segura. Por eso la robé de la caja fuerte la última noche que pasamos juntos. Supongo que Levy ya la habrá echado en falta.

Corroboro que no hay nadie.

Pero el alivio me dura escasos segundos, los que tarda mi cerebro en procesar que, pese a que la amenaza del peligro no es tan inminente como pensaba, es completamente real y fehaciente.

«Déjalo correr».

Desde que he llegado solo me he dedicado a descansar y a escribir. Y he hecho algunas preguntas sobre la chica del vestido azul. También he ido a cenar con Andreu, y contemplo la posibilidad de que tenga una novia que lo vigila de cerca y de la que no me ha hablado, incluso una esposa. A primera vista puede parecer retorcido, y sin duda lo es, pero los ocho meses que seguí a Levy en su día a día me hicieron darme cuenta de que la gente hace cosas y toma decisiones irracionales y estrambóticas mucho más a menudo de lo que me imaginaba o me gustaría pensar.

El recuerdo de la sombra al otro lado del tubo de canalización hace acto de presencia. Descarto esta última teoría por inverosímil y porque en ese caso el mensaje habría dado a entender de algún modo que se trataba de él. Así que solo puede tratarse de algo relacionado con la chica del vestido azul. Hay alguien a quien parece no gustarle que haga preguntas, y el único motivo que se me ocurre es que esta persona estuvo de una u otra manera implicada en la muerte de Olivia, o sabe algo al respecto.

Desde mi punto de vista, esto no hace sino confirmar que la muerte de Olivia no fue accidental. La advertencia de Olvido, que en su momento me pareció teatral, adquiere cuerpo y confirma la teoría.

Intento valorar rápidamente el peligro real que supone esta persona. Si ha estado relacionada con la muerte de Olivia, bien podría ser un asesino, aunque fuera accidental. También podría tratarse de alguien que no fuera el responsable de su muerte, pero que de alguna manera estuviera implicado y, evidentemente, no quiera que su secreto salga a la luz.

Sea como fuere, parece evidente que se trata de alguien del pueblo, alguien que conoce la casa, que estaba aquí y que aprovechó el incendio para entrar y dejarme claro que estoy metiéndome donde no me llaman. Probablemente también se trate de alguien que conoció a Olivia, aunque no puedo descartar lo contrario, porque podría actuar por vínculos familiares o para proteger a alguien que estuvo implicado pero en la actualidad podría estar muerto.

Me hierve la cabeza, llena de opciones, y aunque tengo la sensación de que sé más de lo que ahora puedo asimilar, soy consciente de que aún me falta mucha información para llegar a una conclusión válida.

Procedo a sopesar mis posibilidades. Mi primer instinto es salir corriendo, huir y desaparecer. No necesito otra experiencia traumática en mi vida. Con lo que me pasó en Barcelona ya tuve bastante. Me quedó claro que mis dotes de investigadora dejaban mucho que desear y que las aventuras criminales se viven mucho mejor desde el sofá de casa a través de la ficción.

Pero a la vez el enfado y la frustración crecen dentro de mí como una bola de fuego. Si lo dejo correr, tengo que volver a casa, huir al lugar del que ya he huido. Hasta aquí podríamos llegar. Por otra parte, es una buena oportunidad para volver a ganarme el respeto de Jan. Solo con un reportaje como este me dejará volver a trabajar en la revista. Y por último, aunque no menos importante: ¿y la justicia? Hay alguien que claramente intenta escaparse y no parece que nadie vaya a impedírselo. Excepto yo, quizá.

Este pensamiento me hace reír, pero también me devuelve una sensación que hacía tiempo que no sentía: la posibilidad de conseguirlo. Y si lo logro ahora, quizá compense el error que cometí antes, y todo lo que siento al respecto se desvanecerá y podré volver a ser… yo misma.

A medida que voy pensándolo, acompañada por la luz del sol del mediodía, me siento más valiente y capaz de afrontar el conflicto.

La convicción de no permitir que quienquiera que haya escrito la amenaza se salga con la suya va instalándose en mi cabeza.

Esta vez no.

Pero tendré que ser inteligente. Tendré que planear concienzudamente mis movimientos y tendré que filtrar al máximo la información que doy y pido.

También a quién se la pido.

Aun así no puedo seguir con esto sin buscar a alguien a quien confiarle lo que ha pasado, al que necesitaré si la cosa se tuerce. Pienso en contarle lo que ha pasado a Andreu, pero lo descarto rápidamente. Aunque no quiera creerlo, existe la posibilidad de que haya sido él quien ha dejado el mensaje en el espejo esta noche. Del mismo modo que puede haberlo hecho cualquiera del pueblo que ha acudido en un momento u otro al incendio y ha visto que yo estaba allí. Las únicas personas en las que confío ahora mismo son Linus y Marian. Pero ya son mayores y no me gustaría implicarlos en algo que luego pudiera pasarles factura. En cualquier caso, solo necesito contárselo para que estén alerta, pero sin asustarlos para que no entorpezcan mi objetivo o se arriesguen a salir mal parados.

El gemido de la puerta de hierro de la entrada me abstrae de mis pensamientos y vuelve a ponerme en alerta de inmediato. Saco la cabeza por el balcón silenciosamente, sujetando la pistola con la mano derecha, que mantengo escondida detrás de la espalda.

—Hola —me dice la señora Fabra—, te he traído esto. —Levanta las dos manos para mostrarme una caja cuadrada de colores chillones, dorados y rojos—. Para agradecerte que nos hayas ayudado esta noche con el incendio. Siento que yo no haya…

Hago un gesto con la mano para que detenga su discurso y me dé tiempo a bajar al jardín, y ella asiente con la cabeza. Dejo la pistola dentro de la chimenea de hierro, vacía en esta época del año.

—Hola —le digo abriendo la puerta.

La señora Fabra avanza hacia mí y me ofrece una caja de bombones. Sus manos son blancas y finas, y pequeños ríos de tinta azul recorren la parte anterior. En cada mano lleva tres anillos, entre los que destaca uno de oro con diamantes en el dedo anular de la mano derecha. Debe de ser el de casada.

—Gracias, pero no era necesario que me trajera nada —le contesto—. Para eso estamos los vecinos.

En su rostro arrugado, aunque bien hidratado, supongo que con cremas caras, se dibuja una ligera sonrisa de compromiso que me indica que no necesariamente comparte mi afirmación. De manera automática se lleva la mano derecha al pelo corto, anaranjado y ondulado por la permanente, y se lo toca como si se lo colocara en su sitio sin la ayuda del espejo.

—Quería disculparme por no haberos ayudado más. Debes de pensar que al fin y al cabo la casa es nuestra y debería ser la primera interesada.

—No, en realidad...

—El caso es que me desmayé y pasé casi todo el tiempo inconsciente en una habitación de la planta baja.

—Lo siento. De todas formas, lo importante es que nadie sufrió un percance. Y los daños no han sido cuantiosos, si no me equivoco...

—Los daños no tienen importancia. El seguro pagará los desperfectos, y de todas formas esta casa está cayéndose por su propio peso. Esto solo ha sido una pequeña ayuda. —Esboza una sonrisa casi imperceptible.

—¿Saben ya qué ha provocado el fuego?

—No, aún no. Esta tarde tiene que venir el perito, así que supongo que pronto lo aclararemos —me dice dándose media vuelta y dirigiéndose hacia la puerta—. Solo quería agradecerte tu ayuda. Tienes el mismo instinto solidario que tu abuelo, de eso no hay duda.

Algo en su tono de voz me impide aceptar la frase como un cumplido, así que me limito a fingir una sonrisa y a asentir con la cabeza, con ganas de acabar esta conversación de una vez. Ella ya está a punto de marcharse cuando, tras un silencio, se decide a volver a hablar.

—Me han dicho los Linus que estás escribiendo una historia sobre la chica del vestido azul —me dice con una sonrisa forzada.

—Un reportaje. Pero a los de la revista no les ha interesado, así que lo he dejado correr. —Examino su rostro buscando la reacción a mis palabras, pero sigue exactamente igual que cuando me ha formulado la pregunta—. ¿Por qué? ¿Es que sabe algo?

—Nada que no sepas ya. Aquella chica no estaba bien de la cabeza y se tiró del puente. No hay mucho más que contar.

—¿Habló con ella?

—Cuatro palabras.

—¿Y cómo sabe que estaba mal de la cabeza?

—Creía que habías dejado de lado la historia…

—Y así es. Es solo curiosidad.

—¡Ay, esta juventud! Ya sabes lo que dicen de la curiosidad… —Su sonrisa se hace más amplia.

—¿Qué dicen? —le pregunto intentando evitar el tono desafiante.

—¡Que mató al gato! —Y de repente se echa a reír de verdad, moviendo la mano derecha como si espantara moscas. Luego deja de reírse de golpe y añade—: No, ahora en serio.

Estas cosas es mejor dejarlas atrás. El pueblo no necesita este tipo de publicidad. Somos gente tranquila. Bueno, no te entretengo más. Gracias y adiós.

Me acerco a la portezuela y la cierro en cuanto la ha cruzado pensando en la hipocresía de su respuesta. Hace años que Elvira Fabra no pisa el pueblo.

—Si necesitan cualquier cosa... —le digo de forma casi automática.

—Gracias, querida. Creo que ya nos has ayudado todo lo que podías.

Y esa sonrisa falsa es lo último que veo antes de que me dé la espalda y empiece a subir, lenta y pesadamente, la escalera de piedra que la separa de la Casa Gran.

8

Cierro la puerta con llave y vuelvo a subir al primer piso. Cojo la pistola de la chimenea y me siento en el sofá para ordenar mis pensamientos y establecer mis próximos pasos. No tengo intención de dejar correr el tema, como pretende la persona que me ha escrito el mensaje, pero fingiré que ya no me interesa, como acabo de simular con la señora Fabra hace un momento. Por otra parte, les contaré la situación a los Linus hoy mismo. Y tendré que encontrar la manera de descubrir qué le pasó a la chica del vestido azul sin despertar sospechas.

Me gime el estómago, pero no me apetece cocinar. Decido subsistir a base de unos fideos vegetales ya preparados a los que solo tengo que añadir agua caliente y un polvo sospechoso. Exactamente lo que necesita mi cuerpo desajustado para reponerse.

Curiosamente, después de comérmelos en silencio delante de la ventana del comedor me siento reconstituida para seguir con mis indagaciones.

Salgo de casa con el portátil colgado del bolso de piel sintética como si fuera una bandolera, dudando de si hago bien en llevar encima la pistola. Si por lo que fuera la policía me parara y me encontrara con un arma encima, me buscaría unos cuantos problemas. No sé exactamente de dónde la sacó Levy, pero sospecho que no fue de una tienda especializada. Por otra parte, no tengo permiso de armas, lo que no ayuda en absoluto. Aunque en España es relativamente fácil adquirir una licencia de armas de caza, no es nada habitual obtener una de armas, el llamado permiso B, que está reservado a los que puedan demostrar que la necesitan y que están en una situación en la que su vida puede correr peligro. Pero, claro, demostrarlo es muy difícil, o imposible en muchos casos.

En cualquier caso, el miedo de buscarme problemas es claramente inferior al de no tenerlos nunca más porque estoy muerta, así que opto por esconder la pistola en el compartimento de la parte interior del bolso, que tiene un falso fondo que me permite acceder a ella lo bastante rápido en caso de necesitarla.

Antes de subir al coche observo en todas las direcciones. No hay nadie en la calle, pero Andreu está en el tejado de la iglesia y me saluda cuando miro hacia él. Le devuelvo el gesto y simulo una sonrisa, que en realidad no creo que pueda apreciar a esta distancia.

Conduzco los seis kilómetros que me separan de Falgar sin incidentes y prácticamente sola, con la excepción de un par de cuatro por cuatro que circulan en dirección contraria. Mi constante mirada al retrovisor interior me devuelve la visión del asfalto desolado y vacío con las montañas detrás.

Pido un carajillo en Can Fuster y abro el portátil. Me conecto al wifi y me paso quince minutos retocando el mail que le he escrito a Jan con la propuesta del reportaje. Después de cambiar cinco veces las mismas tres comas, me decido a enviarlo. Es posible que me mande a la mierda, pero también puede ser que su curiosidad juegue a mi favor.

Dejo un euro con veinte céntimos en la barra mirando a la chica, que charla con un cliente al otro lado, y vuelvo a casa con la misma paranoia persecutoria con la que he venido.

Cuando llego decido bajar a casa de los Linus directamente. No hay rastro de Andreu ni en el jardín de la rectoría ni en el tejado de la iglesia.

Encuentro a Linus en el porche de la entrada, inclinado sobre los perros y acariciando la barriga a Tom. Laica se levanta y viene hacia mí con la esperanza de recibir el mismo trato que su compañero. Lo recibe incluso algo más efusivamente porque, como ella ya sabe, es mi preferida.

—¡Hola, Martina! Mira a quién tenemos aquí, Tom...

—Hola, Linus.

Me siento a su lado, dejo el bolso en el suelo y justo en ese momento recuerdo que aún llevo la pistola. Laica se tumba a mi lado. Acariciarla me produce un efecto tranquilizante y terapéutico.

—¿Ya has podido dormir un poco? Tienes cara de cansada.

—He dormido cuatro o cinco horas, pero no muy bien. Y después... —Como prefiero contar la historia una sola vez, le pregunto—: ¿Dónde está Marian?

—En el huerto de abajo cogiendo unas judías para la cena. ¿Te pasa algo?

—No, bueno, solo quería comentaros un incidente..., una cosa que me ha pasado. En realidad no creo que tenga mucha importancia, pero...

—¿Qué es lo que no tiene mucha importancia? ¿Los huevos, que olvidaste venir a buscar? —me interrumpe Marian, que aparece detrás de mí con una cesta de mimbre llena de vainas verdes y aterciopeladas que desprenden un intenso aroma.

—Alguien entró en mi casa mientras estaba ayudando a apagar el incendio de la Casa Gran. Con los nervios no cerré la puerta con llave y...

—¿Cómo que alguien entró en tu casa? ¿Te han robado? —me interrumpe Marian, visiblemente alterada.

—No, no. No he echado nada en falta. El caso es que esta mañana, cuando he salido de la ducha, me he encontrado un mensaje escrito en el espejo del lavabo...

Linus me observa con las pupilas azules dilatadas por la curiosidad, aunque por su rictus en los labios sé que intenta ocultarla. Es como si la historia lo fascinara, pero hubiera preferido que le pasara a otra persona.

—Ponía: «Déjalo correr».

Los rostros de mis interlocutores se empañan de preocupación.

—¿Dejar correr el qué? —me pregunta Marian, incrédula y enfadada.

—La historia de la chica del vestido azul —le contesta Linus sin que me haya dado tiempo a abrir la boca, como si hubiera descubierto la solución a una adivinanza—. ¿Lo ves? —dice, nervioso—. ¡Ya te dije que no se sabía toda la verdad de este tema!

—¡Linus! —lo corta Marian—. ¡Ya está bien! ¿No te das cuenta de que animándola lo único que consigues es empeorar las cosas?

—No creo que realmente corra peligro —digo yo intentando conciliar las dos posiciones—. Si hubieran querido hacerme daño, supongo que...

—¡Basta! —vuelve a gritar Marian—. ¡Esto tiene que acabarse ahora mismo!

—Pero Marian… —protesto—. ¡No puede ser que porque alguien me amenace se salga con la suya!

Marian se acerca a mi cara. Me doy cuenta de lo que está haciendo.

—¿Qué, estás oliéndome el aliento? —exclamo, indignada.

—¿Tienes algo que esconder? —me contesta, desafiante.

—¡No he bebido en todo el día!

Y por una vez desde hace mucho tiempo es verdad.

—¡Como si fuera una proeza! ¡Si te oyera tu madre! No sé qué te pasa, Martina, pero estás descontrolada. ¿Para qué quieres cuatro botellas de tequila si estás aquí sola?

—Marian… —intenta calmarla Linus.

Pero ella sigue con su bronca:

—¡Y esta obsesión por la chica del vestido azul solo conseguirá empeorar las cosas! ¿Es que no lo ves?

Me siento increíblemente pequeña y vulnerable. Es como si mi abuela me hubiera pillado haciendo algo imperdonable y hubiera dejado de quererme. Las palabras se me clavan en el pecho como una bala, y las lágrimas empiezan a rodarme por la mejilla y la barbilla sin poder evitarlo. Ahora es Linus el que, más serio y enfadado de lo que lo he visto nunca, me pregunta:

—¿Qué está pasando, Martina?

Intento articular las palabras, pero se me quedan atrapadas en la garganta, lo que parece ablandar a Marian.

—Lo siento, guapa. No quería decirlo así. Ya sé que no quieres hablar del tema. Es solo que me preocupo por ti. Y a veces eres tan obstinada…

Me aparta el pelo de la cara y me seca las lágrimas con el pulgar.

Poco después estamos los tres sentados a la mesa de la cocina.

—Si quieres quedarte en Treviu y seguir con esto, la única solución es que te quedes con nosotros.

—Te agradezco mucho la oferta, pero…

—No es una oferta, es una condición.

Linus me clava una mirada impasible. Habla con una severidad que me parece impropia de él.

—Si me quedo aquí, quien lo haya hecho sabrá que sigo investigando y que precisamente por eso me he trasladado a vivir con vosotros. —Ninguno de los dos parece convencido de mi teoría, así que sigo—: Creo que es mejor hacer vida normal. Que parezca que lo he dejado correr, que la amenaza ha surtido efecto. Le diré a todo el mundo que a los de la revista no les ha gustado la propuesta y que he cambiado de proyecto, algo que no tenga nada que ver con esto. En realidad tampoco me queda casi nadie en el pueblo al que preguntar… Y se trata de alguien del pueblo, seguro.

—No lo veo claro —me dice Marian—. ¿Y sobre tu… problema?

—He tenido una mala época, Marian, no voy a negarlo. Pero lo estoy superando. A mí manera, pero lo hago. No estoy bebiendo tanto como te ha hecho creer Encarna. Tienes que confiar más en mí que en ella… Y sobre la chica del vestido azul, quizá te cueste entenderlo, pero necesito que si hay un culpable, pague por lo que ha hecho.

—Pero tú solo eres periodista, guapa. No te lo tomes a mal, pero no tienes los recursos de la policía para investigar, ni puedes defenderte si… No lo veo claro, Martina, no lo veo nada claro.

La mirada de Linus me confirma que está completamente de acuerdo con ella.

Me doy cuenta de que solo tengo una alternativa para convencerlos.

Cojo el bolso y lo dejo encima de la mesa de madera. A continuación saco el ordenador portátil y, ante la mirada expectante de los dos, vuelvo a introducir la mano en el bolso y saco la Star.

—¡Virgen santa! —exclama Marian—. ¿De dónde la has sacado?

—Es por protección —les explico alternando la mirada entre los dos pares de ojos, que me observan, atónitos—. Me la dio un viejo amigo —miento.

—Pero ¿sabes…? —me pregunta Linus con una pizca de orgullo escondida en la voz—. Bueno, la verdad es que con la escopeta de balines siempre has tenido bastante puntería.

—Las clases particulares fueron un requisito indispensable para tenerla. —Venga, otra mentira.

—¿Te la dio un policía?

—Algo así.

Vuelvo a guardar la pistola en el doble fondo del bolso, seguida del ordenador. Los dos me observan en silencio.

—Pues llévate a Tom o a Laica —me dice por fin Linus—. Son buenos vigilantes y te alertarán si alguien intenta entrar en tu casa, además de hacerte compañía.

—Y tendrás que mantenernos al día de todo lo que descubras y los sitios a los que vayas —añade Marian.

—Acepto las condiciones —les contesto—. ¿De acuerdo entonces?

Me miran brevemente antes de volver a girarse hacia mí, pero ya sé la respuesta.

9

Dormir con Laica a los pies de la cama ha sido reconfortante. La perra ha resultado ser la compañía ideal: cálida, afectuosa e incapaz de plantear preguntas incómodas. En cuanto abro los ojos, bajo a abrir la puerta del jardín porque, aunque ha agradecido compartir la habitación con un humano de manera excepcional, ahora lloriquea, intranquila.

Cuando las dos hemos terminado nuestras rutinas matutinas, bajamos a desayunar a casa de los Linus, cumpliendo mi parte del trato al que llegué con ellos anoche.

Encarna aparece por el camino cuando ya estoy a punto de girar la última curva antes de llegar a mi objetivo. Viene de la calle que separa su casa de la pared lateral de la fonda, un callejón de escaso metro y medio de ancho y unos veinte metros de largo que desemboca en la calle Mayor y que, en la dirección contraria, pasada la casa de los Duran, se convierte en un estrecho camino de tierra que baja serpenteando, y rodeado por ambos lados de irregulares campos de patatas, hasta el río. No me da tiempo a fingir que no la he visto, porque antes de pensar en esta posibilidad ya se han cruzado nuestras miradas.

—¡Eh, nena! ¿Adónde vas tan temprano? —me pregunta cuando aún está a unos metros de distancia, lo que me obliga a mantener una conversación y no limitarme a saludarla con la cabeza.

Me acerco a ella y le contesto rápidamente y en voz baja. No me apetece llamar la atención de Andreu. Nos hemos detenido justo delante de su jardín.

—A casa de los Linus, a desayunar.

—Ah, pues muy bien.

Sus ojos me indican que quizá también ella querría venir, pero no sabe cómo apuntarse. Pero si la hubieran invitado, probablemente habría dicho que no le venía bien. Tengo la sensación de que Encarna es de esas personas que no disfrutan excesivamente de la socialización, pero a las que tampoco les gusta saber que otras personas sí la disfrutan, porque aunque no quiere ir, no puede evitar sentir que está perdiéndose algo.

Laica decide seguir el camino hacia su casa. Estoy a punto de hacer lo mismo cuando añade:

—Qué desastre lo del fuego de la otra noche, ¿eh? Dicen que los ayudaste mucho…

—Solo les dejé la manguera, porque los Fabra no tenían.

—Ya, ya me lo han dicho. Qué raro, ¿no te parece? Con el jardín tan grande que tienen, quiero decir. Aunque también es verdad que no lo cuidan nada. Lo han dejado estropearse de mala manera desde que se marcharon… Bueno, como la casa. Y es una lástima, la verdad… —Al ver que no me apunto al cotilleo sobre la calidad y decencia del jardín y la casa de los Fabra, decide cambiar de tema y aprovecha para saciar su curiosidad sobre el incendio—: ¿Y ya se sabe cómo empezó el fuego?

—No, ayer por la tarde tenía que ir el perito a mirarlo, pero no he vuelto a hablar con Elvira.

—Pero es raro. ¿No te parece? Que pasen tantas cosas en tan poco tiempo aquí, en este lugar tan tranquilo…

—Tampoco han pasado tantas cosas. En realidad solo han sido dos, y no necesariamente deben tener relación entre sí —miento, porque es evidente que he considerado la posibilidad de que el incendio fuera una distracción para hacerme salir de casa, aunque aún no tengo claro si fue así o sencillamente el intruso tuvo un golpe de suerte y aprovechó la oportunidad en aquel momento.

Ella mueve los brazos como si espantara moscas.

—¿Y se puede saber por qué no me has preguntado nada a mí? —me suelta de repente.

—¿Qué tenía que preguntarle?

—Sobre la chica del vestido azul. ¿No estás haciendo un libro o un reportaje?

Evalúo la posibilidad de que la mujer que tengo delante sea la responsable de mi malestar en los dos últimos días. En una primera impresión no me lo parece, pero en los últimos meses he aprendido que pocas veces podemos fiarnos de las primeras impresiones.

—Ah, sí, un reportaje —le contesto con despreocupación—, pero la historia no funcionaba, así que he cambiado de tema.

Sus facciones interrogantes e inquisitivas se transforman en decepción.

—¿Lo has dejado correr?

—Ajá. ¿Por qué? ¿Es que la historia le interesa?

—No, bueno, sí, no lo sé. Me despertaba curiosidad… que alguien escribiera una historia y ofreciera nueva información. Siempre he pensado que no se supo todo lo que pasó de verdad.

Sigo evaluando si está poniéndome a prueba, si ella podría ser la visitante inesperada y yo soy una incompetente por no haber considerado antes esta posibilidad.

—Vaya, pues lo siento.

—¿Quieres saber mi teoría?

Debo de haber puesto cara incrédula. La impresión que me causa Encarna fluctúa entre la versión de mujer mayor que se hace la desvalida pero en realidad es perversa y manipuladora, y la de la mujer que mete las narices en todas partes porque en realidad es una señora Fletcher frustrada y de buen corazón.

—Sí, claro.

—Pues yo creo que la chica del vestido azul no se suicidó, sino que la empujaron desde el puente.

No es una teoría demasiado innovadora, pero le sigo la corriente.

—¿Quién?

—No lo sé.

—¿Por qué?

—Tampoco lo sé. Mujer, ¿qué quieres, que lo sepa todo? Solo digo que no creo que se suicidara.

—¿Por algún motivo especial?

—Lo vi en la cara de Pere.

—¿Cómo?

—Mi marido. Los años te dan este conocimiento, que solo mirándole a los ojos casi puedes saber qué piensa la otra persona.

—Pero ¿qué tiene que ver Pere con Olivia? ¿Qué quiere decir con eso de que se lo vio en la cara? —le pregunto, completamente vencida por la curiosidad. Si era una trampa, he caído de cuatro patas, y además tan feliz.

—No debes de haber investigado mucho si no sabes que Pere es el médico que firmó los papeles de defunción —me contesta, y espera observando con deleite cómo la información cambia mis facciones—. Ahora ya está jubilado, pero durante muchos años fue el médico de confianza al que todo Treviu pedía ayuda cuando tenía problemas de salud. Llegó a tener tan buena fama que venían incluso de Falgar y de Gascó. En aquel entonces, cuando alguien moría, no había tanta parafernalia como ahora. Además, hacía poco que había muerto Franco y estaban volviendo a organizar las cosas… Cuando alguien sufría una desgracia, el médico lo miraba y, si estaba muerto, se enterraba y listos. No quiero decir que tenga que ser así ahora, no, solo digo que en aquellos tiempos nos parecía normal, porque ten en cuenta que veníamos de una época que…

—¿Y cómo puede diferenciar un médico si una persona se ha caído o la han empujado? Al fin y al cabo, el resultado es el mismo.

En realidad considero que existiría la posibilidad de encontrar marcas o heridas defensivas, pero algunas de esas marcas también podrían ser consecuencia del choque contra las piedras y el suelo al caer, y no estoy segura de que en aquella época fuera tan fácil diferenciar las unas de las otras sin más análisis que una mirada general.

—Pues lo vi en sus ojos —me contesta, obstinada.

—Bueno, esperemos que no fuera así. En todo caso, ya no tiene importancia —miento.

—¡Pere nunca se equivocaba!

—No, si yo no he dicho que…

En este momento aparece Pere andando tranquilamente por detrás del cuerpo con forma de pera de Encarna. Lleva una boina beige que coincide exactamente con el color de sus pantalones de algodón, y unas alpargatas de tela de color azul oscuro, como las que llevaba mi abuelo cuando trabajaba en el huerto. En la mano lleva un manojo de zanahorias y dos patatas aún manchadas de tierra. Encarna gira la cabeza, siguiendo la dirección de mis ojos, y exclama:

—¡Mira qué bien que estés aquí! Estaba diciéndole a la niña de los Casajoana que…

—Martina —la interrumpo.

—Que estaba diciéndole que aquella chica, la del vestido azul, no se tiró del puente, que la empujaron.

—Eso no lo sabemos —contesta él impregnando de paciencia cada una de sus palabras y conteniendo un suspiro.

—Pero a ti te lo pareció, ¿no? Tú sabes estas cosas… Como cuando pasó lo de Julià y tú…

Por la cara de Pere transita una sombra de la que se deshace con una rapidez impresionante.

—¿Por qué molestas a Martina con estas historias a estas alturas?

—No la molesto, es ella, que está haciendo un reportaje de…

—Estaba —la corrijo—. Ya no. De todas formas, me sabe mal, pero me esperan desde hace más de un cuarto de hora para desayunar. —Muevo la cabeza en dirección a la pared de la cocina de la casa de los Linus, que está a mi derecha—. Que tengan un buen día.

Sonrío, alterno una mirada que intenta ser amable y levanto la mano derecha a modo de despedida. Después doy media vuelta y recorro los escasos metros que me habrían separado de esta valiosa información en caso de haberlos recorrido un minuto antes.

10

La mesa de la cocina de la casa de los Linus parece un bufet libre: tostadas de pan de payés, galletas, tomates de colgar rojos y llenos de zumo, una aceitera hasta arriba de un aceite brillante y espeso, un plato con jamón, salchichón y queso, una jarra con zumo de naranja, otra con agua y un porrón de vino. El olor del café humeante acaba de redondear la escena, que, por alguna razón, me hace pensar en la merienda de *Alicia en el país de las maravillas*, con Linus como el loco del sombrero, que me sonríe desde su silla.

—Buenos días —saludo.

—Buenos días, Martina. Ya estaba pensando en subir a buscarte.

—Perdonad el retraso. Me he encontrado con Encarna por el camino y me ha entretenido con sus teorías sobre lo que le pasó a Olivia.

—Pero ¿no habías dicho que harías creer a todo el mundo que lo habías dejado correr? —me pregunta, confundido.

—Ha sido ella la que ha sacado el tema. Y además ha parecido decepcionada cuando le he dicho que ya no pensaba escribir el reportaje. Dice que está convencida de que la empujaron por el barranco.

—¿Ah, sí? Es la primera vez que oigo que tenga una opinión sobre este tema —me dice, extrañado.

—También me ha dicho que su marido fue el que firmó la defunción.

—Sí, Pere era el médico del pueblo, y en aquella época se consideraba que bastaba con que él echara un vistazo.

—¿Y por qué no me lo habíais comentado? —les pregunto un poco molesta.

—¿El qué? ¿Que Pere era el médico del pueblo? No lo sé, no se nos ocurrió. No nos debía de parecer relevante. ¿Qué importancia tiene?

—¿Qué importancia tiene el qué? —pregunta Marian, que en este momento entra en la cocina secándose las manos mojadas en el delantal a cuadros.

—Que Pere fuera el médico cuando murió Olivia —le contesta Linus.

—Que Pere fuera el médico que firmó la defunción de Olivia —lo corrijo—. ¿No te parece que para mí es una persona de máximo interés? ¿Alguien que vio el cuerpo y certificó su muerte?

De repente me siento confundida y enfadada. Me cuesta mucho creer que ninguno de los dos lo pensara cuando les pregunté sobre Olivia.

—¡Oh, Pere no te contará nada! —replica Marian quitándole importancia—. Dice que es secreto profesional. Ha tenido que ver tantos muertos que no le gusta hablar de estas cosas. Siempre me ha parecido una persona excepcionalmente sensible para dedicarse a la medicina, pero la verdad es que ha hecho un trabajo excelente en estos años.

Dejo correr el tema, al menos de momento. Quizá estoy dándole demasiada importancia y realmente no pensaban que Pere fuera una pieza clave en este rompecabezas que intento desentrañar… En cualquier caso, decido buscar una oportunidad para hablar con Pere, con calma y en un futuro cercano, aunque tendré que buscar una excusa que no se contradiga con la afirmación de que no estoy escribiendo sobre la chica del vestido azul.

Salgo de casa de los Linus con la barriga y la cabeza llenas, la una de comer y la otra de hipótesis e ideas que, en su mayoría, contemplan la posibilidad de que Pere sepa más de lo que dice sobre la muerte de Olivia.

Justo delante de mí, Andreu me sonríe desde el jardín. Está montando una mesa de madera de teca en la única zona con algo de sombra en estos instantes.

Pienso que tenía que encontrarme con él tarde o temprano, y que este es tan buen momento como cualquier otro para contarle que he dejado de escribir sobre la chica del vestido azul. Levanto la mano derecha a modo de saludo y me acerco a la valla de madera que rodea el jardín.

—Hola.

—Hola —me dice apoyando la superficie de la mesa en la pared. Después se acerca—. ¿Qué tal?

—Bien.

—¿Y el reportaje?

—A los de la revista no les ha gustado la idea, así que tendré que pensar en otra historia.

—Vaya, lo siento.

Y la verdad es que parece sincero, pero parecer y ser son dos cosas muy distintas.

—Sí, yo también. ¡Qué le vamos a hacer!

En el momento en que lo digo, me pregunto si he exagerado demasiado mi resignación. Nunca he sido especialmente buena mintiendo, aunque estoy convencida de que con la práctica de estos últimos días estoy mejorando a marchas forzadas.

—¿Quieres tomar algo? Si me das cinco minutos, podemos estrenar el juego de sillas y mesa que estoy montando.

Acepto. Soy consciente de que me he mostrado evasiva desde el incendio, y aunque parece una buena estrategia en el caso de que él sea el autor de la nota en el espejo, no sería tan buena si él no fuera el responsable; por mucho que me obstine en lo contrario, mi atracción por él no ha hecho más que crecer cada vez que hemos tenido contacto.

La voz de Levy resuena en mi cabeza y me recuerda la primera de las normas básicas de todo detective: «No se caga donde se come. Parece evidente, Martina, pero es una de las normas que más se vulneran. Y siempre, créeme, siempre, causa problemas».

Qué ironía.

—Sí, claro. Prepararé las bebidas mientras terminas de montar la mesa. —Percibo un microsegundo de sorpresa o recelo en sus ojos y en las comisuras de la boca, y añado—: Creo que ya hemos llegado a ese punto en el que uno puede estar en la casa del otro tres minutos sin que este esté presente, ¿no? ¿Qué quieres? ¿Una cerveza?

Me devuelve la sonrisa, con un punto enigmático, como siempre, que me dificulta confirmar si ha captado el doble sentido de la frase, y me contesta:

—Hay un par de cervezas en el congelador. Ahora deben de estar a la temperatura perfecta.

Asiento con la cabeza y subo la estrecha escalera de hierro que me lleva a la entrada principal. La empujo y entro.

A mi derecha, la ventana de la cocina está abierta. Aunque no da al jardín, sino al otro lado, abro un par de cajones para que el sonido me sitúe allí y me desplazo rápidamente de puntillas hasta el comedor, en el que apenas veo nada por el repentino cambio de luz del exterior a una habitación con una única ventana, estrecha y con los postigos cerrados.

Recorro la estancia con los ojos, en el sentido de las agujas del reloj, primero las paredes y luego las superficies, sin saber qué busco. Necesitaría como mínimo una hora y media para registrar esta sala y las dos habitaciones que forman la casa. Decido que ahora mismo no tiene sentido levantar sospechas perdiendo el tiempo.

Vuelvo a la cocina y abro el congelador, donde efectivamente encuentro las dos botellas de cerveza con el vidrio humeante de frío. Las cojo, las dejo en el fregadero y abro los cajones inferiores en busca de un abridor. Vuelve a sorprenderme la sobriedad y la sencillez de los elementos que encuentro, aunque no sé si atribuirlas al cura que vivía antes o a la personalidad de Andreu. En el primer cajón los utensilios son tan escasos que bailan de un lado a otro cuando lo abro. Se limitan a dos tenedores, dos cuchillos y cuatro cucharas de acero inoxidable desgastado por el tiempo. El segundo cajón contiene una espátula, un colador, un par de cuchillos para cortar el pan y la carne, y un cucharón. Al final de todo, encuentro un abridor. Lo utilizo y vuelvo a dejarlo en su sitio.

Bajo al jardín con las dos cervezas frescas pensando en una nueva excusa que me permita tener el tiempo suficiente para registrar la casa de Andreu sin levantar sospechas.

El despertador cumple diligentemente su función a las cuatro y media. Me levanto de la siesta con la sensación de no haber dormido todo lo que habría querido, pero sabiendo que si duermo más hipotecaré la tarde de mal humor. Además, tengo planes para las próximas horas: hoy, justo una semana después del escabroso descubrimiento de los huesos en el cementerio, volverán a enterrarlos a las seis de la tarde.

Arrastro los pies descalzos y me planto en el suelo embaldosado del lavabo. Aunque habría preferido echarme la siesta en la hamaca blanca, que ahora mismo se balancea bajo los tilos, he considerado que mi situación actual no me lo permitía por razones de seguridad. Un relámpago de rabia vuelve a atravesarme el cerebro cuando recuerdo que alguien ha invadido el único santuario y reducto de paz que me quedaba.

Quizá una ducha fría me ponga a tono y me ayude a aclarar y despertar la mente. No me equivoco.

Busco en la bolsa a medio deshacer y en el armario a medio colocar algo que me parezca apropiado para ir al entierro. No había considerado esta posibilidad cuando hice la bolsa, así que tendré que conformarme con un vestido negro con pequeñas flores de color lila y rosa pálido, que, con una chaqueta de punto negro por encima, acaba incluso pareciéndome una vestimenta adecuada para la ocasión, negra y romántica. Al fin y al cabo estamos rodeados de flores y campos verdes, pero también de montañas enormes e inamovibles que a veces parece que solo existen para recordarnos nuestra fragilidad y pequeñez justo cuando empezamos a olvidarlas.

A las cinco y media cierro la puerta con llave y voy a casa de los Linus.

En la calle Mayor hay casi más ambiente que el día de fiesta mayor, y me parece que a los habitantes de Treviu se han sumado unos cuantos visitantes de los pueblos cercanos, y todo ello crea una imagen que más parece un espectáculo turístico que un entierro. Esquivo los grupos que han ido formándose a lo largo de la calle y charlan con latas de cerveza y Coca-Cola en la mano. Al pasar por delante de la fonda observo que las tres mesas están llenas y que Eva ha colocado un par de ellas más con sillas extras, en las que justo en este momento se sienta un grupo de jóvenes con un niño.

Encuentro a Marian en el porche, hablando con el cura y con Encarna. Me acerco y la saludo con la cabeza cuando nuestras miradas se cruzan.

—¡Con el gentío que hay, a ver si va a resultar que no cabemos todos! —exclama Encarna.

—Daremos prioridad a las familias, y después a los del pueblo —le contesta el cura, al que veo por primera vez.

—Esta es Martina Casajoana, padre —dice Marian.

El hombre, en cuyo rostro destaca una barba gris y poblada, me sonríe afablemente. Lleva en las manos una Biblia de tapas rojas y desgastadas, y viste el uniforme oficial negro de cuello blanco que yo recordaba de las misas a las que había ido con mi abuela cuando era pequeña. Le devuelvo la sonrisa.

—Aunque para la misa no creo que haya problema. Hay bancos suficientes, y los que no quepan pueden estar de pie —apunta Encarna, que no se perdería la liturgia por nada del mundo.

El cura asiente mostrando que está de acuerdo. Después mira el reloj de su muñeca y anuncia:

—Tengo que irme. Nos vemos en un cuarto de hora.

Y con una última sonrisa se dirige a la iglesia.

—Pero ¿de dónde ha salido toda esta gente? —pregunto.

—Piensa que no se sabe exactamente de quién eran los huesos de los mineros desenterrados... —me dice Marian—. Muchos de ellos provenían de otras partes de España. En aquella época era muy frecuente moverse de un sitio a otro, y cuando abrieron las minas vino mucha gente, sobre todo del norte. Quizá algunos de sus familiares se han desplazado hasta aquí. Seguramente hayan venido los parientes que quedan, sin saber si están enterrando a sus muertos o no.

—Sí, puede ser. Más un par de curiosos o tres y nosotros, y ya estamos —corroboro—. Por cierto, Marian, ¿cuánto te debo del cofre de Olivia?

—¿Tú también pagas? —exclama Encarna, incrédula—. Creía que no te interesaba la historia...

Hace treinta y ocho años, cuando encontraron el cuerpo de Olivia en el barranco del puente del Malpàs y tras esperar el tiempo de rigor, nadie la reclamó ni se la pudo identificar. Los habitantes de Treviu decidieron comprar entre todos el féretro y un ramo de flores para dar un entierro digno a la misteriosa visitante que había tenido aquella muerte tan trágica. En una sencilla lápida de cemento grabaron:

Aquí descansa Olivia, la chica del vestido azul. Desconocida, pero no olvidada.

Desde entonces la gente había ido llevando flores frescas a la tumba, limpiándola de malas hierbas y cuidándola como la de un habitante más del pueblo. Olivia se había convertido en un fantasma que formaba parte de Treviu y se había ganado el afecto de todos los vecinos. O de casi todos, menos uno.

Me siento en uno de los viejos bancos de la iglesia, con Marian a un lado y Linus al otro. Sin ánimo de desmerecer el trabajo que hasta ahora ha hecho Andreu, veo que aún queda mucho por hacer, y enseguida pienso en la posibilidad de que haya un accidente y nos caiga el techo encima, lo que convertiría el reentierro de los tres cuerpos exhumados en una irónica tragedia de esas que Telecinco contaría tan bien.

Como la instalación eléctrica no funciona, el cura —sospecho que ayudado por Andreu— ha colocado una cincuentena de velas blancas y delgadas en el altar y en los laterales de la nave, que suman una luz cálida y tenue a los tímidos rayos de sol de la tarde que osan atravesar los vidrios de las dos únicas ventanas, pequeñas y estrechas, ubicadas en las paredes que nos rodean.

La voz neutral y pausada del cura me sumerge en un letargo que me traslada al mismo lugar y momento, veinte años antes. Nunca me he considerado creyente en el sentido estricto de la palabra, y las pocas veces que he ido a misa ha sido acompañada de mis abuelos cuando era pequeña o para asistir a entierros de los que mi decencia no me permitía desentenderme. Como buena evasora del dolor y el miedo, intento evitar al máximo los entierros y los hospitales, aunque es precisamente cuando más afectado estás por la pérdida de un ser querido cuando te ves más obligado a ir. Pero en este caso ese discurso es un poco diferente, porque la pérdida se produjo hace muchos años, y el duelo ya se había superado, o al menos en la parte que puede superarse, porque siempre queda una porción de dolor que no desaparece hasta que desaparece uno mismo y todo se disuelve en el todo y en la nada.

Salgo de mi hechizo de forma instintiva, como cuando notas que alguien está mirándote. El cuello y la cabeza son más rápidos que la mente, y de golpe te encuentras con los ojos de un desconocido clavados en los tuyos.

En este caso no es un desconocido, sino Andreu, que desde un par de filas atrás me sonríe de esa manera que me atrae tanto como me inquieta cuando nuestras miradas se cruzan. Ahora habría sido un buen momento para registrar su casa, pero, claro, me es imposible. Vuelve a pasárseme por la cabeza la hipótesis de que él no tenga nada que ver con todo esto y yo esté haciendo el ridículo y a la vez perdiendo una buena oportunidad. Pero mi desconfianza es más fuerte y anula el pensamiento, le da una patada y lo manda lo bastante lejos para que no vuelva a interrumpir hasta dentro de unas horas, como mínimo.

Luego observo el perfil de los rostros de los Fabra. Los dos están sentados a la izquierda del primer banco. Aunque la escasa luz y la distancia a la que estoy no son óptimas, juraría que esperan impasibles a que acabe la misa, se haga el entierro y puedan marcharse de Treviu en cuanto saquen los pies del cementerio. Imagino el petulante cuatro por cuatro con el maletero lleno de bolsas, y la llave del agua y el contador de la luz bajados en una Casa Gran en la que todos los postigos vuelven a llenar el interior de oscuridad y de sombras indescifrables. Aun así, sería una manera tan válida como cualquier otra de enfrentarse a la situación, y me recuerdo que este es un mal momento y una mala situación para hacer juicios de valor, aunque me cueste evitarlos.

Interpreto que las demás personas ubicadas en las primeras filas son familiares de los mineros que murieron en el accidente de la mina de Falgar. Comparten un gesto que es una mezcla de serenidad y la reaparición de un dolor lejano que surge en el corazón del mismo modo que las cicatrices de heridas ya curadas notan las tormentas un día antes de que aparezcan. Parece que los más jóvenes se solidaricen de alguna manera con el dolor de sus congéneres, un acto de empatía que me hace pensar que no todo está perdido en cuestiones de humanidad.

Los murmullos de la gente resuenan en los techos de piedra cuando el cura termina y cierra la Biblia. Todo el mundo se pone en pie para dirigirse al cementerio anexo a la iglesia.

Fuera, unas nubes grises coronan las montañas amenazando con acabar la tarde con una tormenta de verano. Pero la lluvia sería una casualidad demasiado poética, y de momento unos rayos de sol se las siguen arreglando para atravesar una fina capa de nubes, calentarnos ligeramente la piel y contrarrestar el viento, que se ha levantado con un murmullo creciente.

En el cementerio ya han excavado tres agujeros, imagino que habrá sido Andreu, que se ha convertido en una especie de monaguillo para el cura en esta situación poco habitual. Un chico para todo, hábil, discreto y eficaz, siempre con esa sonrisa preparada para desarmarme. Los agujeros son cuadrados y de poca profundidad. Calculo que no miden más de 75 por 75 centímetros, porque los restos se han colocado en tres cajas, también cuadradas y de madera.

Los fragmentos de los huesos que vi hace una semana en este mismo lugar vuelven a mi mente. Recuerdo que me sorprendió su ligereza y porosidad, y el color crema que habían adquirido. Me imagino a mí misma, inmóvil, sin poder dejar de observarlos, algunos fácilmente identificables gracias a las clases de biología de sexto de EGB, y otros que me hacían dudar. Pensar que aquellos restos eran la prueba de la existencia pasada de memorias, sonrisas y preocupaciones me fascinó y me aterró a partes iguales. Precisamente así, con la mirada clavada en los restos profanados y con estos pensamientos en la cabeza, me encontró Andreu el día que nos conocimos.

El cura lee cuatro líneas de la vieja Biblia que lleva encima y ofrece unas palabras de condolencia a los familiares de los mineros para, acto seguido, enterrar el cofre que contiene los huesos mezclados de algunas de las víctimas del terrible accidente. De repente, la idea de que unos huesos estén separados de los otros, unos en el cofre y otros en la tierra cercana, me inquieta y apela a un sentido del orden que me parece incompleto. Un sofoco me recorre el cuerpo, empezando por los pies y subiendo hasta el pecho, lo que provoca que me flaqueen las piernas y los brazos. Pensar en la posibilidad de un ataque de ansiedad ahora mismo solo consigue acelerarme el ritmo cardíaco y la temperatura corporal. Lucho contra la necesidad de huir y refugiarme en casa con el calor del tequila como única compañía. Apelo a mi sentido común y al supuesto poder de la mente para cambiar la situación y me obligo a hacer una lista mental de todas las cosas que me gustan como táctica de distracción.

Aunque lentamente, funciona.

Mi respiración y mi temperatura corporal empiezan a normalizarse, así que deja de arderme la piel, y el viento fresco de las montañas vuelve a hacer su efecto.

El entierro de los restos de Olivia sigue la misma pauta que el anterior, y el cura dedica unas palabras a la historia que ya todos conocemos sobre su misteriosa figura y su *accidentada* muerte. Veo que Olvido derrama una tímida lágrima desde la esquina en la que se encuentra, de pie, justo en el lado opuesto al mío.

Una vez que Andreu ha metido el cofre en el agujero, procede a taparlo con el montón de tierra que hay al lado con la ayuda de una pala, como ha hecho con el cofre anterior. Cuando termina, el cura se desplaza un metro para ponerse delante del último agujero y repite su actuación, ahora mirando a los Fabra, situados en primera fila.

Cinco sobrios minutos después, los tres entierros han concluido y la puerta del cementerio se cierra gimiendo, como siempre, pero ahora con el refuerzo de un gran candado.

Un trueno ensordecedor golpea el pueblo, y los pequeños grupos de gente empiezan a andar a paso ligero mientras las primeras gotas de lluvia caen sobre el asfalto aún caliente de la calle Mayor.

Atrapo a Olvido cuando empieza a bajar por el estrecho camino que va de la plaza de la iglesia a su casa.

—¡Olvido!

Corro hacia la figura alta y esbelta.

Se detiene y se da media vuelta protegiéndose la frente con la mano para que las gotas de agua no le entren en los ojos.

—Hola.

Tiene la cara empapada, y no solo de gotas de lluvia.

—Hola. Había pensado que podríamos hablar un rato, si te parece bien.

—¿Ahora?

Veo que es lo último que le apetece.

—No, no. Cuando te venga bien. Puedo pasar por tu casa un día de estos, o si quieres te invito a la mía.

—¿Para hablar otra vez de la chica del vestido azul? Ya te dije todo lo que sabía, Martina.

—Ya, pero también me advertiste que tuviera cuidado, y eso es porque sospechas de alguien.

Su mirada se aparta un momento de mis ojos y se desplaza hacia mi derecha. Me giro y veo a Pere Duran. Nos está observando. Su rostro robusto y con dos surcos profundos en las mejillas parece preocupado. Aun así, acabamos de salir de un entierro. No puede decirse que sea un comportamiento anormal.

Olvido vuelve a mirarme, pero no dice nada.

—¿Pere Duran sabe algo de lo que pasó? —le pregunto.

Se encoge de hombros.

—No lo creo. Él fue quien examinó el cuerpo cuando la encontraron. Si hubiera visto algo extraño, lo habría dicho, supongo.

Pero hay un velo de duda en su afirmación.

—Tengo que marcharme.

—Olvido…

Le toco la espalda cuando ya se ha dado media vuelta.

—Ven un día por la tarde —me susurra—, pero no se lo digas a nadie.

—Gracias.

Me lanza una mirada para advertirme que quizá no debería dárselas. Y sin decir nada más desaparece camino abajo, rodeada de miles de gotas de lluvia que resbalan por su largo pelo rojo y gris.

12

Llego a casa completamente empapada por la tozudez de no querer coger un paraguas en casa de los Linus después de haberme tomado un café especial en la cocina con ellos. Laica espera a que haya cerrado la gruesa puerta de madera para atraparme en una cascada de gotas de agua que expulsa moviendo compulsivamente el cuerpo y la cabeza de un lado a otro. Cuando ha terminado, la miro un poco asqueada y tengo la sensación de que me sonríe, divertida y cuestionando mi falta de sentido del humor.

Decido quitarme las bailarinas y subir descalza para no ensuciar de barro toda la escalera y el piso de arriba. Cuando me agacho para hacerlo, veo que en el suelo, al lado de la puerta, hay una hoja de papel doblada e impregnada de pequeñas gotas de agua. Alguien la ha dejado mientras estaba en el entierro o en el intervalo de antes o después, mientras estaba en casa de los Linus.

¿Otra amenaza, quizá? Ahora que he hecho correr la voz de que ya no estoy escribiendo sobre Olivia, no tendría demasiado sentido... Me aseguro de que la puerta está bien cerrada, recojo la nota del suelo con cuidado y subo al piso de arriba, seguida por Laica, que me recuerda la inutilidad de mis esfuerzos por no mojar el suelo con sus cuatro enormes patas llenas de barro.

Extiendo en el suelo su manta de dormir y le indico que se tumbe encima. Le parece muy buena idea y mueve la cola para hacérmelo saber. Después me siento en el sofá y desdoblo la nota.

No es una amenaza. Es una dirección.

Dos líneas escritas con bolígrafo azul, con una letra cuidadosa que no me atrevo a asegurar que sea femenina. El trazo es regular, y la letra, más bien caligráfica; las líneas se desvían ligeramente hacia abajo.

Suspiro y sopeso las posibilidades. En un mundo lógico, esta nota debería provenir de una persona diferente de la que me dejó la amenaza escrita en el espejo del lavabo. O quizá simplemente alguien esté jugando conmigo. Quizá ir a esta dirección solo me traiga problemas, incluso pueda resultar peligroso. O quizá alguien sepa mucho más de lo que dice y, aunque no quiera hablar directamente conmigo, sí desee orientarme en la dirección correcta, hacia esta dirección, a las afueras de Barcelona.

Pienso que en cualquier caso vale la pena saber dónde o a quién corresponde la dirección, si es que realmente existe. Mañana, cuando vaya a mirar el correo electrónico a Falgar, aprovecharé para buscarla, y a partir de ahí decidiré qué hacer después. Este mismo pensamiento, el de ir a mirar el correo, me hace pensar en si Jan se habrá decidido a contestarme. Al fin y al cabo no se juega nada, a última hora siempre puede decidir si el resultado final le interesa o no. En este caso se trata más de una cuestión de orgullo: lo dejé tirado con el último reportaje y debe de estar decidiendo cuánto tiempo de penitencia me toca pagar.

Aparto ligeramente la cortina blanca que tapa la puerta del balcón y observo Treviu a mis pies. Ahora la lluvia es intensa y las densas nubes negras han hecho que la noche llegue antes de tiempo. No hay nadie en la calle Mayor, iluminada por la luz fría de las farolas. Observo las paredes de piedra de las casas intentando imaginar la vida que acontece al otro lado. Seguramente una de las personas que habitan en ellas esté pensando ahora mismo en el efecto que ha causado la nota que ha dejado debajo de la puerta de mi casa.

Sin duda no me ha dejado indiferente.

Introduzco la dirección de la nota anónima en el buscador y espero los escasos dos segundos que tarda en proporcionarme la lista de resultados. De un solo vistazo veo que corresponde a una residencia de la tercera edad llamada Els Roures, de la que encuentro varias entradas. Confundida, cierro el ordenador, pago la cerveza a la camarera y desaparezco por la puerta.

Seis kilómetros después llego a casa exactamente en el mismo estado.

Compruebo que no hay ninguna nota más debajo de la puerta. Luego entro en la antigua carpintería y cojo la lijadora eléctrica, la mascarilla protectora y la vieja mesita de madera barnizada que rescaté de al lado de un contenedor la tarde que subí a Treviu. Con el tiempo he descubierto que en situaciones como esta lo mejor que puedo hacer es dedicar mi atención a un trabajo manual y más o menos creativo, de manera que concentrarme en la tarea en cuestión se convierte en una forma de meditación, y cuando la pieza está terminada, todo se ve con más perspectiva.

Laica, que estaba esperándome, fiel, en el jardín de la entrada, me acompaña al porche, donde conecto el enchufe a la corriente, saco los dos cajones superiores y procedo a lijar las patas de la mesita.

Antes de comer he conseguido lijar toda la estructura y los dos cajones, y aplicar el tratamiento contra la carcoma. Por la tarde taparé la multitud de agujeros que esta ha causado con una pasta especial del mismo color que la madera, uno de los pasos que menos me gustan por la paciencia que exige, pero completamente necesario para conseguir un resultado decente.

Durante las dos horas de trabajo me han acompañado los ruidos y las palabras procedentes del montaje del pequeño escenario en la plaza de abajo. Esta noche empieza la fiesta mayor de Treviu, y los encargados de la organización van de un lado a otro ultimando el montaje de la barra de bar en la que Eva y Robert servirán las bebidas, del equipo de música y los altavoces para el escenario, y de las guirnaldas que se entrecruzan sujetas a las farolas y a los postes eléctricos de la plaza, a escasos metros de la iglesia y justo delante del cementerio.

Estoy comiéndome el último trocito de tortilla de patata acompañada de un trago de gazpacho cuando alguien me grita desde la entrada.

Asomo la cabeza por el balcón. Samuel —el hijo de Linus y Marian— levanta la cabeza, sonríe y se cubre la frente con la mano para evitar que el sol lo deslumbre.

—¡Hey, hola! ¡Ahora bajo! —lo saludo.

Abro la puerta. Antes de que nos saludemos con un abrazo, leo en sus ojos lo mucho que le ha extrañado que tuviera la casa cerrada a mediodía. Le hago un gesto señalándole la puerta y digo:

—Ya te lo explicaré. ¿Has comido?

—Sí, ahora mismo.

—Sube, que tomaremos un café.

Me sigue al interior de la entrada y me observa con curiosidad mientras vuelvo a girar la llave.

Samuel es nueve años mayor que yo y, aunque lo he visto muy pocas veces en Treviu —porque de joven viajaba mucho en una furgoneta Mercedes Benz de color verde que, gracias a sus dotes de carpintero y su ingenio, había adaptado como si fuera una autocaravana—, siempre le he tenido un cariño especial; sobre todo desde que un verano, cuando yo tenía diez años, me regaló *Momo*. La lectura de esta novela fascinante me tuvo completamente absorta y entretenida la primera semana de julio y no hizo más que alimentar mi imaginación. También plantó en mi cerebro la idea de que es posible luchar contra la injusticia y ganar la batalla.

Lo observo sorbiendo el café solo, con su espeso bigote sacando la nariz por encima de la taza de porcelana blanca. Sigue teniendo esa chispa de curiosidad en los ojos, la misma que Linus. La barba me imposibilita calcular con exactitud los cambios que el tiempo ha causado en su piel, ligeramente morena. El pelo, castaño y con toques de miel, empieza a disminuir en espesor en la parte superior de la cabeza, pero en general sigue siendo brillante y ondulado. Lleva una camisa de cuadros marrones y blancos, y unos vaqueros desgastados. Consciente de que estoy observándolo, me pregunta:

—¿Cuánto hacía que no nos veíamos? ¿Tres años?

—Como mínimo, si no más —le contesto.

—¡Sigues teniendo cara de niña! —me suelta, divertido.

—Me lo dicen a menudo… Tú aún no estás del todo calvo, así que no puede decirse que hayas envejecido mal.

Los dos nos reímos un momento. Después, una sombra de gravedad le cruza el rostro.

—Mi madre me ha contado lo que ha pasado…

Como no sé exactamente qué ni cómo contestarle, me quedo en silencio unos segundos.

—La nota en el espejo… ¿Crees que la escribieron mientras estabas duchándote? —me pregunta.

—No, pero el efecto fue exactamente ese. Creo que aprovecharon el incendio de la noche anterior en la Casa Gran para hacerlo. Fui a ayudarlos y me dejé la puerta abierta.

—Ostras, pero ¿cómo lo hicieron?

—Solo tenían que abrir el agua caliente del lavabo y escribir el mensaje con el vapor en el espejo para que volviera a salir cuando me duchara.

—¿Lo has denunciado a la policía?

—No creo que sirviera de nada. Y solo daría poder a la persona que lo ha hecho. He preferido que todo el mundo crea que la revista no está interesada en el reportaje y que he dejado de investigar el tema.

—¿Y te ha funcionado?

Detecto cierto sarcasmo en su voz, pero no le culpo ni me ofendo porque sé que se debe a la preocupación.

—A alguien no le ha gustado mucho. Ayer me dejaron una nota anónima debajo de la puerta de la entrada con la dirección de una residencia y un número de habitación.

Samuel entrecierra los ojos y pone una mueca de confusión.

—¿La tienes aquí?

Me meto la mano en el bolsillo del pantalón, saco la nota y se la paso por encima de la mesa que nos separa. La coge con cuidado y la examina detenidamente enterrando de nuevo los ojos, como si no la viera bien e intentara enfocar la letra para verla con detalle. A los pocos segundos niega con la cabeza.

—La letra me resulta familiar, pero no la identifico.

—Seguramente el que la haya escrito habrá intentado alterarla.

—¿Irás?

—No lo sé. Aún no lo he decidido.

—Si quieres que te acompañe…

—Lo tendré en cuenta.

—¿Quieres decir que considerarás la opción de dejarte ayudar?

Sonríe, burlón.

—Exacto. —Y para cambiar de tema le pregunto—: ¿Y qué es de ti? ¿Hay una señora Linus en tu vida?

—Podría haberla, si todo va bien. Pero me lo guardo para esta noche, en la fiesta mayor. Si no, no sabremos de qué hablar cuando volvamos a vernos. —Me guiña un ojo. Luego se levanta y añade—: Les he dicho a Eva y Robert que los ayudaría a montar la barra. ¿Nos veremos en la plaza esta noche? Me debes un baile.

—Allí estaré —le digo acompañándolo para abrirle la puerta de lo que se ha convertido en mi única fortaleza.

13

Desafiando las convenciones y la tradición, la tarde se mantiene nublada pero sin lluvia, y cede el protagonismo a la noche sin que el cielo se entristezca y se eche a llorar.

A las nueve salgo de casa y me dirijo a la plaza en la que Eva y Robert, con la ayuda de Samuel y de varias personas más, han juntado las mesas que tenían en la era de la fonda y han creado una gran mesa para la tradicional cena, consistente en pan con tomate y butifarra, que se celebra la primera noche de fiesta mayor. Una brisa fresca hace bailar las guirnaldas que cruzan el cielo de la plaza, sujetas a los postes eléctricos cercanos al cementerio. A la derecha de la barra, Robert, acompañado por Samuel y Andreu, aviva la brasa para colocar las butifarras y las enormes rebanadas de pan de la panadería de Falgar. A escasos metros, Eva y Marian organizan platos de plástico, vasos, cubiertos, tomates de colgar y aceiteras para esparcirlos ordenadamente por la mesa. En el escenario, sentado en una silla, Linus practica con el acordeón algunas de las canciones que tocará después, en el baile.

—¡Hola! —saludo a Eva y Marian—. ¿En qué os ayudo?

—Si quieres, puedes abrir las botellas y echar vino en los porrones —me contesta Eva señalando los seis porrones de vidrio marrón con tapones de corcho con barretina incorporada—. Encontrarás el abridor en el cajón de la izquierda.

Asiento con la cabeza y entro en la parte interior de la barra. Estoy abriendo la primera botella cuando Samuel aparece al otro lado.

—Ya nos podéis pasar los platos, que las primeras butifarras ya están casi hechas.

Como si hubieran estado poniendo la oreja, Encarna, Pere y una pareja a la que no conozco se colocan en fila india al lado de las brasas, esperando el plato correspondiente.

Es curioso que los humanos tengamos la costumbre de repetir una vez tras otra nuestras acciones, y los mismos papeles en los mismos acontecimientos, año tras año. En los más de quince años que he venido a la fiesta, los encargados de organizar y preparar el evento siempre han sido los mismos y desarrollando las mismas funciones. Nunca he visto a Encarna colaborando con Eva y Marian en la barra, ni a Eva en la brasa, ni a Robert recogiendo las servilletas de papel una vez terminada la fiesta. Cada quien tiene un papel concreto que nunca se ha cuestionado y que realiza con total abnegación. Excepto Andreu, que asiste por primera vez a la fiesta mayor de Treviu y se ha decidido por la parrilla.

La mirada se me va hacia su figura ágil y esbelta, que reparte los primeros platos de butifarra a los que esperan impacientes en la cola, que ha ido alargándose a medida que el olor de la carne humeante ha ido embriagando la plaza. Por casualidades del destino, o por esa extraña sensación que tenemos cuando alguien nos observa, gira el rostro y me sonríe. En estos momentos me parece extremadamente atractivo.

Cuanto más evito su compañía, más tiempo dedico a pensar en él y más espacio ocupa en mi mente. La duda y la inseguridad que siento hacia él no hacen más que ampliar mi urgencia por descubrir el entramado que se oculta detrás de la muerte de la chica del vestido azul. Me convenzo de que cuanto antes sepa quién es o quiénes son los responsables de las notas y las amenazas, antes podré descartar la implicación de Andreu en toda esta historia.

La mayoría de los asistentes ya estamos sentados alrededor de la mesa, con el culo apoyado en la madera de las sillas plegables que Linus guarda durante todo el año en los antiguos establos, cuando por la calle Mayor aparecen dos siluetas cogidas del brazo que avanzan hacia la plaza.

La sorpresa que causa la presencia de Elvira y Agustí Fabra hace que los murmullos de la gente vayan desvaneciéndose hasta que lo único que rompe el silencio de la noche son los ruidos de los cubiertos, que van disminuyendo progresivamente, y la melodía que emana diligente del equipo de música. Los dos se miran y después Elvira fuerza una sonrisa que dirige a todo el mundo y a nadie en concreto. Andreu observa la escena con un gesto divertido. En este momento Encarna se levanta a toda prisa de la silla y se dirige a la pareja.

—Pero ¡mira a quién tenemos aquí! ¡Elvira, Agustí! Pasad, pasad…

Y cogiendo el brazo delgado y tenso de Elvira, la acompaña a la cola de los que aún esperan el plato de butifarra de las manos de Andreu. Agustí la sigue con expresión seria. Está claro que preferiría estar en cualquier otro sitio.

Pasado el momento, la gente vuelve a prestar atención al plato que tiene delante, las palabras vuelven a sumarse a la música, y todo vuelve a un ambiente de aparente normalidad.

Pero al sentarse a la mesa, Encarna recibe una mirada reprobadora de Pere, que murmura disimuladamente:

—No sé por qué has tenido que montar el número. Ya podrían hacérselo ellos solitos, tanto servilismo y tantas puñetas.

—¡Ay, Pere, cómo eres! Que estamos de fiesta mayor, hombre. Solo he procurado que la situación no fuera tan tensa…

—¿Y estos qué esperaban? —interviene Marian, que está delante de Pere—. ¿Que todo fuera alegría y abrazos? ¡Si hace años que no vienen a la fiesta mayor ni aparecen por Treviu! ¡Y ni siquiera han ayudado a preparar nada!

—Pero ahora están aquí. ¡Qué queréis que hagamos! —replica Encarna obligándose a bajar la voz—. Mejor que nos llevemos todos bien, o al menos que lo parezca.

—¡Parece que todavía vivas en el pasado! —le recrimina Pere moviendo la cabeza de un lado a otro.

Samuel y yo nos miramos y nos encogemos de hombros. Da la impresión de que tendremos una cena entretenida.

Elvira y Agustí vuelven con los platos de butifarra en la mano y ocupan las dos sillas vacías en la parte delantera de la mesa.

—¡Así que os habéis animado a bajar! —les dice Encarna con una tibia sonrisa.

—Nos sabe mal no haber venido antes a ayudar a prepararlo todo. Hemos estado reunidos con un posible comprador… —dice Elvira fingiendo preocupación.

—¿De la Casa Gran? —le pregunta Encarna, contrariada.

—Sí —le contesta Agustí—, pero no creo que llegue a hacer efectiva la compra. No lo he visto muy convencido, y el incendio tampoco ha ayudado demasiado…

—¿Un hombre de unos cuarenta años, rubio? —le pregunto.

—Vaya, ¡tienes a todo el mundo controlado! —me suelta Elvira mirándome fijamente.

—En este pueblo no es difícil —le contesto con una media sonrisa—, tampoco somos tantos. Podría decirse que hoy es una excepción…

Y me concentro en las migajas que quedan en mi plato como si fueran lo más importante del mundo.

—En esto tiene razón —dice Encarna—, aunque, desde el incidente de los… del cementerio, parece que hayamos duplicado la población.

Agustí se mueve, incómodo, en su silla y se acerca la servilleta de papel a los labios para limpiarse el exceso de aceite y grasa que le ha quedado en la cara después de engullir la butifarra.

—Pero ahora estamos de fiesta mayor, como muy bien has dicho —tercia Pere mirando a Encarna—, así que mejor que hablemos de temas más alegres y menos escabrosos… En fin, voy a buscar los cafés —dice levantándose de la silla, que se tambalea con fuerza.

—Te acompaño —le ofrezco sin pensarlo.

Y aunque me mira extrañado, no se niega.

Como nosotros, a medida que la gente va terminando se dirige a la barra para pedir el cortado o el café de turno, que parecen cerrar oficialmente el período dedicado a la cena y abrir la veda para la consumición de combinados, licores y cervezas, que animarán la ejecución de los pasos de baile.

Hacemos cola en la barra en silencio mientras esperamos nuestro turno. La cara de Pere es un lienzo impenetrable para mí, pero no me resigno a su silencio.

—No me esperaba que bajaran… —le digo mirando a los Fabra.

—Si lo han hecho, algún motivo tendrán —me contesta encogiéndose de hombros.

—¿Qué quieres decir?

—Nada. Tonterías.

—Pere, quería preguntarte... Fuiste tú el que firmó el certificado de defunción de la chica del vestido azul, ¿verdad?

—Sí —me contesta sin mirarme a los ojos mientras avanza en la cola.

—¿Y te pareció que había sido un suicidio?

—¿No habías dejado correr el tema? —me pregunta intentando ocultar el mal humor.

—Sí, solo es curiosidad.

—No encontré indicios de que no lo fuera.

—Pero ¿crees que pudo ser un accidente... o un homicidio?

—Martina, ya te lo he dicho, no sé nada más de este tema. ¿Por qué le das tantas vueltas?

—Porque nadie se lleva la maleta al lugar donde piensa suicidarse.

—La gente es muy rara, y a menudo hace cosas que no tienen sentido para los demás. No es necesario gastar neuronas, porque no se acaba llegando a ningún sitio.

Por fin le llega el turno y avanza hacia la barra para pedir un café con hielo y cuatro cortados para Marian, Linus, Samuel y Encarna.

—¿Y tú qué quieres? —me pregunta girándose hacia mí.

—Un café con hielo. ¿Deberíamos pedir también para los Fabra?

—No sé qué quieren, pero, sea lo que sea, que se lo vengan a buscar ellos. Aquí no estamos para servirlos, al menos no desde hace mucho tiempo. Y que siga así.

Y mira el fondo de la barra, lo que me indica que nuestra conversación ha terminado, al menos sobre este tema.

Espero en silencio hasta que Eva nos sirve la comanda en una bandeja.

De nuevo en la mesa, Linus y Marian se toman los cortados rápidamente y se dirigen al escenario, donde él con el acordeón y ella con la voz amenizarán el baile. Cuando suenan las primeras notas, las pocas personas que quedan a la mesa se levantan, se dirigen al centro de la plaza y nos dejan a Samuel y a mí deleitándonos con los pequeños sorbos de café y la conversación entre amigos.

—Y con este chico, Andreu, ¿qué? —me pregunta en cuanto nos quedamos solos a la mesa.

—Con este chico, ¿qué de qué? —le contesto haciéndome la loca y observando a mi alrededor en busca de su figura. No lo encuentro.

—¿Es que no conoces a mi madre? ¿Crees que no me ha dicho nada?

—Solo hemos ido a cenar una vez —cedo—. Apenas lo conozco.

—Pues yo creo que os conocéis mejor de lo que dices... —me comenta con sorna.

Opto por ser sincera con la esperanza de que resulte el método más eficaz para superar el tema y cambiarlo. Bajo un poco la voz y me acerco a su oreja izquierda.

—Claro que me gusta, Samuel, pero ahora mismo, con lo de la amenaza del otro día, no puedo fiarme de nadie.

—¿Quieres decir que puede tener algo que ver? —exclama, incrédulo.

Hago un gesto con la mano indicándole que baje la voz y le contesto:

—Podría, perfectamente.

—Pero ¡si él no conoció a la chica del vestido azul! Creo que ni había nacido, hace treinta y ocho años...

—Nació justo ese año, si no me ha mentido. Pero olvidas que aunque no tuviera nada que ver con su muerte, podría estar protegiendo a alguien que sí estuviera relacionado.

—¿Qué sabes de su familia?

—Poca cosa. No me ha contado casi nada de su pasado. Sé que ha vivido mucho tiempo en Barcelona. Por lo que he podido deducir, lo criaron sus abuelos, que vivían en un pueblo de por aquí, no me preguntes cuál, y después, cuando era muy joven, se marchó a la ciudad.

—¿Y por qué ha vuelto? —me pregunta, curioso.

—¿Cambio de vida? Algo así, aunque no sé los motivos exactos.

—Ya, supongo que, en tu situación, debes ser precavida —me dice inclinando ligeramente la cabeza.

—Cuanto antes descubra la verdad, antes podré decidir sobre este tema.

Sonrío.

—¿Vamos pues a Barcelona? —me pregunta con los ojos entusiasmados por la aventura.

Me encojo de hombros.

—Es la única pista que tenemos… —añade.

—¿Que tenemos? —le pregunto—. No sabía que fuéramos un equipo de investigación.

En cuanto pronuncio las palabras, me arrepiento del tono excesivamente burlón que he empleado.

—Cómo eres, a veces…

Pero no se ha enfadado del todo, y me alegro.

—No me hagas caso. Son los nervios. —Tras un breve silencio añado—: Supongo que no perdemos nada por ir…

—¿Mañana?

—Veo que ya estás aburrido de tu visita a Treviu.

Sonrío.

—Nunca ha sido mi fuerte, ya lo sabes. Podemos decir que vamos a comprar a Berga y que pasaremos el día allí.

Valoro su propuesta. Tampoco tengo nada más que hacer, y es la única manera de sentir que avanzo en la toma de decisiones en mi vida. Andreu, el reportaje, la verdad sobre Olivia. Ir acompañada me proporciona un apoyo extra en caso de que se trate de una trampa. Por otra parte, si por lo que fuera las cosas se complicaran y a Samuel le pasara algo, nunca me lo perdonaría. Pero quizá es un poco ingenuo y prepotente por mi parte pensar que le pasaría algo a él… No puede tenerse todo, concluyo. Hay que asumir riesgos. Cuatro ojos ven más que dos, sobre todo cuando no se sabe exactamente qué se busca.

—De acuerdo —accedo por fin—, pero modera la ingesta de alcohol, porque saldremos muy temprano.

—¿Y me lo dices tú?

—¿Qué te ha dicho tu madre? —le pregunto, molesta.

—Que quizá estés bebiendo más de la cuenta. Pero, eh, Martina, tranquila, que yo no te juzgo.

—¡Encarna de los cojones! Ahora todo el pueblo debe de pensar que soy alcohólica. De hecho, Robert me ha puesto una cara rara cuando me ha servido el vino…

—Hala, no digas tonterías, mujer, que aquí todos sabemos cómo las gasta Encarna. ¿A las siete en tu casa? Vamos con la furgo.

—Hecho —le contesto, aunque habría preferido a las ocho.

Una gran sonrisa le ilumina el rostro y cambia la forma de su frondosa barba. Ha salido a su padre, pienso mientras la animada melodía del acordeón inunda la plaza.

—¿Me concede un baile, señorita? —me pregunta extendiendo la mano en una reverencia.

—Encantada.

Y los dos nos mezclamos con la pequeña multitud que llena la improvisada pista de baile.

14

Samuel toca el claxon con puntualidad británica cuando estoy dando el primer trago de café con leche y quitándome las legañas. Agradezco no haber cedido a las tentaciones de beber cuando llegué a casa. Solo me falta que la única persona que no cree que tenga un problema empiece a pensar que sí lo tengo. Por otra parte, la presencia constante de Laica me tranquiliza como nunca habría imaginado. Pensar que cualquier día tendrá que volver a casa de los Linus de forma definitiva me entristece. Me doy cuenta de que siempre he deseado secretamente que fuera mi perra.

Cojo la tostada con aceite, aún caliente, una servilleta de papel y la taza, todo con la misma mano, y con la otra me cuelgo el bolso al hombro y cierro la puerta de casa. Laica me sigue.

—¡Vete, vete a casa, Laica!

La perra mira a Samuel, que nos observa desde el coche, y después da media vuelta y empieza a bajar por la calle Mayor.

Quizá por mi cara, que aún está despertándose, o por mi desayuno para llevar —o probablemente por la combinación de ambas cosas—, Samuel se echa a reír cuando llego a la puerta del coche. Paso por alto la sonrisa divertida que mantiene en el rostro cuando subo y le ofrezco un trago de café, que rechaza amablemente.

—¿Preparada?

Su exceso de optimismo y energía me resulta molesto, pero intento disimularlo. Seguramente sea porque apenas he dado dos tragos de café. Dentro de diez minutos la cafeína me habrá recorrido las venas y seré una persona de trato mucho más agradable. Fuerzo una sonrisa y le contesto:

—Preparada.

—Pues vamos.

Samuel arranca la furgoneta y desaparecemos por la carretera de curvas sinuosas, desierta esta mañana de agosto.

A la altura de Manresa paramos a echar gasolina y aprovechamos para comer algo, que acaba convirtiéndose en un desayuno de cuchillo y tenedor a sugerencia de Samuel.

A los diez minutos de haberse sentado a la mesa, consume con deleite una butifarra con judías y una ensalada con generosos tragos de vino, que me hacen dudar de su capacidad para conducir el resto del trayecto. Lo acompaño con una versión reducida de su plato y una cerveza, y me ofrezco a conducir yo el resto del viaje, aunque mi propuesta no tiene éxito.

Casi una hora después aparcamos la furgoneta a escasos metros de la puerta principal de la residencia Els Roures, que está en la zona alta de Barcelona, cerca del parque de Collserola.

—Muy bien —dice Samuel—, ¿y ahora qué?

—Ahora esperamos a que alguien entre por la puerta y aprovechamos para colarnos detrás.

La residencia está al lado de un pequeño parque completamente desierto a estas horas, así que nos sentamos en un banco desde el que divisamos la puerta de entrada y la acera cercana.

Esperamos impasibles durante más de veinte minutos sin que nadie se acerque a la residencia.

Cinco minutos después, un hombre con un uniforme gris sale por la puerta con tres grandes bolsas de basura, pero nos damos cuenta tarde, y la puerta vuelve a quedarse completamente cerrada.

Tras media hora más de espera, una pareja de mediana edad que avanza por la acera cogida del brazo se dirige a la puerta principal. Nos levantamos y llegamos hasta ellos justo cuando están llamando al timbre. Sonrío, les doy los buenos días y les cedemos el paso cuando la puerta se abre automáticamente y nos ofrecen pasar primero. Me sorprende y me gusta comprobar que, pese a los nervios que debe de estar experimentando Samuel, su rostro no lo muestra en absoluto. Parece que se haya metido de lleno en el papel del familiar que viene de visita, con esa mezcla de emociones que genera la ilusión de ver a alguien a quien quieres, pero que a menudo se ha diluido en otra persona, dependiente y enferma, a la que la memoria ha anclado en un pasado que no le permite, quizá por una simple cuestión de supervivencia, entender o percibir la realidad del presente.

En mi caso, en mi lista de lugares y situaciones con fuerte carga emocional que deben evitarse, las residencias de ancianos ocupan el tercer puesto, después de los hospitales y los entierros. Pero, como en el caso de los dos anteriores, una se ve obligada a acudir y dejar de lado sus aprensiones, y a menudo las emociones, si pretende mantener la dignidad y la autoestima, y especialmente por aquellos a quienes quiere.

Aplicando la táctica de «allá donde fueres haz lo que vieres», seguimos a la pareja por el camino que cruza un pequeño jardín formado por unos cuantos robles; de aquí la originalidad del nombre de la residencia. Oigo el ruido de un surtidor. A un lado del edificio debe de haber una fuente o un pequeño lago. Sin duda, un intento de los arquitectos por hacer más idílico y soportable un lugar de estas características. Al final del camino nos espera una puerta de vidrio transparente y automática que se abre delante de la pareja, de la que nos mantenemos a escasos metros de distancia.

Me pregunto si la puerta se abre mediante un sensor de presencia o si requiere que alguien la active desde el mostrador de recepción. Siempre tengo la precaución de analizar los lugares nuevos en los que entro y localizar rápidamente la salida. Es una medida muy práctica y efectiva que me ha sido muy útil en más de una ocasión.

A continuación, la pareja se dirige al mostrador, donde, después de saludar brevemente a la chica joven de pelo rubio y rizado, se dispone a escribir sus datos en un libro de registro que descansa en el mostrador.

Imitamos sus pasos con dos segundos de diferencia. Saludo a la chica con la máxima naturalidad que me es posible, y lo mismo hace Samuel, con mejor resultado que yo, creo. Apenas la mujer pelirroja y de pelo corto deja el bolígrafo en la mesa, Samuel lo coge con decisión. Siguiendo las indicaciones de la mesa de registro, y después de echar un rápido vistazo al reloj de plástico que lleva en la mano derecha, rellena las tres casillas. Me alivia ver que Samuel escribe un número de habitación inventado, porque por un momento he pensado que pondría la habitación a la que vamos realmente y nos buscaríamos problemas si la cosa no va bien. Definitivamente, tiene más talento en estas situaciones de lo que había imaginado.

Fecha	Hora	Nombre y apellidos	Núm. habitación visitada
15/08/15	10:45	Pere Roca y Alícia Ribatorta	205

Cuando acaba, deja el bolígrafo delicadamente en la superficie del mostrador y me mira con una sonrisa disimulada y ojos interrogantes.

Me dirijo de forma intuitiva hacia el gran pasillo que está a nuestra izquierda.

—¿Ribatorta? —le susurro—. ¿Estás de broma?

—¿Por qué no? Es un apellido como cualquier otro —me contesta, divertido—. Tienes cara de Ribatorta perfectamente.

El pasillo por el que avanzamos está rodeado de salas con una parte de las paredes de vidrio, de manera que pueden verse las actividades que se realizan en ellas. La primera sala, a nuestra derecha, tiene un par de máquinas, una de café y otra de bebidas frías, seis o siete mesas redondas y un televisor relativamente antiguo colgado en un soporte en la pared central. Hay un par de mesas en las que los abuelos y las abuelas juegan a las cartas y al dominó. Distribuidas a lo largo de las demás paredes, y a cierta distancia entre ellas, hay varias personas en silla de ruedas que ven la tele o simplemente pasan el tiempo eternamente sentados.

Interrumpo el tren de pensamiento que arranca rápidamente en mi cerebro y me obligo a concentrarme en lo que hago.

Al final del pasillo está la puerta de un comedor, y a un lado una pizarra anuncia el menú de hoy: sopa y pescado a la plancha; fruta o yogur de postre. Intuyo que no te dan una copa de vino ni aunque la pagues aparte. El pasillo sigue hacia la derecha, donde las paredes de las habitaciones ya no son de vidrio, pero a través de las puertas abiertas podemos ver una sala de ordenadores que está completamente vacía, una que parece de manualidades, en la que cinco personas pegan papeles de colores alrededor de una gran mesa cuadrada, y una que es una biblioteca con ocho butacas que parecen bastante cómodas, y en la que un hombre, sentado, está leyendo el periódico, que mantiene abierto entre sus brazos azulados y delgados. En la mitad del pasillo está la puerta de salida a un jardín interior y rectangular, con un rectángulo de césped verde al fondo. Algunos residentes disfrutan de la sombra que ofrece el porche de la parte embaldosada. Al fondo, después de dejar a nuestra izquierda una gran pecera con multitud de plantas y peces, encontramos un ascensor.

—¿Y ahora qué? —me pregunta Samuel.

Pulso el botón para que el ascensor baje.

—Vamos a ver quién está en la habitación 237.

Cuando las puertas metálicas vuelven a abrirse, nos descubren un segundo pasillo, de color crema, que avanza hacia nuestra izquierda. Se suceden varias puertas de madera grandes, intercaladas de vez en cuando por cuadros que son reproducciones clásicas, entre las que reconozco *El nacimiento de Venus,* de Botticelli; *Muchacha en la ventana,* de Dalí; *Los jugadores de cartas,* de Cézanne, y uno que me sorprende especialmente: *Árbol seco y vista lateral de la Casa Lombard,* de Hopper, uno de mis preferidos. Debo de sonreír, porque Samuel me mira, divertido.

—¿Qué? ¿Qué pasa?

—Nada, que precisamente este cuadro de aquí... —Pero no puedo terminar la frase, porque al final del pasillo aparece un hombre bajo y regordete, con zapatos negros y una americana gris que reconozco justo a tiempo para dar media vuelta cogiendo a Samuel del brazo y obligándolo a hacer exactamente lo mismo—. ¡Mierda! —exclamo, contenida, e impulsivamente acerco la mano a la manija de la puerta número 210, la más cercana a nosotros, y la empujo hacia abajo.

La puerta se abre y, sin pensarlo, entramos en la habitación justo cuando el señor Fabra pasa por delante con las manos en los bolsillos y la cabeza gacha.

—¡Ostras! ¡Por qué poco! —murmuro, aliviada.

Miro a mi alrededor: la habitación, que huele a cerrado, está en penumbra, y en la cama hay una mujer, al parecer dormida.

—¿El que acaba de pasar era Agustí Fabra? —me susurra Samuel, incrédulo.

—Sí.

—¿Quiere eso decir que...?

—No nos anticipemos a los acontecimientos.

Me acerco con cuidado y de puntillas a la puerta, aún abierta, y saco la cabeza al pasillo justo a tiempo para ver al señor Fabra cruzando las puertas metálicas del ascensor.

—Se ha ido. A ver si podemos descubrir a quién ha venido a ver —murmuro.

Recorremos en silencio el resto del pasillo, atentos a los nombres inscritos bajo la placa que indica el número de cada habitación. Al final del pasillo las habitaciones siguen a la izquierda, donde, por fin, cerca de la ventana que da al jardín de la entrada, encontramos la habitación 237 con un nombre que por primera vez nos resulta familiar: Àgata Fabra.

—¿La hermana mayor? —exclama Samuel con los ojos abiertos como platos.

—La última vez que la vi, yo debía de tener unos once años. Fue cuando vinieron a buscarla a la Casa Gran.

Así que, después de tantos años, tengo la oportunidad de conocer a aquella bruja que había alimentado mi cabeza de historias durante las vacaciones de verano... Aunque soy consciente de que es absurdo, siento cierto respeto y miedo de hablar con esta figura alejada de la realidad que representa para mí Àgata Fabra. De alguna manera, saber que existe y que está en una habitación a escasos metros de mí ha hecho que vuelva a sentirme como cuando la observaba medio a escondidas, agachada detrás de las tomateras, escrutando cada milímetro del balcón pintado de azul cielo, ya entonces desgastado, hasta que su figura encorvada y vestida de negro aparecía en el marco de la puerta y miraba al exterior apartando la cortina. Siempre tenía la sensación de que dirigía su mirada a mí, a aquella niña que intentaba mimetizarse con las ramas y las hojas verdes que subían alrededor de los palos de madera, atados con un cordel azul al final de todo, y que no terminaba de conseguirlo. Aunque no la distinguía bien, sentía que su mirada se me clavaba y me dejaba completamente paralizada hasta que la cortina volvía a su lugar original con una sutil danza a un lado y a otro hasta quedar de nuevo quieta e impasible, y yo salía corriendo y arrastrándome entre las matas hasta que llegaba al jardín delantero, donde casi siempre encontraba a mi abuela cosiendo, sentada a la sombra de los tilos.

Me pregunto si todos estos recuerdos son imaginaciones mías y, en caso negativo, si la hermana mayor de los Fabra será capaz de reconocer mis ojos como los de la niña que la espiaba detrás de las tomateras.

La puerta de la habitación 237 está cerrada, así que doy un par de golpes suaves en la superficie de madera.

—Pero ¿qué haces? —me pregunta Samuel—. ¿Es que te has vuelto loca? ¡Fabra podría volver en cualquier momento!

—Tienes razón. Quédate fuera vigilando, y si lo ves venir, avísame con un golpecito en la puerta.

Y en cuanto acabo la frase, bajo la manija, que cede suavemente.

La habitación está en penumbra, porque la persiana de la ventana del fondo está medio bajada, y tiene exactamente la misma distribución que la habitación en la que hemos entrado antes, pero a la inversa.

—Hola —saludo con voz contenida—. ¿Señora Fabra?

—¿Sí?

La respuesta me llega desde el fondo de la habitación, y me dirijo hacia allí pausadamente. A la izquierda, en el espacio cercano a la cabecera de la cama, encuentro a una mujer de pelo largo y blanco sentada en un sillón y con un libro abierto en las manos. La luz que surge de la lámpara de pie que se encuentra en la esquina ilumina una piel blanca y arrugada en la zona lateral de los ojos y las comisuras de los labios, aunque los pómulos aún mantienen una estructura afilada que le confiere carácter y cierto atractivo. En su nariz descansan unas viejas gafas redondas de pasta marrón, y detrás de estas, unos ojos oscuros que se clavan en los míos durante unos breves instantes de silencio.

—¿Señora Fabra? ¿Àgata?

—¿Ya es la hora de cenar? —me pregunta, como si deseara que la respuesta fuera negativa y evitar así verse obligada a abandonar la lectura que la acompaña. Seguramente ha querido decir comer y se ha confundido.

—No, no, aún no. Solo he venido a ver si le faltaba algo —improviso.

—Juventud. Y salud. Eso es lo que me falta. ¿Por qué no lleva uniforme?

Veo en sus ojos cierta sospecha.

—Nuestro vestuario está en la planta de arriba, y ya había acabado mi turno cuando Lilet —digo recordando uno de los nombres bordados en la bata azul de una de las enfermeras con las que nos hemos cruzado en el pasillo de la primera planta— me ha dicho que si podía hacer una última revisión a los pacientes de esta planta antes de marcharme.

Me observa detenidamente mientras identifico en sus pupilas una chispa de reconocimiento. Dudo que consiga ubicarme en Treviu. Es muy probable que la explicación más lógica para su cerebro sea que, efectivamente, trabajo en la residencia.

—Sí, perdona, nena. A veces se me va la cabeza, ya lo sabes.

Vuelve a bajar el rostro y se sumerge de nuevo en la lectura del libro, que había dejado reposando en las piernas.

La puerta, que he ajustado detrás de mí, se abre despacio y deja pasar un rayo de luz procedente del pasillo, que ilumina parte de la habitación. A continuación aparece el rostro de Samuel, que me observa interrogante. Desde su posición, Àgata no puede verlo. Levanta el pulgar de la mano derecha y se encoge de hombros. Le respondo asintiendo con la cabeza lo más disimuladamente que puedo y procedo a ignorarlo para no llamar la atención de la señora Fabra, que sigue impasible con su lectura.

Recorro mi mente en busca de alguna idea que me permita conseguir la información que necesito sin despertar sus sospechas, porque no quiero que mencione mi visita a su hermano, que, por otra parte, y como bien ha apuntado Samuel anteriormente, podría volver en cualquier momento. Pero mi instinto me dice que ya ha dado por concluida su visita de hoy.

—¿Sabe qué, Àgata? —empiezo—. En la residencia estamos preparando una recopilación de historias…

—¿Qué residencia? —me interrumpe.

Me doy cuenta de que la conversación no será tan fácil como había imaginado. Àgata me mira con los ojos considerablemente más abiertos y un rictus de angustia.

—Aquí, en este… hotel donde estamos, quiero decir.

—Ah… —me contesta visiblemente aliviada.

—Pues estamos pidiendo a todo el mundo que nos cuente alguna anécdota o historia del pueblo en el que nacieron…

—Parece que he conseguido captar su atención, pero no da indicios de abrir la boca, así que añado—: Nos cuentan historias o leyendas famosas de los pueblos en los que han vivido…

El remordimiento me crece en las entrañas. Manipular y mentir de esta manera a una pobre anciana… Una nunca piensa que se verá haciendo estas cosas, pero…

Me justifico a mí misma diciéndome que no tengo muchas más alternativas.

—El vestido azul.

—¿Cómo?

Intento que la excitación no transpire por mis palabras.

—En Treviu, donde yo nací, murió una chica en un barranco. Nadie sabía cómo se llamaba, ni quién era, así que la llamamos la chica del vestido azul, porque era como iba vestida cuando llegó. Está enterrada en el cementerio con este nombre. La gente iba a llevarle flores, incluso muchos años después de haber muerto.

Me quedo en silencio, pero no añade nada más, así que saco el bloc de notas y el bolígrafo que siempre llevo encima, para hacerlo más creíble, pero también porque pueden serme útiles, y le pregunto:

—¿Qué le pasó a la chica?

Contrariada y entrecerrando los ojos, responde:

—Ya te lo he dicho. Se mató en un barranco.

—¿Se cayó?

Su boca se abre, pero algo interrumpe el hilo de voz que debía salir. Sus ojos han perdido la intensidad con la que me miraban hace un momento, y ahora apuntan al infinito, como si de repente se hubiera desplazado a un lugar muy lejano atravesando las paredes de esta residencia en la que solo es capaz de sobrevivir si cree que es un hotel. Prefiero no intervenir en este extraño proceso en el que se ha sumido.

Se queda más de un minuto callada y en ese estado letárgico. Me obligo a imitarla en su silencio, aunque me cuesta no espolearla.

Al final vuelve a hablar.

—La chica del vestido azul era muy guapa. Tenía el pelo fino y ondulado, en una media melena. Tenía una cara de aquellas que te recordaban a aquella actriz de Hollywood de los años cuarenta… ¿Cómo se llamaba? La que se casó con Bogart. Se parecía mucho. Traía locos a los hombres. Y aun así tenía un carácter que hacía que a las mujeres les cayera bien. Se presentó en casa de parte de un antiguo amigo de mi padre y dijo que estaba buscando trabajo. Cuando mi padre la vio, abrió los ojos como platos, y mi madre presintió que aquella visita no causaría más que problemas. Julià dijo que era tan bella que más valía que le hiciera un retrato antes de que la echaran, e hizo un rápido esbozo mientras ella esperaba en la sala para entrar en el despacho a hablar con mi padre. Aún debe de tenerlo. Luego entraron en el despacho con mi padre y mi madre, y sorprendentemente la pusieron a prueba aquella misma noche. Era la fiesta mayor. Fue el último año que la celebramos en casa. La verdad es que lo hacía bien. Siempre tenía una sonrisa en la cara. Pero si te fijabas, a ratos veías una tristeza oculta en sus ojos, no sé cómo explicarlo. Como era trabajadora y amable, todos se quedaron encantados… con la chica del vestido azul. ¿Cómo se llamaba? —se pregunta a sí misma—. Aaah, sí: Olivia. Olivia.

La historia queda interrumpida por uno de sus silencios ausentes.

—¿Y qué pasó después? —le pregunto.

Tengo la sensación de que mi voz la saca inmediatamente y con cierta violencia del estado de concentración en el que estaba, de manera que su actitud vuelve a cambiar y a cubrirse con un velo de hostilidad.

—¿Y cómo voy a saber yo lo que pasó?

—Antes ha dicho que la chica se cayó por un barranco. ¿Cuándo pasó?

—Al día siguiente. Pero de eso no sé nada. No estaba allí.

—¿Quién la encontró? ¿Cómo se supo que se había caído?

—No lo sé —me contesta secamente—. No lo recuerdo. Alguien que paseaba por allí.

Pienso que cómo es posible que no se me haya ocurrido antes hacer esta pregunta y apunto mentalmente preguntárselo a Marian y a Linus cuando vuelva a Treviu. O quizá Samuel pueda resolverme la duda… Por otra parte, en su explicación anterior Àgata ha dicho algo que no me cuadra, así que le pregunto:

—Antes ha dicho que un tal Julià hizo un esbozo de la chica… ¿Cree que podría pedirle que nos lo dejara para incluirlo en la narración?

Su reacción expresa confusión.

—Se equivoca, señorita. Julià está muerto, desde hace muchos años. Murió en un accidente de coche el mismo año que la chica del vestido azul. El único hermano que me queda vivo es Agustí. Precisamente ha venido a verme antes.

—En ese caso, debo de haberla entendido mal.

Me disculpo con la intención de no contrariarla más, porque los remordimientos se pelean con la curiosidad desde hace un buen rato.

—Sí, me ha entendido mal. —Y se me queda mirando fijamente a los ojos, con expresión inquisidora, como si quisiera leerme la mente. Siento que la desconfianza crece en su cuerpo delgado y encorvado en el sillón—. ¿Está segura de que usted y yo no nos conocemos? De algún otro sitio, quiero decir, no de aquí, del hotel.

Un escalofrío me recorre la espalda.

—Tengo una cara familiar. Ya me ha pasado otras veces. En todo caso, no la molesto más, señora Fabra. Le agradezco mucho su ayuda. Será un placer incluir la historia que me ha contado en la recopilación de anécdotas. ¿Cómo me ha dicho que se llamaba el pueblo?

—Treviu —me contesta sin dejar de clavarme la mirada.

Lo anoto en la libreta, que sujeto en la mano derecha mientras repito el nombre en voz alta, y añado:

—Muchas gracias, señora Fabra. Le dejo seguir con su lectura. Disculpe que la haya molestado.

—Ajá.

Asiente con la cabeza, distante. Su mirada me persigue hasta que salgo de su campo de visión, buscando la puerta. La cierro de un portazo y me la imagino aguzando la oreja y esperando a que el ruido confirme la desaparición de la molestia que le he supuesto.

Encuentro a Samuel nervioso y expectante.

—¿Qué, qué? —me pregunta levantándose del asiento del pasillo—. ¿Qué has descubierto?

—Que sabe más de lo que quiere contar. Por un momento ha parecido que se trasladara en el tiempo y me ha contado que Olivia fue a la Casa Gran a pedir trabajo recomendada por un amigo del señor Fabra. He deducido que el hombre debía de ser un caso de infidelidad crónica y que le había echado el ojo a Olivia. No sé si la cosa fue más allá. Ha hablado de la noche que hizo la prueba, como criada, pero cuando le he preguntado qué pasó después, ha salido de ese estado y se ha vuelto hostil y antipática. Sin duda no le apetecía seguir hablando del tema, y creo que al final ha empezado a sospechar que estaba inventándome la historia de la recopilación de anécdotas que le he contado para que hablara. Creo que de alguna manera me ha reconocido.

—¿De cuando eras pequeña? —me pregunta, incrédulo—. Pero ¡si nunca llegaste a conocerla!

Me encojo de hombros para evitar contarle mis aventuras de espía en las tomateras y le pregunto:

—Por cierto, ¿no sabrás tú quién encontró el cuerpo de Olivia en el barranco?

—Creo que fue Julià, el hijo menor de los Fabra. Pero mejor que te lo confirmen mis padres cuando lleguemos. En aquel entonces yo solo tenía siete años, y quizá no recuerdo bien la historia. —Y tras un breve silencio añade—: Así que ¿crees que los Fabra tuvieron algo que ver?

—Todo apunta a que, como mínimo, ocultan algo. Creo que estaría bien hacer otra visita a Olvido.

—¿Olvido? ¿Y qué tiene que ver esa mujer con los Fabra?

—Era la pareja de Julià. Seguro que le contó algo sobre el descubrimiento del cuerpo de Olivia en el barranco… Y quizá, con un poco de suerte, algo más.

Samuel asiente con la cabeza, y los dos empezamos a andar pasillo abajo en dirección a la salida de la residencia.

Cuando ya estamos delante de la furgoneta, me pregunta:

—¿Te importa que pasemos el resto del día en Barcelona? Me vendría bien para hacer un par de recados, aprovechando que estamos aquí.

—Sí, claro. No hay problema —le contesto forzando una sonrisa.

—Te puedo dejar en casa y paso a buscarte cuando acabe. ¿Llevas las llaves?

Desgraciadamente sí. No llegué a sacarlas del bolso.

—Sí. Como quieras.

Y agradezco que Samuel acabe aquí la conversación y pase por alto el tono cortante de mi respuesta, fruto de mis pocas ganas de quedarme más rato en esta ciudad.

15

Samuel desliza la furgoneta por las calles de asfalto caliente y casi desierto que caracterizan Barcelona en el mes de agosto.

Sin duda, hay más gente que en los años anteriores a la crisis, cuando todo el mundo desaparecía y la ciudad quedaba mágicamente relegada al disfrute de aquellos pocos que por un motivo u otro habían decidido no desertar durante los meses de vacaciones por excelencia. Sin embargo, la diferencia respecto del tráfico habitual es significativa, y mi mente lo agradece, porque de alguna manera suaviza el rechazo que me provoca volver a estar aquí.

Desde el incidente, la ciudad ha perdido todo su encanto y se ha convertido en una selva de asfalto sucia y ruidosa, un pozo de mierda lleno de humo en el que miles de hormigas disfrazadas de humanos se esfuerzan por perpetuar un sistema que en la mayoría de los casos les perjudica, lleno de hipocresía y de referentes falsos y equivocados.

Bajo de la furgoneta y me dirijo al portal. Samuel se despide con un movimiento de cabeza y una sonrisa.

La puerta principal está cerrada. La abro y me dirijo al panel de buzones viejos. La mayoría empiezan a estar llenos de folletos publicitarios y catálogos, y el mío no es una excepción. Echo un rápido vistazo a los papeles brillantes de colores chillones y los dejo caer en la papelera situada justo debajo de los buzones, especialmente destinada a estos menesteres.

Subo la escalera hasta llegar al rellano del tercer piso y abro la puerta de mi casa.

Un sobre blanco y pequeño en el suelo de baldosa hidráulica llama mi atención.

Me agacho para cogerlo y recorro el pasillo hasta la sala de estar, que se encuentra en penumbra, solo iluminada por los rayos de luz que se han colado entre las ranuras de los postigos de madera del balcón. Abro la puerta del balcón y después los postigos. La luz invade la estancia acompañada de una lengua húmeda de aire caliente procedente del exterior.

Dejo el sobre en la mesa baja de delante del sofá y voy hacia la nevera, pero por el camino la mirada se me despista y capta la bandeja que contiene las botellas para hacer combinados: ron, ginebra y tequila.

No me lo pienso demasiado y bebo directamente de la botella. El líquido me calienta la garganta y el pecho. Doy dos tragos, de pie, apoyada en la barra que separa la cocina de la sala, preguntándome cómo es posible que me sienta tan extraña en mi propia casa. No llevo ni cinco minutos aquí y ya tengo ganas de marcharme.

Cierro los ojos y espero en silencio a que mi cuerpo absorba el alcohol y lo haga circular por la sangre.

Me dejo caer en el sofá.

Cojo el sobre con reticencia y curiosidad. En el anverso está escrito mi nombre. Me tranquilizo: no hay remitente, pero conozco perfectamente la letra.

Lo abro con delicadeza rompiendo un lateral y observo el interior: hay una pequeña tarjeta con la letra de Levy y el colgante de mi tía abuela. Lo dejo caer con suavidad en la mano y me doy cuenta de que la cadena, antes rota con brutalidad, está completamente arreglada. En la nota solo hay una frase: «He pensado que te gustaría recuperarlo».

No se equivoca. Lo llevé durante años, y siempre me había parecido que de alguna manera me protegía. Ahora ya no estoy tan segura. O quizá sí. Quizá me protegió hasta donde lo necesitaba. Sin duda, la cosa podría haber acabado mucho peor. Quizá esta sea una manera más adecuada y positiva de interpretar los acontecimientos.

Me recojo el pelo en una coleta y me lo pongo.

Cojo instintivamente el móvil y por un momento dudo si marcar el número que me sé de memoria. O enviarle un mensaje de WhatsApp. O al menos desbloquearlo. Una parte de mí lo rechaza tanto como la otra lo desea. Decido no hacerlo, convencida de que no me traería nada bueno. Pero el detalle del colgante me ha ablandado un poco, no puedo negarlo.

Paso diez minutos hojeando revistas sin leer ningún artículo hasta que decido que ya he tenido bastante.

Cierro los postigos y las puertas del balcón. Cojo el bolso, desaparezco por el pasillo y cierro la puerta detrás de mí.

Camino una manzana y entro en el bar de la esquina. Está prácticamente vacío.

Me siento a la barra y pido una cerveza.

El camarero me la sirve con una sonrisa y un cuenco pequeño de frutos secos. Le resulto familiar, pero con el pelo rubio no me ha reconocido. De alguna manera me reconforta. Le mando un mensaje de WhatsApp a Samuel diciéndole dónde estoy.

Cuando los bares empiezan a ser más cómodos que la propia casa, es el momento de cambiar algo.

16

Cuando llegamos a Treviu, el cielo ya empieza a palidecer y el sol resbala detrás de las nubes rojizas que cuelgan por encima de Gascó.

Me sorprende ver que el Cayenne negro de los Fabra sigue aparcado delante de la era de la Casa Gran. Había dado por hecho que una vez terminado el entierro, y después de su aparición en la fiesta mayor, habrían vuelto a Barcelona, y que esta era la razón por la que Agustí Fabra había ido a ver a su hermana a la residencia.

—¿Te dejo aquí? —me pregunta Samuel deteniendo la furgoneta a la altura de mi casa.

—Sí, gracias.

—¿Cenamos con mis padres y les contamos lo que hemos descubierto?

Ahora habla en un tono considerablemente más bajo.

—De acuerdo. Deja que antes me dé una ducha rápida. Bajo en veinte minutos.

Asiente con una sonrisa en el rostro, y levantando un pie del freno deja que la furgoneta resbale hasta la casa de los Linus como si bajara por un sinuoso tobogán.

Estoy cruzando la plaza que anteriormente había sido el patio de la escuela cuando percibo un ruido procedente del interior del edificio. Observo con detenimiento el antiguo colegio. El edificio, de dos plantas, está situado al lado de mi casa y separado solo por unos cuatro o cinco metros de rampa empedrada que más arriba se convierte en la escalera que da acceso a la carretera. Aunque se encuentra en relativo buen estado porque el ayuntamiento de Falgar se ocupa del mantenimiento, está vacío desde hace más de cuarenta años. Parece que los alumnos fueron disminuyendo hasta que los últimos años eran inexistentes, pero, aun así, la maestra seguía manteniendo su puesto de trabajo. Dicen que se pasaba el día sola, contemplando las aulas vacías y frías, en las que cualquier ruido se expandía como un gigantesco eco por los techos infinitos, hasta que la situación acabó afectándola mentalmente y tuvieron que ingresarla en un psiquiátrico. Una historia surrealista que ejemplifica el caos administrativo que sufrió la zona durante el franquismo.

Al lado de la gran puerta central en forma de arco hay un buzón metálico empotrado en el que cada año anidan golondrinas. Por detrás, un extraño canalón de obra que parece una pequeña fosa separa la casa de un parterre en el que hay dos manzanos, y flores y hierbas que han ido luchando año tras año por mantener su espacio en la zona. Recuerdo que antes, en las noches de verano, del canalón salían unos sapos grandes y gordos, y después de cenar bajaba a la plaza con mis abuelos solo para verlos. Con el paso de los años la cantidad de sapos ha ido reduciéndose hasta desaparecer.

Las ventanas, tanto de la planta baja como del primer piso, están cerradas, como siempre, y no soy capaz de identificar ningún cambio que corrobore la posibilidad de que haya alguien dentro.

Vuelvo a sorprenderme por no haber pensado antes en esta posibilidad, porque la proximidad de la casa parece bastante oportuna y apropiada para alguien con malas ideas que quiera vigilar mis movimientos… Probablemente sean los efectos de la amenaza los que me inducen a tener este tipo de pensamientos paranoicos. En realidad, no tendría demasiado sentido que alguien que vive en el pueblo ocupara una casa vieja y vacía, cuando la nuestra puede verse desde prácticamente cualquier punto de Treviu, excepto quizá desde la casa de los Duran, de los Pou y la Casa del Molí. Me pregunto si alguien tiene las llaves por si surge una emergencia, como pasaba con la rectoría y la iglesia cuando allí no vivía nadie.

La puerta de mi casa está intacta, lo que me tranquiliza momentáneamente. Parece que la estrategia de decir a todo el mundo que ya no estoy trabajando en el reportaje ha surtido efecto, pero no puedo olvidar que alguien entró aquí y que, de la misma forma que escribió en el espejo, podría haberme atacado o algo peor. Partiendo de la base de que esta persona no quiere que investigue la muerte de Olivia, mi instinto tiende a dar por hecho que se debe a que la muerte de esta no fue un accidente, así que la persona que ha escrito la nota podría ser, obviamente, un asesino. No me imagino a ningún conocido de Treviu atreviéndose a matar a alguien, pero esto mismo es lo que dicen todos los vecinos de los asesinos cuando los entrevistan en televisión y les preguntan qué impresión tenían del criminal en cuestión.

Me ducho rápidamente con agua tibia, por un lado para serenarme, y por otro porque pensar en la nota en el espejo me ha quitado las ganas de estar en el baño más de tres minutos. Poco después, enfundada en los vaqueros y mi camiseta gris preferida, bajo la calle Mayor para ir a cenar a casa de los Linus.

Encuentro a Samuel saliendo por la puerta. Aprovecho para acariciar a Tom y Laica, que están tranquilamente tumbados en la entrada.

—Mis padres no están. Han dejado una nota diciendo que han ido a Vallcebre. ¿Qué te parece si vamos a la fonda a comer algo?

—Vale, vamos —le contesto pensando que quizá es la primera vez que voy a comer allí en al menos tres años—, con la condición de que comamos en las mesas de fuera.

Aunque la ducha ha surtido efecto, me apetece estar fuera para quitarme de encima el estupor de la residencia y el paso por mi piso de Barcelona, que parece que aún lleve pegado a la piel.

—¡Por mí, perfecto!

En la era de la fonda se respira tranquilidad. Solo hay una mesa ocupada.

Nos sentamos a una de las mesas redondas situadas debajo de la parra que se enreda en una estructura metálica formando un porche idílico que Eva ha decidido ornamentar con lucecitas esféricas de colores.

Aún no nos hemos sentado cuando aparece Robert con un bloc de notas en la mano. Lleva vaqueros y una camiseta negra de manga corta con la reproducción del cartel de la fonda en el pecho. Nos dedica una sonrisa abierta y amable.

—¡Hombre! ¡Qué sorpresa! ¡Mira a quién tenemos aquí!

—Buenas noches —lo saludo.

—¿Nos darás algo para cenar? —le pregunta Samuel.

—¡Claro que sí! Canto: de primero, puedo haceros una ensalada riquísima con brotes, tomate y cebolla que he cogido hoy mismo del huerto; y también tengo el famoso gazpacho de Eva. De segundo, tenemos tortilla de calabacín, también del huerto, butifarra con patatas o entrecot.

—Ensalada y entrecot —dice Samuel, convencido.

—Gazpacho y tortilla —contesto intentando imitar su rapidez resolutiva, aunque dudo de mi elección.

—Estupendo —dice terminando de apuntar los últimos platos en su bloc—. ¿Y para beber?

—Cerveza —contestamos los dos a la vez.

—Ahora mismo os la traigo bien fresquita.

Y después de ofrecernos una sonrisa servicial, da media vuelta y desaparece dentro de la fonda.

—¿No sabrás si alguien en Treviu tiene una llave de la escuela? —le pregunto a Samuel moderando la voz, aunque la otra mesa es de turistas y está bastante lejos.

—Creo que mis padres —me contesta, intrigado—. ¿Por qué?

—Por nada, no tiene importancia, no me hagas caso.

Parece que la visita a la residencia le ha saciado un poco la curiosidad, porque, al contrario de lo que me esperaba, no insiste más en el tema.

—Vuelves a llevar el collar —me dice, en cambio, fijando la mirada en mi cuello.

—Lo he recuperado hoy. Lo había… perdido.

—No sé cómo no me he dado cuenta antes de que no lo llevabas. Creo que desde que te conozco nunca te lo habías quitado. De niña decías que te protegía de la oscuridad...

Sonríe.

—Se me… rompió, y un amigo me lo ha hecho llegar a Barcelona, arreglado. Lo he encontrado hoy en mi piso.

—¿Al amigo?

—El collar. Estaba en un sobre.

—¿Y por qué no lo tenías tú, si se te había roto?

—Es una larga historia.

—¿Con ese amigo?

—Sí.

Y agacho la mirada para darle a entender que no quiero seguir con esta conversación. Evidentemente, él no hace caso de la señal y tras un breve silencio me pregunta:

—¿Es un amigo... como Andreu? —me pregunta con gesto travieso.

Me sorprende darme cuenta de que no he pensado en Andreu en todo el día. Al menos no después de haber recibido el collar.

—No, más amigo —admito, sorprendida por mis propias palabras.

—Pero ¿ya no estáis juntos?

—No.

—¿Por qué?

Su curiosidad es auténtica.

—Pasó algo que complicó la relación, por mi culpa. Y ahora no creo que podamos seguir como si no hubiera ocurrido nada. Él... Su profesión es un problema para mí.

—¿Por qué? ¿A qué se dedica?

Es extraño que, por primera vez, no me sienta del todo incómoda hablando del tema. Probablemente se deba a mi interlocutor.

—Es detective privado.

—¡Uauuu! Pues te debía de encantar... —Después regula su entusiasmo y me pregunta—: ¿Y qué pasó?

Dudo antes de decidirme a contarle la verdad. Tengo la sensación de que es posible que así me quite un gran peso de encima. Y quizá también deje de ir a los bares con tanta asiduidad.

—Samuel..., ya no trabajo para la revista.

—Pero...

—Deja que te lo cuente —lo interrumpo—. Es una historia un poco larga.

Samuel asiente con la cabeza y se acomoda en la silla.

—Hace ocho meses acordé con mi jefe hacer un reportaje sobre la investigación privada. La idea era romper tópicos, acercar a los lectores a la verdad, que a veces dista mucho de lo que se ve en las series de televisión y en el cine. Así que contacté con un detective privado para hacerle algunas preguntas sobre el funcionamiento de las agencias, los protocolos que siguen y los trabajos que suelen hacer…, cosas así.

—¿Cómo lo localizaste?

—Es un detective relativamente conocido, y a finales de los noventa participó en la resolución de un par de casos con bastante eco mediático. De hecho, me sorprendió la rapidez con la que me contestó y su amabilidad respondiendo a mis preguntas. El caso es que fuimos conociéndonos hasta el punto de que me atreví a preguntarle si aceptaría que lo acompañara en su trabajo durante unos días.

—¿Y aceptó?

El entusiasmo impregna sus palabras.

—Al principio no, pero a fuerza de insistir, y con una larga lista de condiciones, al final accedió.

Robert aparece con una bandeja con dos botellas de cerveza y dos copas heladas en una mano, y unas servilletas de papel en la otra. Las coloca en la mesa con un movimiento rápido.

—Aquí tenéis las cervezas. Ahora llegan los primeros.

Deja las dos botellas y las copas en su lugar correspondiente con la misma agilidad. Después se queda mirándome con una expresión interrogante dibujada en las cejas, pobladas y morenas, sin decir nada.

—¿Sí? —le pregunto.

—Eva me ha dicho que has dejado de escribir sobre Olivia.

—A los de la revista no les convenció la historia, así que…

Me encojo de hombros para reafirmar mi resignación. Vuelve a sorprenderme el rostro impertérrito de Samuel. ¿Cómo puede entusiasmarse tanto cuando hablamos del tema o investigamos, y luego disimularlo tan bien? Especialmente ahora que sabe que he mentido sobre mi trabajo en la revista.

—Pues es una lástima —continúa Robert—. Es una historia que merecía ser contada.

—¿Qué quieres decir? ¿Es que sabes algo importante? —le pregunta Samuel.

—No… La verdad es que no.

Pero, contradiciendo sus palabras, coge una silla cercana y se sienta a la mesa con nosotros. Su voz pasa a ser más grave y discreta a partir de ese momento.

—Pero algo pasó, porque ella no tenía previsto marcharse al día siguiente de llegar, y mucho menos tirarse por el barranco.

—¿Y tú cómo lo sabes? —le pregunta Samuel.

—Porque había quedado con ella para comer.

—Pero ¿en aquella época no salías con…?

—Solo habíamos salido un par de veces, y aún no estaba enamorado de ella. Y Olivia…, fue verla y me dio un vuelco el corazón. Era guapa y a la vez atractiva, no sé si me entendéis… Me enamoré de ella nada más verla aquí, en la era de la fonda.

—¿Y le pediste una cita?

La incredulidad tiñe las palabras de Samuel, al que de repente se le ha despertado cierto instinto protector por Eva.

—Sí. Y ella aceptó. Como yo no quería que nos vieran salir juntos del pueblo, quedamos al día siguiente en el mirador para ir a comer a Guardiola. Pero no se presentó.

—Quizá había pensado hacerlo así… Tampoco es que…

—No —lo interrumpe Robert—, no lo había pensado. Aquella chica no quería suicidarse. Alguien la empujó.

—Es curioso, pero no es la primera vez que lo oigo —digo dejando el vaso en la mesa después de dar un largo trago de cerveza fresca—, y, aun así, nadie dijo nada cuando la encontraron muerta…

—Tener la certeza de algo no quiere decir que pueda uno demostrarlo ante los demás. ¿A quién más se lo has oído? —me pregunta entornando los ojos.

—Lo mismo da —le contesto—, ahora ya es agua pasada. —Y tras un breve silencio añado—: ¿Eva sabe que habías quedado con Olivia?

—No, no le dije nada. No tenía sentido hacer que se sintiera mal para nada. Y me gustaría que siguiera siendo así. No querría que algo absurdo del pasado nos causara problemas ahora, tantos años después.

Samuel y yo asentimos con la cabeza para tranquilizarlo, aunque leo en los ojos de mi compañero de investigación que, como yo, cree que esta nueva información es lo bastante relevante como para tenerla en cuenta. Aunque no haga más que complicar las conclusiones que hemos sacado de nuestras pesquisas.

Robert se levanta enérgicamente de la silla y, dejando atrás el aura de tristeza y melancolía que lo había invadido estos últimos minutos, vuelve a su jovialidad habitual y nos informa de que nuestros primeros ya deben de estar listos. Después desaparece detrás de la puerta de la fonda.

—El otro día, cuando le pregunté a Eva por Olivia, me pareció incómoda.

—¿Qué quieres decir? ¿Crees que lo sabía?

—Es posible.

—¿No pensarás que la tiró al barranco por celos?

—No pienso nada. Solo te digo lo que vi.

—No. Eva no sería capaz de hacer algo así.

—Probablemente tengas razón. Pero hay que tenerlo todo en cuenta, solo digo eso.

—Muy bien. Ahora ya puedes seguir.

—¿Seguir el qué?

—Venga, mujer, no te hagas de rogar. Estuviste siguiendo a ese detective, no me has dicho cómo se llamaba…

—Levy.

—Y después, ¿qué?

—Quizá es mejor dejarlo correr, Samuel…

La distracción de la conversación con Robert me ha cambiado el humor y ahora ya no me siento tan habladora como antes.

—Pero ¡no puedes hacerme esto, Martina! ¡Dejarme así, con esta intriga…!

—Vale, vale. —Me ayudo con otro trago de cerveza para darme coraje. Sin darme cuenta me he terminado la copa antes de haber empezado a comer—. Cuando llevaba un mes siguiéndolo, empezó a enseñarme algunas cosas. De alguna manera, sin ser del todo consciente de ello, me convertí en su aprendiza. No fue premeditado, ocurrió así. Incluso llegué a plantearme cambiar de profesión, estudiar criminología y trabajar en la investigación privada. Era un trabajo que me entusiasmaba y me hacía sentir viva como nada lo había conseguido en mucho tiempo, además de satisfacer gran parte de mi curiosidad por el comportamiento humano.

—¿Investigaste casos?

—Al principio no. De vez en cuando, cuando tenía tiempo, él me entrenaba. Me llevaba a un centro comercial, a las Ramblas o al paseo de Gràcia y me hacía seguir a personas sin que se dieran cuenta, hacerles fotos y cosas así. Yo iba alargando el reportaje porque no quería que acabara nunca.

Samuel me observa expectante, bebiéndose la cerveza con deleite.

—Después empecé a participar en algunos de los casos nuevos que entraban. La mayoría eran de estafa o de infidelidad, casos más o menos sencillos en los que solo había que hacer seguimiento y fotografías que confirmaran la sospecha por la empresa o la persona que había contratado los servicios de Levy. Él compartía la información que tenía, me contaba sus deducciones y maneras de hacer, me preguntaba mi opinión… Cada vez pasábamos más tiempo juntos.

—¿Te gustaba? Él, quiero decir.

Me encojo de hombros con resignación.

—Me enamoré de él. No sé si de él o de su estilo de vida, de lo que hacía y de lo que representaba. Levy es… un tipo excepcional.

—¿Y él sentía lo mismo?

—No lo sé. Puede que sí, al menos al principio. Quizá fue demasiado generoso en sus expectativas conmigo, o quizá lo fui yo…

—¿Qué pasó? ¿Un caso acabó mal?

Se le abren los ojos de una manera que ha heredado de su padre.

Asiento con la cabeza y me tiro a la piscina.

—Fue un caso de infidelidad que se complicó. Llevábamos tres días haciendo el seguimiento juntos y no pasaba nada. Estábamos vigilando a un futbolista bastante conocido que tenía a la mujer con la mosca detrás de la oreja desde hacía tiempo. La mujer contrató a Levy y fingió que se marchaba una semana de viaje para ponérnoslo más fácil. Pero habían pasado dos noches, y nada. Unas pizzas con un par de amigos, una noche tranquila solo, viendo la tele. Y la tercera no parecía que fuera a ser diferente. Así que cuando Levy recibió una llamada de su exmujer diciendo que su exsuegro había sufrido un ataque al corazón, no me pareció que continuar sola con el seguimiento aquella noche fuera a suponer el menor problema.

Samuel asiente con la cabeza y entorna los ojos en un gesto de gravedad que no me gusta nada. Vuelvo a dudar si seguir con esta extraña confesión. Él detecta la duda en mi pausa, y veo que hace un esfuerzo monumental por no espolearme, esperando que esta táctica dé el resultado deseado. Aunque soy completamente consciente, funciona.

—Aunque él no lo veía del todo claro, insistí en que no había problema. Tampoco quería tenerlo al lado con la cabeza en otro sitio solo porque se sintiera obligado…, y al final accedió. Y claro, como puedes suponer, fue un error que pagué caro.

Samuel se endereza en la silla. Hago una pausa, cojo aire y vomito las palabras.

—Pues resultó que aquella noche me tocó el gordo, y unos veinte minutos después de que Levy se hubiera marchado llegaron a la casa dos prostitutas de lujo. No tardaron mucho en ponerse, con la ayuda de una buena cantidad de alcohol y cocaína, y yo procedí a hacer fotografías a través de la ventana de la sala, tras haberme colado en el jardín. Estaba segura de que había evitado los ángulos de las cámaras de seguridad, pero está claro que me equivoqué, porque el tío debió de recibir algún tipo de alerta y me pilló cuando ya estaba a punto de saltar la reja y volver al coche.

Termino la historia rápidamente para dejar el tema atrás, que es lo que he estado intentando desde aquel día y el motivo por el que vine a Treviu. Samuel me mira fijamente, con la boca cerrada y los labios presionándose entre sí.

—El caso es que no tuvo miramientos ni la intención de aclarar nada. Me agarró de los pies y me tiró al suelo mientras yo intentaba explicarme. Evidentemente, no se creyó ninguna de las excusas que me inventé para justificar mi presencia allí, que por otra parte eran bastante absurdas, y le pareció que no tenía que dejarme marchar. El tío iba muy pasado de vueltas y se puso muy violento. En resumen, que tampoco quiero explayarme en los detalles: me pegó una paliza muy bestia y me robó la cámara, el móvil y la dignidad. Me desperté en el hospital, gracias a las dos prostitutas, que me dejaron allí. Tenía una fuerte contusión en la cabeza, el ojo morado, el labio partido y un brazo y tres costillas rotos. Si no hubieran intervenido, es muy posible que la cosa hubiera acabado mucho peor. —Suspiro y, para quitarle hierro al asunto, me obligo a esbozar una media sonrisa y añado—: Y así fue como de golpe me cargué el caso y mi amor propio, puse en peligro la reputación de Levy y entendí que no tenía futuro en el mundo de la investigación privada. Todo muy irónico, teniendo en cuenta las circunstancias…

—Ufff… Martina…, lo siento mucho…

—Samuel, escúchame: ni una palabra de todo esto —le digo clavándole la mirada—. A nadie. Te lo digo muy en serio. Solo me falta tener a todo el pueblo haciendo conjeturas y mirándome como me estás mirando tú ahora.

—Tranquila.

—Samuel…

—De verdad.

—Prométemelo.

—Te lo prometo, Martina. Te lo prometo —me dice tocándome suavemente el hombro.

Y como no me queda más remedio que confiar en su palabra, asiento con la cabeza y fuerzo una sonrisa cuando Robert aparece con la ensalada y el gazpacho.

Pero ahora ya se me ha quitado el hambre.

Me despido de Samuel en la puerta de su casa con la promesa de que nos veremos a la mañana siguiente para seguir investigando a escondidas la muerte de Olivia.

Poco después llego a la plaza de la escuela con Laica a mi lado. Me dispongo a abrir la valla metálica del jardín cuando detecto un movimiento a mi izquierda. La perra no parece especialmente tensa cuando gira la cabeza en esa dirección: conoce a la persona que está de pie, apoyada en la pared de la vieja escuela, casi mimetizada con la oscuridad nocturna. Yo no reacciono tan bien. Experimento una mezcla de miedo, indignación y una pizca de esperanza.

Andreu me dedica una sonrisa sin dejar de cruzar los brazos ni mover lo más mínimo su posición, con un pie en el suelo y la planta del otro apoyada en la pared, con la rodilla doblada.

—¿Puedo ayudarte en algo? —le pregunto a la defensiva, dejando entrever el susto que me ha pegado su figura en la oscuridad, aunque es exactamente lo que pretendía evitar.

—Tú y yo tenemos que hablar —me dice serio, casi enfadado.

—Vale. Pero mejor mañana, por la mañana si quieres. Estoy hecha polvo.

—No. Mañana tendrás otra excusa, y pasado mañana también.

Dudo entre seguir con mi actitud tozuda e impertinente o afrontar la situación como haría cualquier persona adulta. Al fin y al cabo, pienso, si él no tiene nada que ver con el caso de Olivia, estoy comportándome como una auténtica…

—Está bien.

Reprimo el impulso de preguntarle en la puerta de qué quiere hablar y me obligo a ser hospitalaria. Me justifico aduciendo que si hubiera querido hacerme daño, ya me lo habría hecho en cualquiera de las múltiples oportunidades que ha tenido anteriormente. Abro la puerta y, siguiendo mis pasos y los de Laica, nos acompaña hasta la sala de estar en silencio.

Se sienta en uno de los sillones de lectura y apoya el pie izquierdo en la rodilla, un gesto que le confiere una actitud segura y relajada. Pero sus ojos me miran interrogantes cuando no imito sus pasos y me quedo de pie a medio camino de la cocina.

—Voy a preparar una infusión. ¿Quieres?

—No, gracias.

Pongo la tetera a calentar y saco del armario un bote de vidrio con la tila que recogí el año pasado. Aprovecho los tres minutos que tarda el agua en hervir para dar un par de largos tragos de José Cuervo escondida detrás de la puerta mientras decido qué estrategia emplearé en la conversación que me espera. Me doy cuenta de que no tengo ninguna.

Salgo de la cocina con la taza de tila en la mano y me siento a su lado con una fingida pose de tranquilidad, aunque pondría la mano en el fuego a que no lo consigo.

—Pues tú dirás...

—No, de hecho esperaba que fueras tú la que dijeras algo...

—Lo siento si he estado un poco distante estos últimos días, no te lo tomes como algo personal...

—Me lo tomo cien por cien personal. Mira, a mí no me gustan los juegos, no me apetece...

—Yo nunca me lo he tomado como un juego —lo interrumpo, molesta—, pero tampoco pensaba que quisieras establecer una relación digamos... seria.

—Me gustaría que nos viéramos más. Punto. Pero parece imposible, porque cada día actúas como si pensaras o sintieras algo diferente. ¿Cuál es el problema?

Freno el impulso de contestarle que el problema es que no sé si ha sido él quien me ha amenazado para que no siga investigando lo que le pasó a Olivia, y que eso obviamente dificulta que tengamos la relación de la que está hablándome. Pero de mi boca sale la frase típica, que me da rabia nada más oírla:

—Es complicado.

—Seguro que podré entenderlo.

—Estoy en una situación en la que me resulta difícil confiar en nadie.

No me contesta. Simplemente me observa esperando que complete una frase que no le parece lo bastante válida como única explicación. No quiero explayarme más, así que añado:

—Siento mucho que no sea una explicación lo bastante buena para ti. Pero es lo único que puedo decirte en estos momentos.

—Estás jugando con fuego, Martina.

Su tono no es tanto de amenaza como de advertencia.

—Quizá sea mejor que dejemos de…

—Es peligroso llevarle la contraria a una persona que ya ha matado una vez —me interrumpe—. Hay muchas posibilidades de que vuelva a hacerlo si se siente amenazada.

Se me hiela la sangre. Las piernas y las manos se me llenan de hormigas nerviosas. Pero de algún modo mi cerebro me indica que hay algo que no cuadra: su tono de voz parece más preocupado que amenazante. Me siento extremadamente confusa, y aunque la presencia de Laica hace que me sienta menos sola ante el peligro, no sé cómo salir de la situación.

Intento serenarme para conseguir el tono más tranquilo y pausado posible, y le digo:

—Esto es bastante menos sutil que la nota en el espejo, pero ya te dije que había dejado correr el tema.

—Esperemos que quien la mató sea menos suspicaz que yo, porque a mí me parece evidente que esta última semana le has dedicado todas las horas del día.

—¿Perdona?

Me enfada que haya pasado por alto la alusión al espejo y me confunde que se distancie de la situación, como si no tuviera nada que ver.

—Tu viaje a Berga, por ejemplo. Al volver no descargaste ni una bolsa.

—¿Estabas espiándome? Pero ¿se puede saber qué…?

Ahora estoy indignada.

—Tenía curiosidad por saber qué relación tienes con Samuel. En este pueblo los coches se oyen fácilmente, así que tampoco me pasé toda la noche de guardia… —Lo dice con sorna y sonríe por primera vez desde que ha llegado a mi casa—. Entiendo que debes de pensar que de alguna manera tengo algo que ver con esa amenaza de la que hablas, y que por eso no confías en mí. Yo no soy la persona que buscas, Martina. Ni siquiera había nacido cuando Olivia murió.

Intento procesar la información cruzando los datos que tengo con mi instinto. La visita a la residencia e incluso la charla con Robert en la fonda no hacen sino descartar, o al menos alejar, a Andreu de mis sospechas. Siempre he sabido que, dada su edad, no había podido matarla él, pero de alguna manera me daba la sensación de que había tenido algo que ver con las tumbas… Y las tumbas tenían relación con Olivia. Quizá lo haya estado mirando todo desde un ángulo equivocado y haya estado pasando por alto otra versión de los hechos.

—Necesito una copa. —Dejo la taza aún humeante e intacta en la mesa y me dirijo a la cocina—. ¿Quieres una?

—¿Tequila? —Sonríe—. Sí, claro.

—¿A ti también te han llegado rumores?

No sé por qué se lo pregunto, si ya sé la respuesta.

—Yo no te juzgo, Martina. Es fácil equivocarse con las apariencias.

Sé que tiene razón, pero no en este caso. De todas formas, no seré yo quien se lo discuta.

Vuelvo a la sala con dos vasos medio llenos de medicina con hielo y limón.

Vacío el contenido de un solo trago y dejo que el líquido me caliente el pecho, elimine el miedo y pula las aristas más hurañas de mi carácter. Andreu hace lo mismo, me sonríe, se levanta del sillón y se sienta a mi lado en el sofá. Me abraza, y el perfume de su champú mezclado con el olor a pino impregna todos mis sentidos.

—Debes confiar en mí, Martina…

Me fundo en sus brazos, y en ese momento siento que el peso sobre mis hombros desaparece. Quizá sí, quizá sí..., pienso silenciando la diminuta voz que me insiste en que no baje la guardia del todo.

No hago caso del rostro preocupado de Levy, que se me viene a la cabeza, y durante unos instantes el mundo desaparece.

18

Me despierto con la boca pastosa y la duda de si he cometido un error que pagaré caro. No puedo decir que me arrepienta de haberme acostado con Andreu, pero hoy, como cada día, la primera imagen que me ha venido a la cabeza al abrir los ojos ha sido el rostro de Levy.

En la mesita hay una nota:

He quedado con el cura. Ven a la rectoría a las 19 h. Es una cita.

Al lado hay un garabato de una cara sonriente.

Me preparo el café con leche y bajo al jardín con Laica. Estoy saboreándolo, con las manos alrededor de la taza caliente y la brisa matutina acariciándome el pelo, cuando Elvira pasa andando al lado de la valla y me dedica una sonrisa socarrona.

—Buenos días —la saludo, casi por obligación.

—Buenos días, Casajoana.

Sigue andando con la misma sonrisa y desaparece escalera arriba hacia la Casa Gran.

Me termino el café y bajo la calle Mayor con la perra en busca de Samuel.

Cuando me cruzo con Robert, a la altura de la fonda, me devuelve el saludo con una mirada que no sé identificar si es de preocupación o de pena.

Empiezo a mosquearme.

Entro en casa de los Linus sin llamar al timbre. Mientras subo la escalera distingo las voces de Marian y Encarna en la cocina. Reduzco el paso y escucho lo que dicen, agachada en lo alto de la escalera.

—Y dice que entonces le pegaron una buena paliza a la niña… ¿Puedes creértelo? ¡Debió de pasarlo fatal, la pobre! Pero, claro, es que meterse en cosas serias con gente tan peligrosa… No sé cómo aún le quedaban ganas de meter las narices en el tema de Olivia…

Inmediatamente me pongo de pie y entro en la cocina. Las dos me miran asustadas, aunque intuyo que Encarna ya está preparando mentalmente una lista de preguntas que hacerme mientras Marian me observa entre preocupada e incómoda.

—Martina…

Mi nombre suena como una disculpa en sus labios.

—¿De dónde has sacado toda esa mierda que te salía por la boca hace un momento? —increpo a Encarna.

—Ay, nena, ¿es que no es verdad? Perdona que yo…

—Que de dónde lo has sacado, mala bruja.

—Mira, no te pongas así, que yo solo lo he oído en la fonda y se lo estaba contando a Marian porque estaba preocupada por ti.

No se lo cree ni ella.

—¡Que quién te lo ha dicho!

Me acerco y le lanzo una mirada llena de odio. Tengo que contenerme para no zarandearla.

—Me lo ha dicho Miquel de Cal Xic, pero no sé de dónde lo ha sacado, de verdad, nena. Pero ¿es cierto que te pasó eso? Ay, qué sufrimiento, qué mal me sabe, no creas que estábamos cotilleando…

—¿Dónde está Samuel? —pregunto a Marian, airada.

—Ha ido a hacer un recado.

—Sí, claro. ¡Será cobarde! ¡Lo suelta todo y desaparece!

—¿Qué quieres decir? Martina, Samuel a mí no me ha dicho nada de todo esto —lo disculpa Marian—. La primera noticia la tengo ahora de boca de Encarna…

—Cuando vuelva dile que quiero hablar con él inmediatamente. Y tú —digo mirando a Encarna—, deja de largar esta historia por el pueblo y sus alrededores, que bastante daño debes de haber hecho ya.

—Pero que yo acabo de enterarme y solo se lo he dicho a Marian…

—Ni una palabra más, Encarna. Te lo digo en serio.

Y me marcho escalera abajo.

—¡Martina! ¡Espera, tomemos un café y hablemos tranquilamente! —grita Marian.

Por primera vez en mi vida no le hago caso y bajo los escalones de dos en dos.

Salgo de casa de los Linus con ganas de dar patadas a todo objeto inanimado que se me ponga por delante. Ahora que soy consciente de que todo el pueblo sabe lo que en ningún caso quería que supieran, mi cuerpo se resiste a volver a subir por la calle Mayor. Sin pensarlo, empiezo a andar hacia la plaza de la iglesia, hasta que llego al principio del camino que baja hacia la Casa del Molí.

Le debo una visita a Olvido, y ya no es necesario que incluya a Samuel en mis planes.

19

Avanzo por el camino de tierra con una fuerte pendiente hacia el valle que se abre entre la Casa del Molí y el núcleo más urbanizado de Treviu. El sendero baja sinuoso, rodeado por los campos que ya han empezado a amarillear y a perder el verde vital que los baña al final del invierno y especialmente en primavera. En breve, cuando llegue septiembre, mucho antes del día en que cambia la estación, los aires frescos del otoño invadirán los prados y las montañas. Empezarán, de manera constante aunque tranquila, a seducir a las hojas amarillentas y marrones de los robles y los avellanos para que se dejen caer al vacío y se fundan con el césped seco de los prados creando un mantel dorado y rojo crujiente bajo los pies del caminante romántico que, abrigado con una chaqueta, busque respuestas en la naturaleza que se regenera a su alrededor y, con suerte, quizá encuentre un rebozuelo, un higróforo o un níscalo como respuesta.

Tardo menos de diez minutos en llegar a la puerta del jardín silvestre de Olvido. Caminar en silencio entre los prados y los árboles ha apaciguado mi ira e incluso mis sospechas sobre Samuel.

No hay rastro de los gatos que vi en mi visita anterior.

—¿Olvido? ¡Soy Martina!

Nada.

—¿Hola? —repito unos segundos después, con la brisa como única respuesta—. ¿Olvido?

El silencio sigue siendo una constante. Cruzo el jardín y me acerco a la casa rodeada de hiedras que escalan los viejos muros grises.

A través de la ventana de la cocina distingo la tetera roja. Tiembla violentamente, así que me dirijo a la puerta, que encuentro abierta, y entro en la casa. Apago el fogón y utilizo un trapo viejo de cuadros azules y blancos para coger la tetera humeante por el mango y dejarla en el fregadero. Poco a poco la furia del vapor va calmándose hasta que la casa se queda en completo silencio.

—¿Olvido?

Examino mi entorno: la zona del sofá y la mesa a la que nos sentamos el otro día a tomar las infusiones.

Voy a la única habitación de la casa y abro la puerta. La cama está deshecha, y un camisón azul descansa lánguidamente en una vieja silla de madera carcomida.

Vuelvo a salir al comedor con la cocina adjunta. Mi mirada se clava en las dos tazas que hay en la superficie del mármol, con dos cucharas de plata al lado y el azucarero abierto. Mis pupilas recorren la superficie hasta llegar a las macetas de la ventana: la menta que había el otro día ya no está. El rumor del agua del río me hace pensar de inmediato en sus orillas llenas de menta silvestre y extraordinariamente aromática.

Salgo al jardín y recorro el estrecho camino de losas hasta la parte trasera de la casa, desde donde diviso el viejo molino medio derruido a orillas del río. Un pequeño camino de tierra serpentea entre la maleza y llega a la era del edificio abandonado, engullido por la hiedra, que surge de las ventanas y las puertas rotas.

Por un momento me quedo extasiada ante esta visión. Siempre me han fascinado los edificios abandonados, las paredes que ocultan historias y se las llevan con ellas a medida que van desintegrándose, la naturaleza que recupera su sitio, lentamente pero sin pausa, constante en el crecimiento de los brazos verdes y delgados que van apropiándose de todo. No hay imagen que proporcione tanta perspectiva como la de un edificio abandonado y en ruinas engullido por la naturaleza, y el silencio que rodea esta imagen, roto únicamente por el canto de un pájaro o el rumor de las ramas que bailan con la ayuda del viento.

Pero el hechizo se rompe inmediatamente cuando recorro el río con la mirada y el corazón me da un vuelco: el cuerpo de Olvido yace, inmóvil, en una de las orillas del río.

Bajo corriendo, resbalando con la tierra y la maleza que inunda el camino.

Al otro lado del río, el agua que llega a la orilla resbala entre las piedras y acaricia el cuerpo quiescente de Olvido. Lleva una vieja camisa de flores, remangada hasta los codos, y una falda negra de algodón por debajo de las rodillas, ahora empapada y pegada a sus largas piernas. El rostro está de lado, como si mirara hacia el molino, y el agua lo acaricia creando un pequeño remolino en el pelo largo y canoso, y convirtiéndola en una especie de anémona rojiza.

Empiezo a cruzar el río evitando la tentación de saltar por las piedras. Es fácil resbalar con el musgo, y las consecuencias pueden ir más allá de acabar en remojo.

¿Quizá es eso lo que le ha pasado a Olvido?

Camino por la parte más honda con el agua hasta las rodillas, tanteando el suelo con los pies mientras la corriente me hiela las extremidades.

Ya al otro lado, me arrodillo al lado del cuerpo y busco el pulso, primero en la mano y después en el cuello. Es inexistente.

Palpo el bolsillo trasero de los vaqueros rogando no sé exactamente a quién que en este punto hundido y estrecho entre los valles haya cobertura. Por suerte la hay. Llamo a emergencias y explico la situación y la localización en la que me encuentro. Mi voz es serena durante la conversación, pero en cuanto cuelgo el teléfono un sudor frío me envuelve y noto que la bilis empieza a subirme por el esófago.

Vomito en el río, unos metros más abajo de donde está el cadáver, hasta que un vacío radical se apodera de mi cuerpo.

Me siento en la orilla y me esfuerzo por serenarme mientras el agua se lleva el resultado de la mezcla de miedo, angustia y tristeza que me ha causado el terrible descubrimiento.

Ya más calmada, mi instinto es girar el cuerpo inerte y sacarlo del agua. Estoy a punto de hacerlo, pero recuerdo los consejos de Levy disuadiéndome de perturbar lo que perfectamente podría ser el escenario de un crimen y recordándome que no es posible devolver al mundo de los vivos a los que ya han pagado su moneda a Caronte. Así pues, intento distanciarme de la situación y sacar la máxima información posible.

Me planteo si el asesinato es realmente una posibilidad. Observo la herida, ubicada en el hueso parietal, parcialmente cubierta de agua. Hay una zona más elevada en la que la sangre, ya reseca, se mezcla con el nacimiento del pelo. Al lado, unos matorrales de menta fresca húmeda se mueven ligeramente con la brisa.

Intento encontrar una explicación plausible que justifique que la herida esté descubierta. Si Olvido se hubiera caído por accidente, si hubiera resbalado al cruzar el río saltando por las piedras, ¿no sería lógico que la cabeza estuviera en la posición en la que se ha dado el golpe? ¿No debería estar la cabeza sobre la piedra mortal? Observo las demás piedras del perímetro buscando algún rastro de sangre que pueda darme alguna pista de lo que ha pasado, pero no encuentro ninguno. ¿Podría ser que la piedra en cuestión estuviera sumergida debajo del agua, y que esta se hubiera llevado todo rastro de sangre? ¿Que después del golpe Olvido hubiera seguido andando un metro o dos hasta caer definitivamente al río?

Mis ojos se desplazan detenidamente por la orilla del río buscando mis huellas en el barro cercano al agua, procedentes del molino. No son las únicas. El molino está en una zona de paso del camino de los Bons Homes, y muchos excursionistas suelen parar en la fuente para refrescarse o descansar un poco. Es difícil distinguir qué huellas son recientes y cuáles no, teniendo en cuenta que no ha llovido en los dos últimos días. En el otro lado, donde estoy, hay muchas menos huellas. Me resulta fácil distinguir las mías, y encuentro tres más diferentes muy próximas. Unas, correspondientes al pie derecho e izquierdo emparejados a la misma altura, delante de las matas de menta, me hacen pensar que Olvido ha llegado a cruzar el río sin caerse.

Me acerco a las matas y confirmo que, efectivamente, hay tres ramas mucho más bajas que se han cortado hace poco. Miro las manos de Olvido: en la izquierda, que reposa alineada con el cuerpo y casi tocando el muslo, distingo las ramas finas y verdes ondeando en la corriente de agua. Así que sí que ha llegado a coger la menta.

Observo las otras huellas, de como mínimo dos personas diferentes. Las dos se cruzan. Han andado el mismo sendero con pocos centímetros de diferencia en el trayecto. Las primeras son de un número bastante grande, un 45 o 46, seguramente de hombre. Las suelas han dejado impresos en el barro unos dibujos que me hacen pensar en unas chirucas o unas botas. Las otras, sin duda más pequeñas, tienen menos dibujos en la suela: una sola raya que cruza la planta en vertical. Todas las huellas parecen recientes y frescas en el barro del río. Me planteo la posibilidad de que Olvido haya sido asesinada de un golpe en la cabeza, no por una persona, sino por dos.

Saco el teléfono del bolsillo y, aunque con cierto pesar, me decido a fotografiar la escena del crimen. Soy consciente de que si la policía encuentra estas fotografías, me buscaré problemas, porque es completamente ilegal hacerlas, pero tengo especial interés en conseguir una imagen de las huellas de los zapatos. Mi intención es compararlas con todos y cada uno de los zapatos de Treviu a los que pueda acceder.

La idea de que hayan asesinado a Olvido me provoca un escalofrío que, acompañado de un sudor helado, vuelve a recorrerme el cuerpo de arriba abajo.

Estoy digiriendo la importancia de este hecho cuando unas voces procedentes de detrás del molino me arrancan de mis pensamientos.

—¿Hola? ¡Estoy aquí! ¡En el río, detrás del molino! —grito justo en el momento en que distingo los uniformes azules entre la maleza.

20

Los rostros de los dos *mossos d'esquadra* aparecen detrás de unos arbustos al otro lado del río. Uno es de mediana edad, alto y de constitución fibrosa, con barba y pelo canosos que le confieren cierto aire de experiencia. Un hombre de unos treinta años, no tan alto como el anterior, pero sí más delgado y rubio, lo sigue a escasos metros.

Los dos se dirigen hacia mí. El primero grita:

—¿Has sido tú la que ha llamado a la central?

—¡Sí! —le contesto.

Cruzan el río sin miedo, consiguiendo casi con éxito que el nivel del agua no pase de las altas botas negras que llevan puestas. Cuando llegan, el más joven se agacha al lado del cuerpo y busca con los dedos índice y anular el pulso en el cuello de Olvido. Mueve la cabeza negativamente y mira a su compañero.

—¿La conoces? —me pregunta sin levantarse, pero mirándome a los ojos.

—Sí. Se llama Olvido.

—Olvido, ¿qué más?

—No lo sé.

—Entonces no debes de conocerla tanto…

El otro *mosso* coge el transistor que lleva en la cadera y comunica a la central que hay un cadáver en el río, al lado del molino de Treviu. Pide que manden a un médico y a un juez que haga el levantamiento del cadáver.

—Había venido a verla un par de veces —miento, porque una vez me parece poco significativa, pero dos me parece más fiel a la relación que establecimos, teniendo en cuenta que creo que probablemente fue ella la que me dejó la nota anónima con la dirección de la residencia y me invitó a hablar con ella por segunda vez.

El policía de la barba me mira fijamente, como si intentara recordar algo, y después me pregunta:

—¿Eres Martina? ¿De los Casajoana?

—Sí.

—Tú eres la que está haciendo el reportaje sobre la chica del vestido azul.

—Estaba.

Por un momento me planteo seriamente la posibilidad de contarles todo lo que sé: las amenazas del día del incendio, mi teoría sobre que Olivia fue asesinada, la existencia de Àgata Fabra, que vive en una residencia que me indicaron en una nota anónima que creo que me dejó Olvido, razón por la cual quizá ahora yace muerta en el río… Pero en cuanto empiezo a organizar mis pensamientos para ofrecerles una explicación ordenada y convincente, me doy cuenta de que no tengo pruebas de nada, excepto una nota con una dirección que podría haber escrito yo misma. Además, mi aventura fallida como investigadora no tardará en llegar a Falgar, lo que no hará más que desacreditarme.

Llego a la conclusión de que decir la verdad solo me traerá dolores de cabeza y probablemente me aleje de la investigación, además de alertar al implicado en el momento en que empiece a correr la información, independientemente de que la policía la considere verídica o falsa...

De todas formas, me comprometo conmigo misma a mentir lo menos posible a la policía por una cuestión de ética y por justicia con Olvido. Al fin y al cabo, ellos tienen muchos más medios, preparación y recursos que yo, y están entrenados para resolver este tipo de cosas.

—¿Por eso viniste a verla, por el reportaje? —me pregunta el *mosso* rubio interrumpiendo mis pensamientos.

—Sí, para inspirarme. Como hice con el resto del pueblo. Vine a verla para que me explicara historias, fábulas y anécdotas de la zona.

—¿Y te contó alguna? —me pregunta el otro.

—Las típicas fábulas sobre la montaña en forma de horca y las diferentes versiones con diablos, brujas y brujos. También historias sobre Massana: que se decía que era un hombre bondadoso y muy buen músico, y que le gustaba contar cuentos a los niños cuando paraba en Gascó durante sus excursiones... Seguro que ya las conocen.

—¿Has tocado algo? ¿La has tocado a ella? —me interrumpe su compañero canoso, convencido de que en estos momentos hay asuntos más urgentes que atender que las fábulas populares.

—Cuando he visto el cuerpo, he cruzado el río, me he agachado a su lado y le he tomado el pulso. Luego he llamado pidiendo ayuda.

—¿Cuánto tiempo hace?

—Debe de hacer una media hora. En el móvil tengo la llamada registrada.

Hago el gesto de sacar el móvil y entonces recuerdo las fotografías que he hecho. Empiezo a sentir un sudor frío, pero el *mosso* levanta la mano dándome a entender que no es necesario que lo compruebe. Después me pregunta:

—¿Qué más has tocado?

—No he tocado nada.

—¿Estás segura? —insiste el más joven.

—Aquí no he tocado nada. En su casa sí, porque me he encontrado la puerta abierta y la tetera en el fuego. He pensado que quizá le había pasado algo a Olvido, que se había desmayado, o qué sé yo. Pero no estaba en casa, por eso he venido hasta aquí.

—¿Cómo sabías que estaba aquí?

—No lo sabía. Pero no le quedaba menta en las macetas de la cocina, así que he pensado que habría bajado a buscarla al río.

—¿Menta? —me pregunta, escéptico.

—El otro día, cuando vine a verla, preparó dos infusiones y me ofreció una. Tenía un poco de menta en las macetas de la ventana de la cocina, por eso lo he pensado cuando he visto la tetera hirviendo y las macetas vacías.

—Si ya no estás haciendo el reportaje, ¿por qué has venido a verla hoy?

Me mira fijamente.

—Nos hicimos… amigas. Me dijo que viniera a verla de vez en cuando.

—Las tumbas, el incendio… y ahora esto. Me parece que tienes el don de estar donde pasan las cosas más misteriosas.

Y sus ojos verdes, que contrastan con su piel morena y su barba canosa, me observan inquisitivos.

—Yo no lo describiría como un don, créame.

Unas voces masculinas llaman nuestra atención. Enseguida aparecen unos hombres con una camilla y el equipo necesario para levantar el cadáver.

—Si no tienen más preguntas, volveré a mi casa —les digo. Como ninguno de los dos se opone, añado—: Vivo en la casa de al lado de la vieja escuela de Treviu, por si me necesitan…

Doy media vuelta y me dispongo a volver a cruzar el agua gélida del río.

21

Subo por el camino de tierra justo cuando empieza a lloviznar. Las nubes no son las únicas que lloran la muerte de Olvido, y las gotas de lluvia se confunden con las lágrimas saladas que me resbalan por las mejillas.

Cuando llego a la plaza de la iglesia decido dar la vuelta por detrás del cementerio y cruzar los tres niveles de campos que separan la rectoría de mi casa para evitar encontrarme con alguien en la calle Mayor.

Estoy a unos cien metros de mi casa cuando unas voces masculinas y familiares llaman mi atención. No veo a nadie, pero distingo que proceden de mi derecha, de detrás de los arbustos que ocultan las ruinas del antiguo comedor de los mineros. Me acerco sigilosamente y medio agachada, siguiendo los murmullos, que parecen una discusión contenida, hasta que puedo identificar las palabras y las voces de los interlocutores.

Entre las hojas de boj observo las figuras de Linus y Pere Duran. Linus lleva su sombrero y la ropa de trabajar en el campo, y gesticula moviendo los brazos de una manera que me parece casi una plegaria. Pere, con las arrugas y las cejas encogidas, transpira preocupación.

—Linus, esto ha llegado demasiado lejos —le dice tocándole el brazo—. Tienes que hablar con Marian y contarle la verdad.

—No puedo, Pere. No puedo hacerlo. Sé que no lo soportaría. Sufriría cada día de su vida. Nada más levantarse cargaría con la preocupación hasta el momento de volver a meterse en la cama.

—Pues habla con Samuel. Él puede ayudarte. La situación se está agravando y cualquier día explotará.

—¡El que puede ayudarme eres tú, Pere! Como has hecho hasta ahora. No mi hijo. Solo necesito que…

—No, Linus. Te lo digo como médico y como amigo. Tienes que afrontar la situación y buscar ayuda especializada.

—Creía que podía contar contigo, Pere. Creía que…

—Y puedes. Diciéndote lo que no quieres oír estoy ayudándote… Lo siento mucho, pero no puedo seguir encubriéndote. No traerá más que problemas.

—¡Ah, pues dejémoslo correr!

Hace un gesto de derrota con la mano y se gira hacia el caminito que hay entre los arbustos.

Echo a correr y cruzo el campo que me separa de mi casa deseando con todas mis fuerzas que no me vea. Llego cubierta de barro de la cabeza a los pies y con ganas de que me trague la tierra. No he terminado de entender la conversación, pero saber que Linus oculta algo no hace más que complicarlo todo.

Me ducho con la esperanza de que desaparezcan el sentimiento de culpabilidad, la confusión, la frustración y la impotencia. No tengo éxito en mi empresa, así que decido coger el coche y emborracharme en cualquier bar de Gascó.

Antes me trago un par de Trankimazin para hacer el viaje más soportable.

Aparco el coche en la plaza y me dirijo bajo la lluvia hacia el bar menos céntrico, situado cerca de las ruinas y el castillo derrumbado que corona el pueblo de Gascó.

Cal Quintí está vacío. Me siento en la barra y pido dos chupitos de tequila. La chica de la barra mira el reloj y hace una mueca, pero me los sirve sin abrir la boca. Me trago uno detrás del otro y le pido que me deje la botella cerca.

—¿Un mal día?

—De los peores.

—¿Quieres que avise a alguien?

—No —le digo.

Me relleno el vaso y vuelvo a tragarme el tequila.

Ella se encoge de hombros y sigue secando las copas, que humean vapor en el lavavajillas. El hilo musical del bar recupera su protagonismo, y las dos nos concentramos en la actividad que tenemos por delante, aunque de vez en cuando me regala una mirada en la que hay una mezcla de enfado y reprobación. Cuando ya me he liquidado media botella, vuelve a dirigirse a mí:

—A este ritmo no creo que puedas mantenerte en pie dentro de cinco minutos.

Fuerza una sonrisa, y los delgados labios le desaparecen del rostro.

—Pues parece que no te queda otra que aguantarme un buen rato.

Le devuelvo la sonrisa esperando que no haya resultado tan cínica como la he sentido en la piel, y vuelvo a llenarme el vaso.

Ella coge la botella de tequila y la deja en su sitio, en el estante de detrás.

—Es la última copa que te sirvo. Ya me lo agradecerás mañana —me informa señalando el vaso de vidrio.

Engullo el tequila regalándole una mirada llena de desprecio. Luego deslizo el vaso por la barra de un empujón, hasta que llega al final del mostrador y se rompe en mil pedazos al estrellarse en el suelo de baldosa. No sabría decir si ha sido un accidente. Le tiendo un billete de veinte euros a la camarera y me levanto del taburete, que me ha dejado el culo dormido.

—Vete a la mierda —le digo con desgana antes de desaparecer por la puerta, asegurándome de que haga bastante ruido al cerrarse detrás de mí.

Fuera sigue cayendo del cielo una llovizna, acompañada de ráfagas de viento hostil que sacuden los postigos de las casas cercanas. Consciente de que no puedo conducir en mi estado, mis pasos me dirigen hacia la pendiente que lleva a las ruinas del viejo castillo.

Avanzo por la calle desierta, llena de adoquines húmedos y resbaladizos, durante cinco minutos hasta que llego a mi destino, empapada y con el frío instalado permanentemente en el alma. Pero, de alguna manera, el viento que me golpea la cara me ayuda a serenarme mientras observo la inmensidad de los campos verdes que rodean el pueblo desde la altura que me proporciona la colina.

Camino entre los escombros de las casas que antes fueron el pueblo original de Gascó, una multitud de paredes derrumbadas que contuvieron vidas, muertes, risas y llantos, donde las hierbas han adquirido gran parte del protagonismo y han invadido lo que les pertenecía en primera instancia.

Hasta que llego a la parte más alta, coronada por la única torre que ha sobrevivido del antiguo castillo de Gascó, no distingo una figura solitaria de espaldas, con las manos en los bolsillos. Lleva un impermeable negro y admira el paisaje que se abre más allá del diminuto cementerio adyacente.

Su silueta, con el torso redondo como una manzana y las piernas delgadas como palillos, me resulta familiar.

Me acerco hasta identificarla: es Agustí Fabra.

Gira el rostro, probablemente porque se ha sentido observado, y nuestras miradas se encuentran.

—Hola —me dice secamente.

—Hola —le contesto con la boca un poco pastosa.

Y empiezo a darme la vuelta para volver por donde he venido.

—¿Qué haces sin paraguas? ¿No ves que pillarás una pulmonía? —me dice levantando la voz por encima de los silbidos del viento.

—Me lo he olvidado —miento.

—Vaya.

—¿Qué hace aquí?

—Admirar los campos y las montañas. Adquirir cierta perspectiva.

—Así que ya lo sabe.

—¿El qué?

—Que Olvido está muerta.

—¿Olvido de la Casa del Molí?

Parece de verdad sorprendido.

—¿Conoce a alguna otra?

—¿Qué ha pasado?

—Ha resbalado con una piedra del río y se ha matado de un golpe en la cabeza —le digo observando su reacción.

—Vaya… Se veía venir que cualquier día pasaría algo así, viviendo allí aislada, con la edad y la cabeza que tenía… Hay cosas que no se pueden hacer, por joven que uno se sienta.

Aunque no es mi caso. Hace mucho tiempo que me siento tan viejo como soy. Es una lástima, sin duda.

Su reacción, fría como el día que nos rodea, me enfurece.

—¿Que usted se sienta viejo o que ella haya muerto?

—Las dos cosas, si te soy sincero.

—¿Y por qué dejaron que viviera allí, tan aislada?

De repente, los agravios que pudiera sufrir Olvido y quién se los hubiera infligido son lo más importante para mí, alguien a quien pasar la factura de su muerte.

—No sé a qué te refieres —me contesta con desprecio.

—Al fin y al cabo era la prometida de Julià. Podría decirse que eran casi familia.

—Me parece que a estas alturas estaría bien asumir que no habría sido un matrimonio convencional…

Lo dice casi en un murmullo, como si hablara para sí mismo.

—¿Qué quiere decir?

—Nada. No es asunto tuyo.

Su mirada es de hielo.

—Creo que hay más cosas que son más asunto mío de lo que le gustaría aceptar. No llegué a hablar con usted de la chica del vestido azul.

—¿Y de qué teníamos que hablar? Apenas la conocí. Y de todas formas, ¿qué tiene que ver todo esto con Olvido?

—Esperaba que usted tuviera la respuesta.

—No la tengo. Y empiezo a cansarme de tu tono y de tu impertinencia, niña.

Me mira, perplejo, y después se acerca lentamente a mi rostro arrugando la nariz de cuervo.

—Te apesta el aliento a alcohol. Quizá sea hora de que vuelvas a tu casa —me dice en tono amenazante.

—Quizá sí. Le he dicho a la policía que estaría en casa si querían hacerme más preguntas.

Veo que he creado la intriga que deseaba, así que doy media vuelta y empiezo a bajar por el camino de piedras.

—Si ha sido un accidente, ¿por qué tiene que hacer preguntas la policía? —grita, contra el viento, ya en la lejanía.

—¡Exacto! —grito sin girar la cara—. ¡Exacto!

Ya en el pueblo, paso por el colmado y compro dos botellas de tequila y doce cervezas. El adormecimiento de los sentidos está empezando a disminuir y queda mucho día por delante.

Conduzco por la carretera solitaria, con los parabrisas moviéndose arriba y abajo a toda velocidad y escupiendo el agua que cae con fuerza, durante un par de kilómetros. Después aparece otro coche en mi radio de visión. Avanza a una velocidad considerablemente más lenta y me veo obligada a frenar progresivamente para adaptarme a su ritmo, que parece que va reduciéndose a medida que me acerco.

Reconozco el Cayenne negro de los Fabra.

Hago la maniobra para adelantarlo, pero justo en ese momento se mueve a la izquierda, invade el carril contrario y me impide rebasarlo. Toco el claxon tres veces con rabia. ¿A qué coño juega?

Vuelvo a hacer la maniobra, y él repite el movimiento, así que piso con fuerza el acelerador y empiezo a adelantarlo por la derecha. Pero entonces él acelera hasta colocarse a mi altura y retoma su posición inicial, lo que me obliga a dar un volantazo para evitar que me embista y hace que empotre el coche contra un roble más allá del arcén.

El desgraciado toca el claxon y desaparece entre la lluvia.

Golpeo con fuerza el volante, y las lágrimas me resbalan mientras suelto una larga lista de improperios.

Airada, doy marcha atrás, pero las ruedas resbalan en el barro. Salgo dando un portazo y echo una ojeada para confirmar lo que ya sabía: no hay manera de que pueda sacar el coche de aquí yo sola. La rabia y la frustración crecen dentro de mí como un tronco de haya avivado por las llamas, y me lanzo a dar patadas al roble, que acepta impasible mi ataque de ira a pesar de no tener ninguna culpa.

Cuando ya no me quedan fuerzas y la rabia se convierte en desesperanza, apoyo la espalda en la corteza húmeda y me dejo caer hasta hacerme un ovillo, lloriqueando. Meto la cabeza entre las rodillas y me pregunto si será posible desaparecer cuando se desea con tanta convicción como yo lo hago ahora.

A los pocos minutos decido llamar a Andreu y pedirle ayuda. No contesta al teléfono.

Vuelvo a mi posición y me quedo inmóvil un buen rato hasta que el motor de un vehículo interrumpe mis pensamientos autocompasivos y me obliga a levantar la cabeza.

Es la furgoneta de Samuel.

Reduce la velocidad y se detiene en el arcén.

Perfecto. Lo que me faltaba.

—¿Martina? —Se agacha a mi lado y me apoya una mano en el hombro—. ¿Estás bien?

—¡No! ¡No estoy nada bien!

—¿Qué ha pasado?

—El loco de Fabra no me ha dejado adelantarlo y cuando lo he intentado por la derecha me ha empotrado contra este árbol. ¿Qué le pasa a la gente de este pueblo, eh? ¿Está todo el mundo zumbado o qué? ¡Y por si fuera poco, tú no has tardado ni un día en largar lo que te conté en la más estricta de las confidencias! ¡Hostia, Samuel, que no puedo ni confiar en ti!

¡No puedo confiar en nadie! —Las lágrimas vuelven a resbalarme por las mejillas—. ¡Estoy completamente sola!

—Te prometo que yo no he dicho nada —me dice apartándome el pelo mojado de la cara—. Venga, levántate, que te ayudaré a sacar el coche de aquí. Tengo una cadena para remolcarte con la furgo.

—Quiero llamar a la policía y contarles lo que ha hecho ese loco.

—Martina, apestas a alcohol. ¿Has estado bebiendo?

Asiento con la cabeza, medio avergonzada.

—Si llamamos a la policía, te harán un control de alcoholemia y darás positivo…

—¡Que no ha sido culpa mía, hostia!

—Te creo, de verdad que sí. Pero acepta que desde fuera la cosa no pinta nada bien…

—De acuerdo. Ayúdame a remolcar el coche antes de que aparezca alguien.

Conduzco hasta Treviu siguiendo la velocidad de caracol de la furgoneta de Samuel, que no está convencido de que el efecto del tequila haya desaparecido del todo.

Dejamos el coche en la era de los Linus para evitar que alguien del pueblo se dedique a especular sobre el motivo por el que el capó está totalmente abollado.

—¿De dónde venías? —le pregunto a Samuel cuando salgo del coche.

—De Tuixén, tenía un encargo.

—Entonces no debes de saberlo…

—¿El qué?

—Olvido ha muerto.

—Pero ¿qué dices?

—Esta mañana la he encontrado muerta en el río de un golpe en la cabeza. Samuel, creo que la han matado por mi culpa.

—No, hombre, Martina… Eso sí que no… ¿Por qué iban a hacer algo así? —me pregunta con los ojos muy abiertos.

—Porque tenía información sobre lo que le pasó a la chica del vestido azul y temían que me lo contara.

—¿Estás segura?

—Totalmente.

Samuel se acerca, me pasa el brazo por la espalda, aprieta mi cuerpo contra él y me da un beso en la frente.

—Así que has tenido un día de mierda…

Sonríe con tristeza.

Asiento con la cabeza.

—¿De verdad que no has sido tú el que ha soltado el rumor de lo que me pasó en Barcelona?

—Claro que no, Martina. Te lo prometo. Venga, entra, que te prepararé un café bien caliente —me dice mientras cruzamos el arco de la entrada de la casa de los Linus.

22

Los Linus están sentados a la mesa de la cocina acompañados de Encarna, que debe de haberse autoinvitado en cuanto se ha enterado de la noticia de la muerte de Olvido, si es que ha llegado a marcharse desde que la he visto esta mañana.

—¡Martina! —exclama Marian cuando me ve de pie junto a la puerta de madera que separa la cocina del comedor—. Pero ¿qué te ha pasado? ¡Si estás toda empapada! Ven, ven, siéntate, que te prepare un café bien caliente.

—Voy a buscar un par de toallas —dice Linus guiñándome un ojo.

—Gracias —le contesto avanzando por las baldosas de color tostado, y ocupo una de las dos sillas que quedan libres en la mesa. Samuel hace lo mismo y se sienta a mi lado.

—¡Ay, nena! —exclama Encarna mirándome y ahorrándose todo saludo protocolario—. ¿Qué ha pasado? ¿Es verdad que te has encontrado tú a la pobre Olvido?

—No quiero hablar de este tema —la corto.

Mi respuesta la deja contrariada y sumida en un silencio que solo dura un par de segundos. Luego me contesta:

—Pero, mujer, es normal que te preguntemos qué ha pasado. Ya entiendo que debes de estar un poco nerviosa por haberla encontrado tú, y además con todo lo que te pasó en Barcelona... No, si quizá tienes razón, si es que parece que seas gafe.

—¡Basta ya, Encarna! —la interrumpe Samuel—. Deja que se tome el café tranquila.

—Vale, muy bien. —Deja escapar una pizca de indignación a través de su voz nasal—. De todas formas, tengo que irme a preparar la comida. Venga, ya nos veremos.

Y sin esperar respuesta, desaparece por el arco de la puerta, con el eco de sus pisadas cada vez más flojo.

Marian deja la taza blanca de cerámica delante de mí y me acaricia el pelo sin hacer la menor alusión. Después se dirige al fregadero, donde empieza a limpiar unos manojos de apio que hay en una bandeja.

Doy un sorbo y noto cómo el líquido caliente y dulce me baja por el esófago y se instaura en mi estómago, calentándome también la zona del corazón y el pecho. Dejo que me reconforte de una manera que me cuesta explicar y cierro los ojos en un acto reflejo. Cuando vuelvo a abrirlos se encuentran con los de Linus y Samuel, que me miran expectantes a pesar de la lucha de resistencia que parece que se desencadena en su interior. Linus deja caer la toalla con delicadeza sobre mis hombros.

Doy un par de sorbos más, con mucha pausa y contemplación, durante los cuales aguantan estoicamente sin decir nada, aunque tampoco apartan la mirada. Después dejo la taza en la mesa y, apretándola con las manos para contagiarme aún más del calor que me proporciona, les pregunto:

—Vale. ¿Qué queréis saber?

Linus mueve la cabeza y se encoge de hombros, como si no tuviera claro qué quiere saber y más bien hubiera esperado un resumen de los hechos por mi parte. Pero Samuel no tarda ni dos segundos en formular una pregunta:

—Entonces crees que la han…

—Creo que sí —lo interrumpo—, pero en todo caso ahora ya es cosa de la policía.

—Probablemente tengas razón. Es mucha casualidad que justo ahora… Quiero decir que tú crees que fue ella quien te dejó aquella nota, y ahora resulta que…

—¿Qué nota? —pregunta Linus.

—Una que alguien me dejó debajo de la puerta con la dirección de una residencia de Barcelona. Creía que Samuel ya os lo había contado.

—Me dijiste que era confidencial —me dice él.

—Ya, vale. Aun así.

Marian cierra el grifo, deja los trozos de apio en una madera gruesa y procede a picarlos minuciosamente con un cuchillo grande y afilado. Solo aparta la vista un momento y nos mira a todos. No necesitamos que haga este gesto para saber que está escuchando todas y cada una de nuestras palabras. Aun así, guarda silencio. Supongo que es su manera de mostrar su desacuerdo por los riesgos que hemos asumido Samuel y yo estos últimos días. Pensarlo solo consigue que me sienta sucia y culpable por haber convencido al único hijo que le queda de exponerse a riesgos completamente innecesarios. Me apunto mentalmente que tengo que disculparme con ella a solas, y en breve, o al menos darle explicaciones más o menos convincentes.

—¿Y fuisteis a esa dirección? —nos pregunta Linus, intrigado.

—Sí —le contesta Samuel.

—¿Y qué encontrasteis?

Los ojos se le iluminan de curiosidad y se frota las manos.

—A una vieja conocida tuya —sigue diciendo Samuel—, Àgata Fabra.

Marian deja de picar el apio, se seca las manos con el delantal y se sienta a la mesa justo en el momento en que Linus exclama:

—¡Qué dices! ¿Y hablasteis con ella?

—Sí —intervengo yo—, pero no sacamos nada en claro.

—¿Está bien? —pregunta Marian.

—No sabría decírtelo, porque alternaba momentos de lucidez con recuerdos del pasado...

—También nos encontramos con su hermano —añade Samuel—, pero nos escondimos antes de que nos viera.

—Todo esto es muy curioso —dice Linus—. Siempre me había preguntado dónde habría ido a parar Àgata. Desapareció de la Casa Gran de un día para otro. Está claro que no estaba muy bien de la cabeza... —Marian lo censura con la mirada, pero eso no le impide seguir hablando—: Imaginaba que se la habían llevado a un psiquiátrico. De todas formas, las dos o tres veces que pregunté dónde estaba me contestaron con evasivas... Quizá habríamos ido a verla si hubiéramos sabido dónde estaba, ¿verdad, mamá? —Marian asiente con la cabeza, solo convencida en parte—. ¿Aún tienes la dirección? —me pregunta directamente a mí.

—Ya te la pasaré —le digo forzando una tibia sonrisa.

Mi instinto me dice que ahora no es un buen momento para que los Linus vayan a Barcelona a verla. Cuanto más controlado esté todo el mundo, más fácil será resolver el lío en el que estoy metida sin que nadie más sufra daños. Además, aún tengo que enterarme de qué iba la conversación entre Linus y Pere...

Parece que Samuel coincide conmigo, porque no añade nada a mi frase, aunque estoy segura de que recuerda exactamente la dirección, igual que yo. Pero ya sabe cómo se las gastan los Fabra, y no le apetece que su padre acabe con el coche empotrado en un arcén.

De repente me doy cuenta de que el café ya se ha terminado y de que todo el calor que me había llenado el pecho se ha marchado sin avisar dejándome con una sensación de agitación e incomodidad. Necesito estar sola, en mi casa, para digerir lo que ha pasado y decidir qué hacer. Lo que tengo claro es que después de la muerte de Olvido no puedo permitirme que Samuel siga ayudándome en mis pesquisas, así que tendré que encontrar la manera de disuadirlo, o quizá algo más efectivo: hacerle creer que me ayuda mientras lo alejo del peligro. Pero esto tendrá que ser más adelante, porque ahora mi objetivo es encerrarme en casa con Laica como única compañía durante el resto del día.

—Gracias por el café —digo mirando a Marian—. Creo que me voy a casa.

—¿No quieres quedarte a comer?

—No, gracias. No tengo hambre.

Me levanto de la mesa, dejo la taza con la cuchara metálica en el fregadero y me giro hacia la puerta. Desde la mesa, Samuel me clava una de sus miradas de urgencia.

—Después —le digo, y cambiando de interlocutor añado—: Marian, ¿puedo hablar contigo un momento?

Ella asiente con la cabeza, se levanta de la mesa y se reúne conmigo en el arco de la puerta, donde me coge por los hombros afectuosamente.

—Hasta luego —digo a los Linus, padre e hijo, que se quedan sentados a la mesa con cierta inquietud en los ojos.

Cruzamos el rellano de la escalera, dejamos la puerta del estudio adyacente al comedor a nuestra izquierda y nos dirigimos a la sala de estar, acomodada con un gran sofá, una chimenea y una mesa baja llena de libros amontonados unos encima de otros. En una esquina hay un viejo escritorio de madera, de esos en los que la parte superior hace de mesa y también de tapa cuando se pliega, donde hay un montón de planos de montañas arrugados de tantas excursiones en las que han participado.

—Dime —me dice Marian.

—No debería haber dejado que Samuel me ayudara en todo esto. Soy consciente de que lo he puesto en peligro y quería pedirte disculpas.

—Si Samuel está en peligro, como lo estás tú, no es culpa vuestra, sino de la persona que quiere haceros daño. Por otra parte, conozco muy bien a mi hijo y si está decidido a ayudarte, no creo que puedas evitarlo —me dice colocándome suavemente el pelo detrás de la oreja.

—Ya, pero ahora es diferente. Olvido ha muerto y debemos considerar la posibilidad de que todo esté relacionado...

—En ese caso, lo mejor sería que ninguno de los dos metiera las narices en ello. Pero si tú vas a hacerlo de todas formas, entonces prefiero que no lo hagas sola. No me gusta que Samuel esté en peligro, pero tampoco me gusta que lo estés tú. Lo único que me tranquiliza, y créeme que nunca había pensado que diría algo así, es que la policía se pasee por el pueblo haciendo preguntas a todo el mundo. —Se queda en silencio y luego añade—: Martina, ya sabes que si quieres quedarte aquí...

—De momento me apetece estar sola un rato. Bueno, con Laica.

—Como quieras. Pero creo que al menos deberías pasar la noche con nosotros.

Le contesto que me lo pensaré, pero que en todo caso ya lo hablaremos esta noche.

—Ten el móvil a mano —me aconseja.

—No sufras —le contesto palpándome el bolsillo en el que lo llevo—. Marian.. ¿Linus… está bien?

—¿Qué quieres decir?

—No lo sé… Si has notado algo diferente en él últimamente, alguna preocupación…

—Martina, ¿hay algo que quieras decirme? —me pregunta, preocupada.

—No, no, perdona. No me hagas caso. Es que… ha sido un día complicado y ya no sé lo que digo.

Ella se encoge de hombros, pero noto el recelo en su mirada.

—Será mejor que suba hacia mi casa —le digo dándome media vuelta.

Pero una última mirada de pasada al escritorio me deja paralizada: entre los mapas, bolígrafos, lápices y libretas esparcidos por la madera, a la izquierda de un pequeño estante con particiones, distingo un montón de cuartillas que me resultan extremadamente familiares.

—¿De dónde habéis sacado ese papel? —le pregunto sin pensarlo a Marian, que me mira con cara de no entender nada.

—¿Qué papel? —Sigue mi mirada hasta el escritorio—. ¡Ah! ¡Ese! ¡Hace muchos años que lo tenemos! Quizá catorce o quince. Es el único que tenían en el estanco de Falgar si querías escribir cartas o felicitaciones. Pero ya ves que escribimos muy pocas, porque quedan muchas cuartillas. ¿Por qué? ¿Tiene ese papel algo especial?

—No, no. No importa —le contesto intentando acallar las diversas voces que llenan mi mente de preguntas y confusión.

Y sin dar más explicaciones, desaparezco escalera abajo, donde encuentro a Laica, que, sin necesidad de que se lo pida, me sigue hacia la calle Mayor.

23

Llego a casa tensa y de mal humor. Las cuartillas del escritorio de Linus no hacen más que complicar las cosas. ¿Qué sentido tendría que fuera él, o Marian, o incluso Samuel, quien hubiera escrito la nota anónima? Ninguno. A no ser que estuvieran implicados de alguna manera. El hecho de que Andreu esté desaparecido desde primera hora de la mañana tampoco ayuda demasiado. Anoche parecía que todo iba por buen camino, y en menos de veinticuatro horas apenas puedo confiar en mí misma.

Como si el tiempo se hubiera mimetizado con mi estado de ánimo, la llovizna que parecía anunciar el final de la tormenta va aumentando, primero de manera lenta y espaciada, y después acelerando el ritmo y la fuerza hasta que se convierte ferozmente en el típico temporal de verano.

Siento que la nostalgia crece dentro de mí y me inunda el pecho. Añoro aquella sensación de cuando eres pequeño y tu madre o tu padre te cuidan pacientemente hasta que te recuperas. La tranquilidad de saber que hay alguien, además de tú mismo, que vigila que estés bien y te cubre las espaldas. Olvido no tuvo a nadie que le vigilara las suyas.

—¿Y a ti qué te parece, Laica? ¿Crees que han matado a Olvido? ¿Todo esto empieza a quedarnos grande?

La perra inclina la cabeza peluda hacia la derecha expresando cierta confusión ante la pregunta. Probablemente necesite más información para llegar a una conclusión. Le acaricio la cabeza y las orejas, y por unos minutos parece que mi cuerpo se relaja un poco.

—¡¡¡Martina!!! —grita una voz masculina que tardo un breve instante en reconocer.

Cojo la Star, bajo la escalera y abro la pesada puerta de madera.

—¿Cómo estás? —me pregunta Andreu jadeando y empapado de la cabeza a los pies.

—¿Dónde estabas?

—¿Estás bien? —repite pasando por alto mi pregunta.

—Sí. —Me aparto para dejarle entrar—. Estoy bien.

Cierro la puerta y me dirijo al antiguo taller, donde cojo unas zapatillas del estante de hierro lleno de cajas que ocupa una de las paredes. Luego cojo la toalla que cuelga al lado del lavadero y me dirijo hacia él. Múltiples gotas resbalan por su cara y la superficie del impermeable azul oscuro; por un momento quedan suspendidas en el aire, hasta que caen y repican contra el suelo de cemento.

—Será mejor que te quites las botas.

Le tiendo las zapatillas y la toalla.

Andreu se sienta al pie de la vieja escalera de piedra, sigue mi indicación y deja las botas a un lado.

—Gracias —me dice secándose la cara y el pelo negro y brillante.

Pero mi mirada se dirige con insistencia a las botas de color negro: mientras se las quitaba he detectado una marca que he reconocido perfectamente por su originalidad. Mi mano palpa instintivamente la pistola escondida en los riñones y me obligo a no precipitarme en mis conclusiones.

Subo la escalera pasando a su lado y seguida por Laica. Él se levanta y nos acompaña hasta la sala de estar.

—Acabo de llegar y me he encontrado a Encarna hablando en la puerta de casa con la policía. Me han contado lo que ha pasado.

—¿De dónde?

Arquea las cejas y una arruga se le dibuja en la frente.

—Pregunto que de dónde has llegado.

—Martina, no creerás que yo...

—No creo nada. Solo te pregunto dónde has estado esta mañana. No es una pregunta especialmente difícil de contestar. ¿O sí?

—No. No lo es. He estado en Vallcebre.

—¿Solo en Vallcebre? ¿No has estado en ningún otro sitio?

—No entiendo a dónde quieres llegar.

Me lleno los pulmones de aire. Pero antes de hablar decido hacer una última comprobación. Vuelvo a bajar la escalera, cojo una bota y la giro para observar la suela. Saco el móvil del bolsillo trasero de los pantalones y busco las fotografías de las huellas que he hecho en el río. Con la bota en una mano y la fotografía en la otra, mis ojos se desplazan repetidamente de una mano a la otra.

No hay ninguna duda: la suela coincide totalmente con las huellas.

Cuando alzo la cabeza, encuentro la mirada penetrante y segura de Andreu, que me observa fijamente desde lo alto de la escalera.

El corazón me late a un ritmo frenético, y mi mano derecha se pone instintivamente en contacto con el frío metal de la pistola. Él levanta las manos, abiertas, como hacen los criminales cuando los detiene la policía y hay armas de fuego de por medio, pero las facciones de su rostro no indican rendición. Me dice con voz grave y pausada:

—Deja que te lo explique.

—Si insistes —le digo terminando de sacar el arma y apuntándolo con la mano derecha mientras con la izquierda palpo el otro bolsillo trasero de los vaqueros y cojo las llaves de casa para abrir la puerta, que tengo a un metro escaso de distancia.

—He estado allí esta mañana. —Empieza a bajar la escalera, pero lo interrumpo indicándole que se quede donde está, orden que obedece, resignado—. Pero yo no la he matado —añade.

—Entonces ¿es otra casualidad?

Abro la puerta, y la lluvia y el viento entran de golpe, hostiles. No tengo ni idea de qué va a ocurrir, pero quiero tener la oportunidad de salir corriendo, si es necesario.

—Sí, es una casualidad. Ya sé que te cuesta creerlo, pero estoy diciéndote la verdad.

—¿Y qué hacías allí? ¿Buscar setas?

—He ido a verla.

Sigue de pie, impasible.

—¿A Olvido?

—Sí.

—¿Por qué? —le pregunto, incrédula, apartándome un poco de la puerta, porque me estoy empapando. —Él duda por primera vez y se queda un buen rato en silencio antes de contestar, así que añado—: Si quieres que te crea, tendrás que ser más rápido y verosímil en tus respuestas. ¿Por qué has ido a ver a Olvido? ¿Y qué hacías en el río?

—Cuando he llegado, Olvido estaba en el jardín. Hemos entrado en su casa y me ha ofrecido un té. Ha dicho que iba al río a buscar un poco de menta y que no tardaría más de cinco minutos. Pero diez minutos después aún no había vuelto. He salido a buscarla y me la he encontrado muerta en el río de un golpe en la cabeza.

—No me lo creo. ¿Y por qué no has llamado a la policía?

—Porque sabía que me metería en problemas. Justo entonces te he visto bajar por al lado del molino y he estado seguro de que lo harías tú. —Mi cara expresa incredulidad y estupefacción, así que continúa—: Tengo antecedentes. Habrían sospechado de mí de inmediato.

—Lo harán igualmente, Andreu. Han cogido muestras de las huellas y están interrogando a todo el mundo. Tarde o temprano atarán cabos. Aún no me has contado qué te has inventado para justificar tu visita. Según tú, apenas conocías a Olvido.

Mis palabras lo ofenden, la ira le cruza el rostro y se diluye tan rápidamente como ha aparecido. Por un momento contemplo la posibilidad de que esté diciendo la verdad. Aun así no dejo de apuntarlo con el arma.

—He ido a verla porque estábamos intentando recuperar una relación perdida hace muchos años… —Y después de una pausa añade—: Olvido era mi madre.

Lo dice de una manera, con un tenue brillo en los ojos, y la tristeza y el resentimiento arañando ligeramente su voz, que lo creo de inmediato.

Bajo la pistola.

—Pero me dijiste que… —me interrumpo a mí misma—. ¿Por qué nadie lo sabía? ¿Por qué esconderlo?

—Todos sabían que ella había tenido un hijo poco después de que mi padre muriera. Se le vino todo encima y decidió que me criaran mis abuelos. La gente sabía la historia, lo que pasa es que nadie me ha reconocido. ¿Cómo iban a hacerlo? Dejé de vivir aquí cuando apenas tenía un año. No lo ocultamos. Simplemente no lo contamos. Ya era bastante complicado volver a establecer una relación que en realidad nunca habíamos tenido. Preferimos que no se supiera, al menos de momento.

—¿Por eso viniste aquí hace unos meses?

—Mi abuela murió de un ictus cuando yo tenía dieciséis años. Cuando Olvido vino al entierro, me preguntó si quería quedarme con mi abuelo o irme con ella. Aunque llamaba de vez en cuando y venía a verme dos o tres veces al año, teníamos una relación muy enrarecida y que yo nunca terminé de entender. Mi familia eran mis abuelos, y obviamente me quedé con mi abuelo durante todos estos años, hasta que murió, el pasado marzo. Pensé que quizá merecía la pena conocer a la poca familia que me quedaba antes de que fuera demasiado tarde. Solo lo he conseguido a medias…

—Entonces, si no has sido tú…

—Puede haber sido un accidente, Martina.

—Sí, precisamente por eso no has llamado a la policía.

—En todo caso, parece lo bastante peligroso como para que dejes tu investigación particular aparcada durante unos días.

—Es curioso que me hagas esta sugerencia.

—¿Por qué?

—Porque asumes que hay relación entre un hecho y el otro. ¿Qué vinculación podría tener Olvido con la chica del vestido azul? —tanteo haciéndome la ingenua.

—Se me ocurre al menos una.

Como no me cuenta nada más, le reclamo que lo haga con una mirada impaciente y un movimiento de hombros que denota que estoy esperando una explicación.

—Prefiero no decirte nada hasta que esté seguro.

—Pero…

Termina de bajar la escalera hasta llegar donde estoy y me dice:

—Cierra la puerta, date una ducha y come algo. Quédate hoy en casa. Por una vez en la vida haz caso a alguien y haz lo que te digo. Esto es más serio de lo que habíamos pensado. No es el momento de correr riesgos.

Asiento con la cabeza sin saber qué contestar ni si podré cumplir mi palabra. Me da un beso suave, casi una caricia en los labios, y se sumerge, decidido, en la violenta lluvia, que sigue golpeando las paredes y la puerta de mi casa, que cierra detrás de él.

Estoy girando la llave cuando caigo en la cuenta de que no le he preguntado sobre los antecedentes que ha mencionado, y una nueva idea empieza a formarse en mi cabeza.

24

El camino hacia el cementerio nuevo sigue embarrado debido a las tormentas nocturnas que ha habido consistentemente las dos noches posteriores a la muerte de Olvido, y por eso todo el mundo llega a su entierro con los zapatos sucios y los pantalones o las medias salpicados de pequeñas gotas marrones que crean una composición abstracta.

Como en la pequeña explanada próxima a la entrada del cementerio solo caben tres o cuatro vehículos, el espacio se reserva para el coche fúnebre y los de la familia del difunto. Aun así, los Fabra no se han resignado a bajar andando, como el resto de los mortales, y han querido poner a prueba su cuatro por cuatro negro por el camino estrecho y lleno de baches que los ha llevado hasta la única curva, en mitad del camino, lo bastante espaciosa para dejar el coche. Siento la tentación de pincharles las ruedas después del incidente en la carretera de Gascó, pero la gravedad de la situación me disuade de hacerlo.

Por un momento se me pasa por la cabeza la imagen triste de Andreu cargando, junto con otra persona, el pesado féretro de madera oscura y maciza, con ese peculiar olor a nuevo mezclado con restos de desinfectante, sorteando los charcos y manchándose las botas de barro hasta recorrer los treinta metros que los separan de la entrada del cementerio en un día gris como el de hoy.

Este pensamiento me acompaña los últimos pasos hasta la puerta de hierro pintada de color gris, enmarcada por un arco de ladrillos que no llega a ser de medio punto.

Una vez dentro, los zapatos negros manchados de barro se camuflan en el manto húmedo del césped verde y denso bajo los pies, y de golpe mi presencia y la de los demás parece un poco más honrosa y menos patética. Los asistentes están distribuidos en pequeños grupos de tres o cuatro personas en el recinto cuadrado que forman las paredes de ladrillos rojizos, y murmuran y susurran mientras esperan la aparición del féretro.

Me dirijo hacia Marian y Linus, que charlan en voz baja con Eva y Robert, muy cerca de uno de los tres pinos plantados en el cementerio. Justo en ese momento, los rumores empiezan a debilitarse gradualmente hasta que se convierten en silencio.

Andreu, el cura y el hombre que ha acompañado a este último durante la misa aparecen cargando el féretro al hombro y cruzan el arco de entrada al cementerio. En el breve instante que la mirada de Andreu y la mía se encuentran, entiendo la incomodidad, la tristeza y el enfado que siente en este preciso momento.

Como, después de la muerte de Olvido, la policía ha interrogado a todos los habitantes del pueblo, la relación maternofilial entre Andreu y ella se ha dado a conocer y todo el mundo la comenta, juzga y opina; es lo que se considera normal en círculos tan reducidos y cerrados como un pueblo de siete casas en el que todo el mundo se conoce. Mi historia, por una de esas ironías de la vida, ha quedado relegada al pasado tras los últimos acontecimientos, aunque no puedo decir que eso haga que me sienta mejor. Aun así no me he resignado y tengo la intención de descubrir quién decidió hacer circular el tema y por qué, si bien, obviamente, ahora mismo esa no es mi prioridad.

En este caso, además, aunque mucha gente sabía que Olvido había tenido un hijo, los rumores que habían circulado apuntaban a que había dado al niño en adopción, y por lo tanto nadie se había planteado la opción de que el hijo pudiera volver al pueblo; y aún menos que este fuera alguien a quien hacía un tiempo que conocían sin sospechar que tuviera nada que ver con Olvido.

En este sentido, Andreu es evidentemente consciente de la atracción que representa para la gente del pueblo, que, con más o menos malicia, tienden a hablar del tema entre ellos sin hacer demasiados esfuerzos por evitarlo. A Andreu tampoco se le escapa que algunos contemplan la posibilidad de que haya sido él mismo quien ha acabado con la vida de Olvido en una especie de venganza despechada por el abandono sufrido tantos años atrás. Pero, desde mi perspectiva, no puedo culparlos. Yo misma consideré esa posibilidad hace apenas un par de días en la entrada de mi casa, delante de él. De todas formas, regalo a los grupúsculos que rumorean a su paso una mirada reprobadora y algo hostil, apelando a su sentido del decoro.

En cuanto la comitiva que carga el féretro ha cruzado los escasos metros de cementerio que separan la puerta del nicho destinado a guardar celosamente los restos de Olvido, los pequeños grupos se acercan casi en silencio hasta convertirse en una bandada colocada en semicírculo delante del pequeño edificio que forman los cuatro pisos de nichos simétricamente alineados.

Decido situarme en la primera fila, pero a la izquierda del todo, de manera que solo necesito girar un poco la cabeza para tener una visión completa de los asistentes, y a la vez estoy lo bastante presente para que Andreu me localice de un vistazo en caso de que lo considere necesario, cosa que dudo mucho. Afortunadamente, si es que puede considerarse afortunada una anécdota en el entorno que supone la asistencia a un entierro, el nicho reservado para Olvido está en el segundo nivel, de manera que resultará relativamente fácil maniobrar el féretro y encajarlo en el agujero estrecho y profundo que ha quedado a la vista una vez extraída la lápida.

El cura vuelve a entonar su cantinela sobre el cuerpo y el alma, la vida, la tristeza y su manera, como representante de su congregación, de digerirlo todo mientras yo procedo a examinar detenidamente a cada una de las personas que lo escuchan de pie a mi lado.

Samuel, a mi derecha, tiene la mirada perdida más allá del fondo del nicho, con el gesto serio y triste, y las manos detrás de la espalda. Aunque nunca tuvo demasiada relación con Olvido, una vez me contó que lo ayudó mucho cuando, siendo él pequeño, se cayó de la bicicleta por la cuesta de la calle Mayor, y ella, que tenía conocimientos médicos, lo ayudó a mantener la calma. Lo llevó ella misma al ambulatorio de Falgar, donde tuvieron que ponerle siete puntos en la rodilla y tres en la frente, cuya marca aún se ve hoy en día. Aunque para muchos Olvido era una mujer de extrañas costumbres, una eremita desconfiada de pelo largo del color del fuego que vivía sola cerca del río, para Samuel era la mujer gracias a la cual había salido de un mar de dolor y vergüenza con su voz tranquila y su sonrisa afable.

Al lado de Samuel, Linus y Marian observan respetuosos el proceso de introducción del féretro en el nicho, que curiosamente está al lado del reservado para su familia, en el que descansa su hija desde hace muchos años.

Desplazo la mirada hacia Encarna y Pere, que están algo más a la derecha. Ella está hablando, medio girada de espaldas, con Elvira Fabra, y las caras de Pere y de la misma señora Fabra denotan la incomodidad que esto representa para ellos. Agustí Fabra, en cambio, parece indiferente a lo que le rodea. Está sumido en sus pensamientos, que, por el arco de las cejas y la posición de la boca, parecen provocarle ciertas dudas o falta de comprensión. Quizá porque se siente observado, justo en este momento sale de su abstracción y me devuelve una mirada completamente neutra, como si fuera ajeno al accidente que provocó hace dos días.

O tiene problemas mentales, o es un psicópata total.

Desvío la mirada y sigo con la ronda de observación.

Detrás de él, Eva y Robert se cogen de la mano en silencio. Eva y yo intercambiamos miradas, y es entonces, por el rictus extraño y casi cómico que dibujan sus labios, cuando entiendo que ha sido ella la que ha divulgado la historia que le conté a Samuel.

De repente recuerdo la imagen del almacén subterráneo de la fonda, con el conducto de ventilación que conecta directamente con la era en la que estábamos sentados.

Ha tenido que ser ella.

Debía de estar en el almacén en el momento que mantuvimos la conversación, y no ha podido evitar divulgarlo en cuanto le ha sido posible. Seguro que pensó que la información aviaría aún más el turismo de los últimos días, o simplemente le pareció demasiado interesante para guardárselo para ella solita.

Le devuelvo una sonrisa dantesca.

Justo a su lado, un grupo de seis personas intercambia miradas y cuchicheos constantes. Reconozco a la panadera y a la farmacéutica de Falgar, así que asumo que probablemente los dos hombres que las acompañan también sean de allí.

Ya detrás de mí, cruzo una breve mirada con el dueño de la tocinería de Gascó y la camarera del bar de Falgar. Intercambiamos una sonrisa cerrada y flácida.

El hombre que ha acompañado a Andreu en la labor de cargar el féretro procede por fin a colocar la lápida.

En el recorrido que hacen mis ojos de atrás adelante, a medio camino, detrás del pino cercano a la cruz de hierro forjado que hay en medio del cementerio, distingo una figura medio escondida, con los ojos húmedos y la cara enrojecida. Se trata de un hombre de mediana edad, con el pelo ondulado y canoso, que acaba de sacarse un pañuelo de tela del bolsillo de los pantalones de color azul oscuro y se suena sin hacer ruido.

Sin duda su posición me intriga.

La lápida ha quedado firmemente fijada con cemento y, después de unos momentos de respetuoso silencio, la gente empieza a murmurar de nuevo.

El rebaño se disgrega y vuelve a reagruparse en pequeños corros. Algunos van a hablar con el cura, y otros se dirigen a la cola que se ha formado para dar el pésame a Andreu.

Pienso en lo mucho que debe de odiar este momento. Me acerco de inmediato, aprovechando que está hablando con toda la familia Linus. Cruzamos una mirada rápida y entiendo que prefiere hablar después y acabar con estos trámites lo antes posible. Asiento con la cabeza y busco instintivamente con la mirada al hombre escondido detrás del pino.

Ya no está.

Me muevo entre el cúmulo de gente que se ha formado a nuestro alrededor y sigo intentando encontrar al hombre anónimo y misterioso que ha captado mi atención.

Ya creo que lo he perdido definitivamente cuando mis ojos distinguen la cazadora de piel y los pantalones azules desapareciendo por detrás de la puerta principal del cementerio. Lo sigo recopilando mentalmente las lecciones teóricas que aprendí con Levy. Por suerte, aunque la mayoría de la gente se ha quedado para hablar con Andreu, algunos —ya sea porque no lo conocen o porque no lo han considerado necesario— han decidido marcharse y recorren ahora el camino embarrado de vuelta.

Los adelanto poco a poco hasta que decido quedarme a una distancia prudencial de mi objeto de interés.

El hombre camina a buen paso pese a una ligera cojera en la pierna izquierda. Mantiene las manos en los bolsillos de la vieja cazadora de color marrón y la cabeza gacha. Solo gira el rostro una vez para mirar hacia atrás, pero no parece que haya prestado especial atención a mi presencia.

Cuando llega a la plaza, en lugar de dirigirse a la calle Mayor, que es lo que hace la mayoría de las personas de Treviu, se desvía hacia la derecha de la iglesia y avanza por el camino viejo que une el pueblo con la carretera que transcurre a escasos metros.

Me siento en el banco de piedra a un lado de la plaza y finjo mirar algo en el móvil para ganar un poco de margen.

Treinta segundos después aprovecho un momento en que no hay nadie en la plaza y me dirijo al mismo camino. Aunque no lo veo inmediatamente en la lejanía, porque el camino tiene un par de curvas, lo localizo unos cincuenta metros después y aprovecho las curvas para mantenerme oculta mientras lo sigo.

Transcurridos trescientos metros, llegamos al trozo de carretera vieja en el que de pequeña encontré el zorro muerto paseando con mi abuela. Entonces ¿por qué no ha venido directamente desde el cementerio? El camino es mucho más corto y accesible, y el trayecto que acabamos de hacer ha supuesto una vuelta absurda si este era el destino final, o al menos parte del trayecto. Pero el hombre sigue andando hasta acceder a la carretera nueva, y después, durante unos cuatrocientos metros más por el arcén lleno de pinos, hasta llegar a la altura del mirador.

En esta parte debo tener más cuidado, porque la carretera no ofrece puntos en los que pueda esconderme, así que hago lo mismo que él y serpenteo la zona de bosque situada en uno de los arcenes, evitando así el arcén contrario y completamente desierto, desde donde se divisa el cementerio y todo el pueblo de Treviu.

Ya a la altura del mirador, el hombre avanza por el camino que se abre a la izquierda, salta la cadena que impide que pasen los coches y se adentra en el bosque de pino negro. Hago lo mismo manteniendo la distancia que nos separa.

Conozco este bosque, solía venir a merendar con mis abuelos. De hecho, intuyo que el hombre se dirige exactamente al lugar adonde íbamos: un claro a unos doscientos metros en el que había un pequeño refugio para pastores y una mesa hecha con una piedra de molino, como las que hay en el jardín de mi casa.

Siete minutos después mis sospechas quedan confirmadas: el hombre se acerca al refugio, ahora medio abandonado, empuja la puerta y entra. Pese al irremediable paso del tiempo, las paredes de piedra gris y cemento aún se mantienen firmes y seguras, y un manto de hierbas verdes y silvestres crece en el techo bajo a dos aguas. Me acerco siendo exageradamente consciente del ruido que hacen mis pasos cada vez que aplasto ramitas húmedas, del de mi respiración y de todo lo que me rodea.

Estoy a punto de sacar la cabeza por la rendija de la puerta cuando oigo unos pasos detrás de mí. Me agacho en un acto reflejo y me desplazo lo más silenciosamente que puedo hacia los matorrales más cercanos para esconderme de la mirada que se acerca.

Poco después, este segundo visitante pasa ante mis ojos, abiertos como dos lunas llenas, porque veo que se trata ni más ni menos que de Pere Duran.

Cuando llega a la puerta de la casa, enciende la linterna que lleva en la mano, llama a la puerta con dos golpes secos, y acto seguido la empuja y entra en el refugio.

La cabeza empieza a funcionarme como una máquina de vapor: ¿quién es este hombre? ¿Por qué estaba medio escondido en el entierro de Olvido? ¿Qué relación tiene con Pere? ¿Por qué han quedado en verse aquí y no se han saludado en el cementerio?

Vuelvo a acercarme a la puerta e intento ver qué pasa dentro a través de la estrecha rendija. Apenas puedo discernir las sombras de dos figuras masculinas sentadas a una mesa vieja y cuadrada. Por más que acerque la oreja, el ruido del viento y el susurro de la lluvia no me dejan entender lo que dicen. Pero sí que detecto el rumor de las palabras, ciertas entonaciones de incredulidad, sorpresa y después contención.

Diez minutos después, con las rodillas y las piernas heladas y entumecidas, oigo que la puerta se abre de nuevo. Pere vuelve a pasar a escasos metros de mi escondite improvisado detrás de los arbustos. Su rostro denota nerviosismo, cansancio y preocupación.

En cuanto ha desaparecido por la curva del camino, ocultada por los pinos húmedos, vuelvo a observar el interior del pequeño refugio a través de la rendija de la puerta.

El hombre del pelo ondulado y canoso sigue sentado en la silla de madera, con los codos apoyados en la mesa polvorienta y la cabeza hundida entre las manos. Por el movimiento rítmico y convulsivo de los hombros, deduzco que está llorando. Sin darme cuenta, las lágrimas me nacen, lentas, en la cuenca de los ojos y me resbalan, saladas, por las mejillas, como si observar la tristeza del hombre me hubiera despertado el mismo sentimiento.

Además de empapada y muerta de frío, estoy manchada de barro hasta las cejas, y cansada. Las cosas no deberían haber ocurrido así. La historia de la chica del vestido azul tenía que ser una excusa para inspirarme, una manera de conectar con el pasado de este pueblo que forma parte de mi infancia, y por lo tanto de mi manera de ser. Pero entonces llegó la amenaza… y no me la tomé en serio. Supongo que en el fondo nunca he tenido claro que la chica del vestido azul no se suicidara, pero ahora parece evidente que alguien tuvo algo que ver con su muerte, alguien a quien conozco y que es capaz de matar sin escrúpulos de ningún tipo para proteger su secreto.

Pero ¿por qué Olvido?

¿Qué sabía ella para que fuera necesario matarla?

Absorta en estos pensamientos, tardo unos breves segundos en darme cuenta de que el hombre ha cambiado de posición. Aún sentado, se seca las lágrimas con los puños de la camisa negra y a continuación se levanta de la mesa y se dirige a la puerta, lo que me obliga a tirarme de cabeza a los matorrales de zarzas, con tan mala suerte que mi mano derecha aterriza en una piedra afilada como una estalactita con todo el peso de mi cuerpo. Tengo que hacer un esfuerzo considerable para que la punzada de dolor que se inicia en mi mano, que se me ha quedado abierta como un librito de lomo, no se traduzca en un grito. La muy capulla sangra una barbaridad, así que rasgo parte de la camiseta interior que llevo puesta e improviso un torniquete mientras ruego no sé del todo a quién no desmayarme.

El hombre de la cazadora de piel marrón cierra la puerta con llave y se dirige al camino en dirección contraria a la que ha tomado Pere.

Espero, impaciente, un minuto, que se me hace eterno, y luego sigo sus pasos con la intención de descubrir de una vez por todas dónde vive.

No tardo en alcanzarlo, porque el camino está despejado y es bastante fácil seguir las huellas en la tierra mojada.

Cuando llega a la curva más cercana al mirador, sale del camino de tierra y cruza el trozo de bosque que lo separa de la carretera que une Falgar con Treviu. En cuanto pisa el asfalto mira a derecha e izquierda y cruza al otro lado. Entonces, dándome la espalda, observa, con las manos en los bolsillos, el paisaje que forma Treviu en la lejanía: el cielo gris, pesado y compacto que cubre el pueblo, las montañas y los prados verdes y húmedos, y, más cerca, el cementerio en el que hemos estado hace poco más de una hora.

Se queda así, inmóvil, durante al menos cinco minutos, hasta que por fin da media vuelta, se dirige al mirador y se acerca a una moto negra. Luego coge el casco, también de color negro, se lo pone, arranca la moto y desaparece rápidamente en dirección a Falgar.

25

Una lluvia ligera pero molesta me acompaña durante los últimos trescientos metros que me separan de mi casa. Solo soy capaz de pensar en el agua caliente recorriéndome los músculos entumecidos de la espalda y las piernas, imaginando que se convierte en un líquido amarronado que se lleva por el desagüe el malestar de todo lo que he vivido hoy. Redondeo la imagen con un par de calmantes, que me trago con la ayuda y el calor del alcohol para apaciguar el dolor de la mano.

Cuando empiezo a bajar la escalera que lleva a la placita de la escuela me encuentro de frente con Samuel, que llega del otro lado. Su sonrisa rodeada de barba negra, casi siempre presente en sus labios, como si la tuviera instalada por defecto, se debilita cuando nos acercamos, lo que me confirma, sin necesidad de un espejo, el aspecto que ofrezco en estos momentos.

—Pero ¿qué te ha pasado? ¿Te ha atacado alguien? —me pregunta, asustado.

Le hago un gesto con la mano para indicarle que me siga hasta mi casa. No quiero correr ningún riesgo innecesario y que alguien nos oiga. Me acompaña y subimos al primer piso.

—Te lo cuento, pero tienes que prometerme que no te involucrarás.

—Hecho —me dice con un punto de tristeza.

—¿Sí? ¿Así de fácil?

—No me queda más remedio. Vuelvo a Berga esta tarde. Es lo que había venido a decirte.

—¿Y eso?

—Me han hecho un encargo.

Se encoge de hombros, dibuja una sonrisa que me parece forzada e inclina la cabeza hacia la derecha.

—Ah.

Me pregunto si el punto de tristeza o celo que siento se deja entrever en mis ojos, que es por donde normalmente se me escapa lo que quiero ocultar. De alguna manera, me he acostumbrado a compartir con él mis descubrimientos e hipótesis, y la idea de seguir sola me entristece y me asusta. Pienso en que Samuel es lo más parecido a un hermano que he tenido nunca. Sonrío y lo miro a los ojos.

—Pues qué le vamos a hacer…

—Hay otra cosa… —me confiesa con voz grave—. Mis padres vienen conmigo. —Y antes de que haya podido preguntarle por qué, añade—: Mi padre está enfermo, Martina.

Esto no me lo esperaba.

—¿Qué quieres decir con que está enfermo? ¿Qué tiene?

—No lo sabemos. Pere cree que tendría que ir al hospital. Le ha recomendado un médico para que le haga unas pruebas.

—¿Desde cuándo? ¿Por qué no me habíais dicho nada? Bueno, no es que tengáis que decírmelo, pero…

—No lo sabíamos —me confiesa bajando la mirada un segundo—. Pere nos lo ha contado hace un rato. Parece que ha estado atendiéndolo a escondidas hasta ahora.

—Ostras, Samuel, lo siento mucho…

Me apetece muchísimo servirme una copa, pero me aguanto.

—Ya sabes cómo es mi padre para estas cosas. No soporta que lo veamos débil, no quiere preocuparnos…

—Pero sobre todo no soporta la idea de tener que plantearse dejar de vivir aquí.

—Exacto. Bueno, en principio volveremos en un par de días… —me dice intentando quitarse la preocupación de encima sin demasiado éxito. Luego baja la mirada, y sus ojos se detienen en el círculo sangriento que me rodea la mano derecha.

—¡Ostras, Martina, esto tiene muy mala pinta! —exclama saliendo de sus pensamientos.

—No es tan grave como parece —le miento—. La sangre es muy escandalosa.

—¿Cómo te lo has hecho? ¿Qué ha pasado?

—Da igual, Samuel. No quiero llenarte la cabeza de tonterías ahora…

—Martina… —me dice con expresión seria.

—Está bien. En el entierro… —Recompongo mis pensamientos e intento centrarme—. En el entierro había un hombre de mediana edad, con el pelo ondulado y canoso. Llevaba una cazadora de piel de color marrón. ¿Lo has visto?

—Si lo he visto, no me he fijado. ¿Dónde estaba?

—Medio escondido detrás del pino que hay al lado de la cruz del centro. ¿Sabes dónde quiero decir?

Samuel asiente con la cabeza.

—Ha estado ahí durante todo el entierro. Como su presencia me ha parecido extraña, con todo lo que está pasando últimamente, he decidido seguirlo.

—Claro…

Sonríe.

—Lo he seguido manteniendo las distancias, por el camino de vuelta hacia la plaza, y después por el camino de la carretera vieja hasta la nueva, casi a la altura del cementerio.

—Pero ¿por qué dar toda esa vuelta si…?

—Exacto. Luego ha seguido hacia el mirador y se ha metido por el camino de tierra hasta la cabaña de los pastores.

—¿A hacer qué? —me pregunta, incrédulo.

—Este es el tema. Ha entrado y, a los cinco minutos, cuando ya pensaba marcharme, oigo unos pasos y ¿a que no sabes con quién me encuentro casi de morros? ¡Con Pere Duran!

—¿Qué dices? ¿Y no se habían dicho nada en el entierro?

—Como si no se conocieran.

Me mira confundido.

—El caso es que han estado hablando unos diez minutos, y después han salido los dos con cara de amargados. Se ha marchado cada uno en dirección contraria al otro con cinco minutos de diferencia. El desconocido se ha ido en una moto negra que había aparcado en el mirador.

—Pues qué raro, ¿no? No tengo ni idea de quién puede ser. Si al menos lo hubiera visto, quizá lo habría reconocido…

—Obviamente conocía a Olvido y no ha querido que lo reconocieran. Saber qué relación tenía con ella nos ayudaría a entender lo que pasó. Seguro que tiene algo que ver con todo lo demás.

—¿Con la muerte de Olvido?

—Y con la de la chica del vestido azul…

—¿Qué piensas hacer con esta información? No creo que Pere te diga nada si se ha tomado tantas molestias para encontrarse con él.

—Ya, pero me gustaría tantearlo. Hace tiempo que tengo la sensación de que oculta algo, pero hasta ahora no había pensado que fuera tan relevante... Ya encontraré la manera. Así que ¿os vais esta tarde?

—Sí. ¿Quieres que comamos algo juntos? ¿En Falgar?

—¿No prefieres comer con tus padres?

—Lo que prefiero es cambiar un poco de aires, aunque solo sea a seis kilómetros de aquí.

—Pues entonces sí, claro. Dame veinte minutos —le digo subiendo la escalera—. ¡Estás en tu casa!

Me doy una ducha rápida, me desinfecto la herida y me vendo la mano derecha. El corte es más profundo de lo que creía. Utilizo el calor del jersey viejo de mi padre, los vaqueros y las zapatillas de deporte, todo bien seco y limpio, como los últimos trucos disponibles, dada su probada efectividad para subir la moral en días difíciles.

Encuentro a Samuel medio tumbado en el sofá hojeando una revista.

—Cuando quieras —le digo poniéndome la chaqueta con capucha y cogiendo las llaves de casa—. Puedes llevártela, si quieres —añado señalando con la mirada la revista, y una sonrisa socarrona se me escapa por la comisura de los labios.

Samuel me devuelve la sonrisa a través de la barba espesa y se levanta del sofá emitiendo un gemido que, en mayor o menor medida, todos hemos hecho alguna vez al levantarnos de un lugar hundido, una vez pasados los treinta.

Resguardados bajo el gran paraguas negro, vamos hacia la furgoneta, aparcada a escasos metros de la entrada al jardín.

A nuestra derecha, en lo alto de la escalera de piedra que lleva a la carretera, Elvira llega a su casa. Ya en la puerta, se detiene para coger un papel o un sobre blanco que está enganchado en una de las grietas de la madera húmeda, medio resguardada de la llovizna.

—Me ha extrañado que vinieran hoy al entierro —me dice Samuel, que está observándola igual que yo.

—Hombre, estando aquí, es casi obligado.

Abro el coche.

—Ya, es cierto.

—De todas formas es raro que se quedaran después del reentierro, por así decirlo, del abuelo Fabra. No parece que les guste mucho estar aquí…

—Parece que el hombre que estaba interesado en la casa se echó atrás después del incendio, pero otra persona los llamó preguntando por el cartel de venta y tenían que quedar un día de estos para enseñarla. —En respuesta a mi rostro interrogante, añade—: Encarna lo comentó el otro día en casa.

Cierra la puerta y se pone el cinturón.

Me encojo de hombros y él arranca la furgoneta. Sé que algo no encaja con los Fabra y que de alguna manera tiene que ver con todo lo que ha pasado; si no, la nota anónima con la dirección de la residencia, el comportamiento errático de Agustí y ahora de su mujer no tendrían ningún sentido. Samuel también lo sabe, obviamente. Pero la frustración de no ser capaz de relacionarlo o encontrar un sentido ha acabado por disuadirnos de comentarlo a todas horas.

Avanzamos por la subida de la calle Mayor hasta llegar a la carretera secundaria que nos llevará a Falgar.

De repente, la visión de Elvira enloquecida, corriendo hacia nosotros, le hace pisar el freno con un golpe seco, haciendo que las ruedas chirríen aterradas al resbalar sobre el asfalto mojado.

—Pero ¿qué le ha dado a esta mujer? —pregunta Samuel, molesto.

Elvira, con el pelo de un color anaranjado rebajado por el agua que le resbala hasta la frente, mueve exageradamente los brazos y agita un papel mojado y arrugado. Bajo la ventanilla.

—¿Qué pasa?

—¿Habéis visto quién ha dejado esta carta? —grita con la voz entrecortada, histérica como nunca la había visto. Tiene los ojos verdes muy abiertos, como un planeta lejano, aunque nos miran fijamente.

—Nosotros no hemos visto a nadie. ¿Qué pasa? ¿Podemos ayudarla?

Mi tono es tranquilo y comprensivo, aunque no se corresponde necesariamente con mis sentimientos. Sea como fuere, parece que a ella no le gusta que me tome sus preocupaciones con tanta calma, porque una sombra le recorre la cara, y en un segundo recupera la compostura. Sus pupilas dilatadas se convierten en dos cubitos de hielo que se nos clavan a través del cristal cubierto de vaho.

—Perdonad —nos dice en un tono tan frío como su mirada—. He perdido los nervios. Algún desgraciado ha querido hacerme una broma y no he sabido digerirlo bien. Adiós.

Y cogiendo aún con rabia el papel mojado, que gotea por la presión que ejerce con los dedos cerrados en un puño, da media vuelta y se dirige a la puerta de entrada de la Casa Gran.

—Esta tía está zumbada —me dice Samuel—. ¿Vamos a comer de una vez?

26

Volvemos de Falgar bien avanzada la tarde, con la barriga llena, y por lo tanto con mejor humor, aunque la lluvia y el cielo gris no nos han abandonado en ningún momento. La mañana, el entierro y mi aventura de espía son ahora un recuerdo lejano y surrealista, casi como un sueño, ajeno al bienestar que proporciona una buena comida en un lugar confortable y en buena compañía. Aun así, los dos sabemos que no hemos podido sacarnos de la cabeza la enfermedad de Linus, por más que no hayamos vuelto a hablar de ella. Por otra parte, la mano sigue haciéndome un daño terrible, que intento disimular para no preocupar a Samuel. Tampoco le he mencionado que mientras iba al lavabo en la pizzería he recibido un mail de Jan, al que, por supuesto, mi propuesta de reportaje le ha parecido mucho más interesante en cuanto se ha enterado de que Olvido había muerto. No tengo ni idea de cómo le ha llegado la noticia, aunque siempre me ha parecido de esas personas que tienen una alerta de Google programada con *asesinato* como palabra clave.

Me despido de Linus fingiendo que me he creído que van a visitar un par de días a la hermana de Marian. Le aseguro a Samuel que lo mantendré informado y le prometo a Marian que me ocuparé de que a los perros no les falte nada. Intento sacudirme la tristeza que me invade cuando les doy un último abrazo.

No lo consigo.

Luego me dirijo a la rectoría y pulso el timbre de Andreu. Como no obtengo respuesta en un tiempo que me parece prudencial, subo la escalera amarilla y estrecha y pego la oreja a la madera vieja y desconchada de la puerta, intentando escuchar lo que pasa dentro, justo a tiempo para distinguir los pasos que se arrastran hasta la puerta.

Como era de esperar, Andreu tiene mala cara. Su piel morena parece haber palidecido, y bajo los iris, ahora más grises que verdes, se dibujan unas ojeras oscuras y profundas que le entristecen aún más las facciones afiladas y en otro momento seguras y contundentes.

—Hola.

Abre la puerta y retrocede, absorto en su silencio. Lo sigo hacia el pequeño comedor, oscuro por la suma del día gris y de las estrechas ventanas que hay en las paredes que forman esa sala. Se sienta en el sofá dejándose caer de golpe. Lo imito, pero acomodándome con más sutileza en el sillón de tela verde cercano.

—Diría que hoy ha sido el día más extraño de mi vida —me dice mirando fijamente la pared que tiene delante, donde un par de cuadros de campesinos trabajando la tierra rompen la monotonía del blanco desgastado.

—Perdona que me haya marchado tan rápido…

—Ni me he dado cuenta. En algún momento debo de haber puesto el piloto automático.

—¿Y por casualidad no te habrás fijado en el hombre que estaba escondido detrás del pino de la cruz?

Se encoge de hombros.

—¿Había un hombre apartado de los demás?

Asiento con la cabeza.

—Si ha venido a hablar conmigo, no creo que lo recuerde. Ya te he dicho que…

—No ha ido a hablar contigo. Se ha marchado en cuanto han puesto la lápida.

—No sé quién puede ser. Un antiguo amigo de Olvido, supongo —me dice sin interés.

Me resulta extraño oírlo hablar de su madre llamándola por su nombre, aunque en realidad es lo más normal del mundo si nunca han tenido una relación maternofilial. Cuando no hay lazos no hay parentesco, por mucha sangre que se comparta.

—Sea como fuere, me gustaría ir a casa de Olvido a echar un vistazo, si no te importa.

—¿Ahora?

—Esta tarde, sí. Tú tienes la llave, ¿no?

—Sí. Pero ¿qué esperas encontrar? La policía ya la registró cuando fue.

—No lo sé. Es una intuición. Creo que fue ella la que me escribió la nota anónima, y si encontrara algún documento con su letra podría contrastarla y confirmar mis sospechas. Por otra parte, creo que es posible que tropecemos con algo que nos ayude a descubrir qué le pasó.

—La policía ya debe de haberse llevado lo más relevante…

—La relevancia de las cosas a veces es muy subjetiva. Por intentarlo no pierdo nada. ¿Te parece mal que vaya?

—No. No me parece mal. Aunque no veo la utilidad.

—Entonces ¿me dejas la llave? —le pregunto lo más amablemente que puedo.

—Te acompaño.

—No, no es necesario que vengas.

—No quiero que vayas sola.

—¿Lo ves? Tú también estás convencido de que no ha sido un accidente.

—Más vale prevenir —me contesta secamente. Y mientras se levanta, añade—: Si esperamos más, se nos hará de noche.

La Casa del Molí nos recibe impasible ante la tragedia, en el más absoluto de los silencios, solo roto por el rumor del agua del río, que sigue deslizándose, despreocupada y sinuosa, junto al molino abandonado.

Esperaba encontrar una cinta de protección policial en la puerta, o alguna nota prohibiendo el paso, pero parece que aquí el trabajo de la policía ya ha terminado y no tienen intención de volver. También esperaba encontrar la puerta cerrada con llave, pero apenas está ajustada, cosa que dibuja cierto disgusto, completamente comprensible, en el rostro de Andreu. O los policías no se han tomado la molestia de cerrarla, o no somos los primeros que hemos pensado que sería interesante echar un vistazo a las cosas de Olvido. Sea como fuere, no hago ningún comentario. Empujo suavemente la puerta y entro en la casa.

—¿Qué buscamos? —me pregunta Andreu cerrando la puerta detrás de él.

—Cartas, notas, un diario personal. Algo que nos ayude a entender quién puede ser el hombre que se ha presentado en el entierro. También cualquier cosa relacionada con Olivia.

—¿Cómo que con Olivia?

—Olvido no me contó todo lo que sabía, pero me dejó muy claro que estaba metiéndome en terreno pantanoso. Parece evidente que tenía razón.

Mi instinto me llevaría a empezar por el dormitorio, quizá con la intención de descartarlo enseguida, porque aunque soy consciente de que probablemente sea el lugar más habitual para guardar documentos íntimos, Olvido no me pareció una persona convencional durante el poco tiempo que la conocí.

Por otra parte, la cocina se me presenta como el lugar donde guardaría cualquier cosa que considerara importante.

—¿Miras tú en el dormitorio, y yo echo un vistazo por aquí?

—Como quieras —me contesta Andreu, resignado, dirigiéndose hacia la puerta de la pequeña habitación.

Parece estar completamente convencido de que lo único que estamos haciendo es perder el tiempo.

Me coloco en el extremo del fregadero próximo a la ventana y procedo a abrir todos los cajones y puertas del armario, en orden y de uno en uno. Por el relativo desorden en que encuentro los botes de té, harina y azúcar, deduzco que la policía, y no sé si alguien más, ya ha realizado este mismo procedimiento. Introduzco los dedos en los botes más llenos para comprobar que no haya ningún trozo de papel o documento, y abro un par de viejas latas de galletas con la misma intención, pero solo encuentro una colección considerable de sobres de azúcar.

—¿Has encontrado algo? —pregunto levantando la voz.

—Nada interesante. No me gusta estar examinando la ropa interior de Olvido.

Me acerco a la puerta y veo a Andreu revolviendo el cajón de la cómoda. Su rostro amargo me deja claro que no es una situación que pueda soportar mucho más tiempo.

—Perdona, no tendría que haberte dicho que viniéramos. —Avanzo hacia él y añado—: Ya termino yo.

Me arrodillo al lado de la pequeña cómoda de madera y paso la mano entre la ropa del segundo y del tercer cajón, donde hay un par de camisones, un pijama de felpa y un montón de calcetines viejos. Al fondo del segundo cajón encuentro un juego de sujetador y bragas de encaje negro, aún con la etiqueta, que resalta ostentosamente entre el resto de ropa interior, de algodón y colores claros. En el tercer cajón, dedicado en su integridad a las medias, encuentro un fajo de billetes de 20 y 50 euros retorcido entre unas medias gruesas y negras. Miro a Andreu, lo dejo donde estaba y cierro el último cajón.

—¿Has mirado en la mesita de noche?

—Había un libro encima y otro en el cajón. Los he hojeado los dos, pero no he encontrado nada.

Observo el resto de la habitación. En un rincón, al lado de un armario destartalado de madera oscura y agujereada por las poderosas mandíbulas de la carcoma, hay un montón de ropa apelotonada. La puerta está medio abierta, y acabo de abrirla para corroborar que está prácticamente vacío. De nuevo me resulta difícil discernir si el desorden se debe al registro de la policía o a la misma Olvido y sus hábitos organizativos. Me cuesta creer que las autoridades dejen las cosas de la posible víctima tiradas por el suelo. Por otro lado, no olvido que quizá no sea ni la policía ni Olvido quien haya dejado la ropa en la esquina para examinar el armario.

—Vamos al comedor —digo.

En un par de pasos llegamos.

—No es necesario que sigas. Vete a dar una vuelta y que te dé el aire. Ya termino yo.

Andreu asiente con la cabeza sin ganas de discutir y sale de la casa.

Me dirijo a los estantes de la pared del fondo del comedor. Tres hileras de libros, un jarrón con flores de campo, ahora completamente mustias, y diversas figuritas de recuerdo de diferentes ciudades europeas ocupan la superficie.

La puerta se abre y Andreu aparece detrás. A continuación se dirige hacia el sofá de dos plazas y se deja caer.

—No tengo nada que hacer fuera. Además, ya casi es de noche.

—¿Viajó mucho Olvido cuando era joven?

Levanto la mano, con una miniatura de la Torre Eiffel, para ilustrar la pregunta.

—No. Que yo sepa, nunca se movió de esta casa. Apenas iba a Barcelona una vez al año, y solo si los Linus la llevaban.

Dejo la miniatura en su sitio, procedo a abrir los libros, de uno en uno, de manera metódica, y vuelvo a colocarlos exactamente donde estaban. La mayoría son obras de la literatura clásica, una recopilación editada en 1970 por Salvat llamada Biblioteca Básica. Entre ellos está *Un asunto tenebroso*, de Balzac, *La isla del tesoro*, de Stevenson, *Robinson Crusoe*, de Defoe, y *Narraciones*, de Chéjov.

—Cualquiera diría que te dedicas a esto y que solo eres periodista de tapadera.

—Seguí durante un tiempo a un investigador privado. Una especie de cursillo intensivo.

—Parece que prestaste bastante atención.

—Pues no está dando demasiados resultados...

Examino la segunda hilera de libros. Todos son de la misma colección que los de la fila anterior, excepto uno en el que la numeración, el número 11, es de color azul en lugar de naranja, como los demás. Se trata de *Hamlet*, una edición de 1969.

Paso todas las páginas con el dedo gordo para frenarlas y verlas una a una, porque, de alguna manera, sacudir los libros boca abajo me parece chapucero.

Encuentro una fotografía en la página 79, que corresponde a la primera escena del acto III.

La observo con atención mientras Andreu se levanta y se acerca a mí. Miro el reverso buscando alguna anotación que me aporte más información, pero solo encuentro el nombre de la tienda de revelado de fotografías. Vuelvo a girarla y recorro con los ojos las dos figuras, una chica y un chico, cogidos de la cintura, que miran a la cámara con los árboles y las montañas que tanto conozco de fondo. El muro de piedra en el que están apoyados es el mismo en el que me he sentado esta mañana para disimular que estaba siguiendo al hombre de la cazadora marrón.

Reconozco a Olvido en el rostro anguloso de la chica de pelo largo, rojo y sedoso, y sonrisa de labios delgados. Una Olvido joven, que me había imaginado anteriormente y que ahora se me presenta ante los ojos como un fantasma del pasado.

Busco en las facciones del chico que la acompaña las características que me han hecho pensar que lo había visto antes. Delgado y alto, con pantalones de campana y camisa blanca con las mangas remangadas. El pelo ondulado le llega casi a los hombros, y una sonrisa abierta se le dibuja en los labios, el inferior considerablemente más grueso que el superior.

—¿Lo conoces? ¿Sabes quién es? —le pregunto a Andreu.

Me coge la fotografía de las manos, se la acerca al rostro y centra toda su atención en las facciones de la figura masculina que tiene delante.

—Creo que es Julià, el hijo menor de los Fabra.

Me da un vuelco el corazón.

—¿Estás seguro?

—Diría que sí. Hace poco Olvido me enseñó una foto, pero no era esta. No me lo dijo explícitamente, pero me dio a entender que era mi padre. Murió en un accidente de coche en otoño del 77.

—No puede ser, Andreu. Algo no cuadra.

—¿Por qué?

—Porque estoy convencida de que este es el hombre al que he seguido esta mañana hasta la cabaña de los pastores.

De repente la puerta se abre como si le hubieran pegado una patada y, ante nuestra estupefacción, aparecen los *mossos* que vinieron el día que encontré el cuerpo de Olvido.

—¿Qué hacéis aquí? —nos pregunta el *mosso* de la barba.

El más joven lleva un arma y nos apunta con ella.

—Hemos venido a coger un par de objetos de valor sentimental para Andreu —le contesto mientras levantamos las manos instintivamente. Pero antes me las arreglo para guardarme la fotografía en el bolsillo trasero de los vaqueros rezando para que no nos registren. Como me encuentren la Star y la fotografía encima, me meteré en un buen lío.

—¡Qué cojones! —dice el *mosso* más joven sin bajar el arma—. ¡No se puede ser más cínico!

—Pero ¿qué dices? —le suelta Andreu, malhumorado.

—¡No te muevas! —le grita el *mosso*, visiblemente tenso—. Que ya sabemos cómo te las gastas.

—¿Qué quieren decir? —pregunto observando con atención el rostro de Andreu, que desvía la mirada.

—¿No sabes que tu amigo tiene antecedentes? No es la primera vez que lo encontramos revolviendo una casa que no es la suya —me dice el *mosso* más joven en tono de burla—. ¡Tiene las manos muy largas!

—Ruiz —grita secamente su superior clavándole la mirada. Y a continuación avanza hacia Andreu y añade—: Queda detenido por la muerte de Olvido Solé.

—Pero ¡qué dice! —exclamo—. ¡No ha sido él! ¡Están equivocándose! ¡Puede que sea un ladrón, pero no es un asesino!

Pese a la reacción inicial de incredulidad, el rostro de Andreu está ahora impasible y completamente neutro mientras el *mosso* de la barba lo esposa y contesta:

—Las pruebas apuntan a lo contrario. Haga el favor de tranquilizarse si no quiere que la llevemos detenida a la comisaría a usted también.

—¿Con qué pruebas?

El policía decide que no merece la pena perder el tiempo contestando mi pregunta y empieza a guiar hacia la puerta a Andreu, que avanza sin resistencia ante mi incredulidad y la mirada vigilante del policía más joven, que se interpone entre los dos colocando el brazo como barrera.

—¿Adónde lo llevan? —pregunto, indignada.

—A comisaría.

—¿Puedo acompañarlo?

—No —me contestan los dos policías a la vez.

—Pero…

Se me acaban los argumentos. La situación me parece tan surrealista que me he quedado sin capacidad de reacción. Lo miro y no termino de entender su expresión. Su tranquilidad me exaspera y a la vez me preocupa.

—¿Aviso a alguien? —le pregunto—. ¿Te busco un abogado?

Se limita a mover la cabeza de un lado a otro.

—¡Andreu!

—Es un malentendido —dice por fin, ante la mirada incrédula del *mosso* más joven—. Ven a verme mañana si ves que no he vuelto.

El policía de la barba decide que ya hemos hablado bastante y empuja la puerta.

Andreu me dirige una mirada resignada. Después le cambia la expresión y hace el gesto de abrir la boca, solo por un segundo, pero parece cambiar de opinión y vuelve a cerrarla.

Fuera, los últimos rayos de sol brillan débiles detrás de las nubes que rodean las montañas que enmarcan Gascó, a lo lejos. Mientras los policías escoltan a Andreu por el camino de tierra en el que han aparcado el cuatro por cuatro, me llevo instintivamente la mano a los riñones y palpo el metal frío de la Star.

No me hace ninguna gracia, pero estoy decidida a quedarme aquí hasta que encuentre las pruebas o pistas necesarias que me permitan exculpar a Andreu del asesinato de Olvido y descubrir la verdad de esta historia de una vez por todas.

27

Llego a casa dos horas después, encogida de frío y con el miedo que he pasado en el camino de vuelta pegado a los huesos.

Aun así ha merecido la pena, porque quedarme un rato más en la Casa del Molí me ha permitido confirmar dos cosas y deducir una tercera.

En cuanto el coche de los Mossos ha desaparecido camino arriba, me he encerrado en la casa y he terminado de examinar los estantes de los libros y las figuritas, sin más éxito que el obtenido anteriormente.

Después he vuelto a los armarios de la cocina, que no había acabado de examinar. No he encontrado nada inusual entre las sartenes, ollas y platos situados en los armarios restantes; pero al regresar al primero y volver a mirar las cajas metálicas que contenían los sobres de azúcar me he dado cuenta de un hecho sustancial: los sobres de azúcar provenían de bares y restaurantes ubicados no solo en Barcelona, sino también en diferentes ciudades europeas. Y además muchas de ellas coincidían con los lugares de donde provenían las figuritas de los estantes donde estaban los libros.

De manera que alguien se había tomado la molestia de recopilar todos esos sobres en sus viajes y llevárselos o enviárselos a Olvido. Pero si los había enviado, yo aún no había encontrado ninguna carta ni sobre que lo indicara. Solo la fotografía con aquel hombre al que Andreu había identificado como Julià... Sin duda, es un asunto que aún tengo que resolver.

Entonces me he dado cuenta de que, la primera vez que fui a la casa, encima de la estufa circular de hierro había un par de figuritas que ahora no estaban.

Podría no tener ninguna importancia, o podría querer decir que recientemente la habían utilizado. Pero aún no ha hecho tanto frío como para encender la estufa, la leña cortada yacía, paciente, en el porche trasero de la casa, y en la cesta interior no había rastros de astillas ni de que la hubieran utilizado hacía poco. El calefactor eléctrico al pie del sofá ha terminado de confirmar mis sospechas.

Así que me he dirigido a la estufa y he encajado el gancho destinado a este menester en el agujero central de la tapa para levantarla. Dentro, atadas con una cuerda de tender la ropa, he encontrado un fajo de cartas dirigidas a Olvido.

Entusiasmada por el descubrimiento, he deshecho como he podido el nudo de la cuerda, he mirado el reverso y he descubierto que procedían de diferentes remitentes.

Pero unos segundos después mis ojos han procesado que la letra de algunos remitentes era excepcionalmente similar, a pesar de la diferencia de medidas, colores y texturas de los sobres empleados. Además, entre estos he tenido la suerte de encontrar un montón de cartas escritas por Olvido que le habían devuelto, de manera que por fin he podido comparar su letra con la nota anónima que recibí hace una semana, y he descubierto, con gran sorpresa, que no se trata de la misma.

Una vez superado el shock inicial que me ha causado tener que aceptar que, según los indicios, mi teoría de que Olvido era la autora de la nota anónima es completamente errónea, he decidido que lo mejor era llevarme las cartas y examinarlas con detalle en casa, con la tranquilidad de un consomé caliente y la compañía de Laica, y ahora también de Tom, a los que encuentro tranquilamente tumbados en el porche del jardín de casa.

Con el consomé calentándome las manos, la llave en la cerradura y los perros a mis pies, me dispongo a examinar una por una las cartas.

Durante el proceso corroboro que la mayoría de cartas están escritas por la misma persona, aunque se hace llamar por una variedad considerable de nombres de los dos géneros.

Encuentro restos de azúcar dentro de un par de sobres, cosa que me confirma que la persona que escribió las cartas es probablemente la misma que envió los sobres de azúcar obtenidos en cada uno de los viajes.

Las cartas son, en realidad, un cuaderno de viaje en el que el autor transmite sus impresiones sobre la gente y los paisajes de los lugares que visita, e incluye de vez en cuando alguna anécdota y alguna postal. No hay ninguna frase que exprese explícitamente los sentimientos de esta persona por Olvido, aunque sí se detecta cierta complicidad y proximidad con ella en el tono y vocabulario utilizado, así como en las autorreferencias a rasgos de carácter del autor o puntos de vista que se dan por sabidos.

Me convenzo de que el autor de las cartas es el personaje de la fotografía, y por lo tanto el que se ha presentado en el entierro. Aun así, en ninguna de las cartas menciona a Andreu. Pero eso no quiere decir que mis conjeturas no sean correctas. Si realmente se tratara de Julià, probablemente ni siquiera supiera que tenía un hijo. Todas las cartas que le escribió Olvido le fueron devueltas, y por lo tanto ella no tenía manera de comunicarse con él ni de contarle que, después de la sorpresa de haberse quedado embarazada, había decidido tener el hijo, lo único que les quedaba de la relación que habían mantenido. Si Julià estaba vivo, era un fantasma que viajaba de un lugar a otro sin darle la posibilidad de contestarle, una sombra huidiza que le recordaba su existencia de vez en cuando en forma de una carta que dejaban en un viejo buzón de la Casa del Molí.

Pienso en mis próximos movimientos: si Olvido no es la persona que me escribió la nota anónima, aún queda alguien en Treviu que tiene más información sobre lo que pasó. Por otra parte, para corroborar mi hipótesis, necesito encontrar al hombre que ha escrito las cartas y se ha presentado disimuladamente en el entierro.

En este último caso, sé perfectamente a quién tengo que ir a ver. Solo necesito una excusa para hacerlo.

28

Decido utilizar la herida como excusa para importunar a Pere a la hora de la cena, después de un día lluvioso con mañana de entierro incluida. No creo que esté de muy buen humor. En cualquier caso, la herida no tiene muy buena pinta, no parece que el agua oxigenada y el yodo que le he aplicado después de ducharme hayan apaciguado la inflamación, y aún sigue abierta. Dejo de mirarla porque, muy a mi pesar, soy muy aprensiva, y la concentración constante y completamente focalizada en una herida, sea mía o ajena, y el dolor que causa me provocan temblores en las extremidades y cierta sensación de mareo.

Antes de volver a salir a la noche oscura y gris decido llevarme a Laica y la Star escondida en los riñones. Estoy escarmentada de sustos y no descarto que la visita pueda resultarme más interesante y emocionante de lo que sería deseable. Aunque es cierto que se tiende a imaginar a los que se dedican a la medicina como personas con vocación de salvar vidas, y por lo tanto, en principio, no especialmente peligrosas, no sería el primer médico perturbado que causa problemas. Recuerdo una frase de «La banda de lunares», una de las historias recogidas en *Las aventuras de Sherlock Holmes:* «Cuando un médico se tuerce, es peor que ningún criminal. Tiene sangre fría y tiene conocimientos».

Intento imaginarme a Pere, treinta y ocho años antes, admirando la belleza de Olivia, una característica en la que todos y todas coinciden.

¿Fue Pere a la fiesta de los Fabra?

La verdad es que nunca se ha mostrado dispuesto a colaborar en la investigación, y aun así fue el médico que firmó el certificado de defunción...

¿Podría ser que Olivia aceptara una cita que no acabó bien? ¿Dónde estaba Pere la mañana que ella murió?

Bajo por la calle Mayor acompañada de Laica y molesta conmigo misma por no haberle insistido más el día que le pregunté por la chica del vestido azul. Quizá si hubiera actuado de otra manera, si lo hubiera presionado más, como me dispongo a hacer ahora, las cosas habrían salido de otra forma, y quizá Olvido no estaría muerta, y Andreu no estaría en la cárcel, y...

Me obligo a detener el tren descarrilado de mis pensamientos justo cuando giro a mi derecha por el callejón en el que viven los Duran. La era de la fonda está en absoluto silencio, excepto por el goteo de la lluvia y el sonido de una contraventana de madera que repica insistentemente contra la pared mecida por la brisa.

Al final me paro delante de la puerta. Laica, extrañada por la ubicación de nuestra visita, hace lo mismo. Como no hay timbre, llamo un par de veces a la puerta de madera húmeda, que parece amortiguar el sonido.

La ventana cercana deja pasar la luz variable de lo que deduzco que es el televisor. Estoy a punto de volver a llamar cuando la puerta se abre y Encarna aparece al otro lado, con una bata a cuadros azules y lilas, y unas zapatillas de estar por casa. En la cabeza lleva rulos y una redecilla marrón, idéntica que la que se ponía mi abuela cada noche antes de irse a dormir. Su rostro denota sorpresa, y sus ojos grandes y redondos me miran fijamente y después se desplazan hacia Laica, que está sentada a mi izquierda.

—¿Qué haces aquí a estas horas? —me pregunta, más curiosa que molesta por la inoportuna visita.

—Hola. Perdonad que venga tan tarde. Espero no interrumpir la cena.

—No, ya ves tú, la cena… Por la noche solo comemos un poco de fruta.

—El caso es que esta mañana me he caído y me he hecho una herida un poco profunda en la mano. —Levanto la mano vendada para ilustrar mi explicación—. Pensaba que mejoraría, pero me duele bastante y quería saber si Pere podría echarle un rápido vistazo, por si cree que tengo que ir a urgencias a Falgar…

Encarna se decide a abrir la puerta y se retira un poco para dejarnos pasar, aunque veo en las comisuras de sus labios que no le hace ninguna gracia que la perra entre toda mojada en su casa.

—Siéntate aquí —le digo a Laica señalando una pequeña alfombra junto a la entrada e intentando transmitirle con la mirada mi deseo de que no se sacuda las infinitas gotas de agua que pueblan la superficie de su pelaje marrón y blanco. Milagrosamente me hace caso.

Al fondo y a mi izquierda, Pere está sentado en un sofá de tres plazas de color azul oscuro que parece bastante cómodo. El calor que me rodea me hace bajar de repente la guardia. Los Duran ya han encendido la chimenea, situada en la pared de delante del sofá, y las llamas bailan animadas llenando de calor el comedor.

En el televisor, situado en la pared contigua, dan las noticias. Delante, y a escasos metros, hay un sillón que sospecho que debe de ser el lugar donde Encarna pasa más horas durante el día.

Al notar nuestra presencia, Pere se gira con expresión interrogante y confusa, y Encarna responde rápidamente mientras me empuja por la espalda en dirección al sofá donde él está sentado.

—La hija de los Casajoana, que se ha hecho daño y necesita que le eches un vistazo un momento.

—Siento venir tan tarde —me disculpo.

Pero Pere ha sufrido un cambio instantáneo en su actitud y ya solo presta atención a mi mano, que coge en cuanto me siento a su lado, y empieza a deshacer el vendaje.

—¿Qué te ha pasado? —me interrumpe.

—Cuando volvía del entierro he resbalado en el barro y al caer me he clavado una piedra bastante grande y afilada en la mano que ha parado el golpe. Creía que no era nada, pero esta noche seguía doliéndome bastante y he pensado que merecía la pena que le echases un vistazo, si no es mucha molestia.

Con los restos del vendaje en la mesa de madera que hay delante del sofá, Pere coge el brazo de la lámpara de pie que tiene detrás y la acerca a la herida para observarla con más detenimiento.

—No parece infectada, pero es un corte bastante profundo. Quizá te vendrían bien un par de puntos o tres.

La prescripción me pilla por sorpresa, porque en ningún momento había considerado que necesitara más cura que un poco de mercromina y paciencia. Se me debe de notar en la voz que la idea no me hace ninguna gracia cuando le pregunto:

—¿Quieres decir que tengo que ir a urgencias, a Falgar?

—Puedes esperar a mañana. —Y después de un breve silencio, en el que me parece que se prepara para medir sus palabras, añade—: Si quieres te lo puedo hacer yo en un momento, si te fías del pulso de un viejo y sus antiguas herramientas de trabajo.

De nuevo la propuesta me pilla completamente desprevenida. Valoro las posibilidades: si es verdad que necesito los puntos, puedo aprovechar la ocasión para alargar la visita y hacerle a Pere las preguntas que quiero. Por otra parte, podría estar más implicado en la muerte de Olivia de lo que había pensado en un primer momento, y quizá incluso en la muerte de Olvido, y en este caso no sería nada recomendable que confiara en él en cuestiones médicas... Al final, aunque las agujas me angustian, decido hacerme la valiente y aceptar su ofrecimiento.

—De acuerdo, pues házmelo tú. ¿Es muy complicado?

—No, en veinte minutos estará hecho. Solo tenemos que desinfectar bien la zona, dormirla y dar un par de puntos. Siéntate allí. —Señala una de las dos sillas de madera encajadas en una pequeña mesa rectangular—. Voy a buscar el maletín.

Me levanto del sofá bajo la atenta mirada de Encarna, que por primera vez desde que la conozco ha seguido una conversación sin intervenir en ningún momento.

—¿Quieres que te traiga algo de beber? Una tila bien caliente te iría bien... —me dice sin poder evitar que la emoción que la embarga por esta pequeña aventura inesperada de última hora le transpire por todos y cada uno de los poros de la piel.

—Sí, gracias —le contesto, aunque soy consciente de que quizá no sea del todo sensato aceptar bebidas de gente a la que considero sospechosa de asesinato. Aun así, mi sentido de la educación y una especie de vocecita que siempre aboga por la buena fe *a priori* no me permiten desdecirme.

Encarna levanta su cuerpo de pera y lo desplaza hasta la puerta de la cocina, por donde desaparece entre ruidos de cacerolas y tazas.

Observo a mi alrededor: es un espacio más bien sobrio, aunque no frío, gracias a la presencia constante de la madera en muebles, suelo y ventanas. En la pared hay un par de cuadros, uno es un bodegón de colores negros, blancos y naranjas, y el otro es un paisaje verde y montañoso que no reconozco. En el mueble del televisor hay una vieja fotografía de cuando Encarna y Pere se casaron, jóvenes y sonrientes, en la iglesia que ahora prácticamente se derrumba a escasos metros de aquí.

—¡Nena! —El grito procede de la cocina—. ¿Cuánto azúcar te pongo en la tila?

—Una cucharadita está bien. Gracias.

Giro sobre mis pies y me dirijo a la silla que Pere me ha indicado, pasando por una esquina en la que hay un escritorio de madera con un bloc de notas de color marrón oscuro encima. Sin pensarlo siquiera, mi mano se desliza por encima de la tapa nueva, y los dedos pulgar e índice se juntan para pinzarla y hacerla girar de manera que el papel blanco y rayado de sus páginas quede a la vista.

No es el contenido de las líneas —que parece una lista de gastos o un balance— lo que me sorprende, sino la letra con la que están escritas. Es en este momento cuando descubro por fin al responsable de la nota anónima con la dirección de la residencia.

Cierro la libreta y me desplazo hacia la mesa justo en el momento en que Pere entra por la puerta del comedor.

—Pues muy bien. Ya podemos empezar.

En la mano derecha trae un maletín de piel viejo, pero no especialmente desgastado, que deja en la mesa. Y en la izquierda, una lámpara de lectura que enchufa y sitúa cuidadosamente en la mesa. Coge una toalla doblada de su antebrazo y la coloca con delicadeza en la superficie de madera, justo debajo del foco de luz intensa.

—Pon la mano aquí —me ordena.

—Aquí tienes la tila, nena. —Encarna sale de la cocina con una taza de cerámica amarilla humeando, viene hasta nosotros y la deja al lado de la toalla—. Si no necesitáis nada más de mí, me sentaré aquí al lado a ver la tele.

—No la pongas muy alta —le dice Pere.

Y noto que el comentario molesta a su mujer, aunque lo disimula muy bien, con una de sus sonrisas demasiado alargadas.

Él se sienta en la otra silla, justo delante de mí, y abre el maletín con delicadeza.

La visión de las agujas me obliga a desviar los ojos y dejar de analizar lo que hay en el maletín. Lo más importante ahora es que mantenga la cabeza fría, y no puedo hacerlo si me concentro en las agujas y la herida. Tengo que pensar en otras cosas. Haber confirmado que la nota anónima procede de los Duran, y que muy probablemente la haya escrito Pere, de alguna manera me reconforta y me permite reordenar mis pensamientos y establecer una conversación que, con un poco de suerte, puede resultar muy productiva.

Pere me coge la mano y procede a limpiar la herida con delicadeza. El contacto de la gasa y el desinfectante es molesto, pero no doloroso.

Las voces tenues del televisor son el único sonido que llena la casa. Encarna alterna miradas breves y regulares entre la mesa en la que estamos y el programa que está viendo, en el que una señora explica el motivo por el que hace más de cuatro años que no se habla con su hermana.

Una aguja fina y larga cruza mi campo de visión y me devuelve a la realidad del momento. El susto debe de ser evidente, porque Pere me explica en tono tranquilo y paciente:

—Es para ponerte un poco de anestesia local en la mano. Te dormirá algo la zona y no notarás tanto los puntos.

—¿No será de los años setenta?

—¡No, mujer, no! —me contesta, divertido—. En aquella época utilizábamos unas anestesias tipo éster, como la procaína y la cloroprocaína. Ahora ya casi no se utilizan, porque tenían muchos efectos tóxicos sobre el sistema nervioso central y vascular.

—¿Y qué tipo de anestesia me pondrás?

La conversación parece que aburre a Encarna, que apaga el televisor, se levanta con un gran suspiro y desaparece hacia lo que deduzco que es el lavabo.

—Esto es lidocaína.

Sus dedos pulgar e índice sujetan una pequeña ampolla.

El silencio llena la casa durante un largo momento hasta que me fijo en el constante tictac del reloj de pie que hay a mi izquierda. No puedo quitármelo de la cabeza y ahora no oigo otra cosa.

Pere inyecta la jeringuilla en la ampolla y la llena un poco.

—Casi no notarás el pinchazo, y así hace efecto más deprisa —me dice rompiendo la perversa melodía del paso del tiempo.

—¿Por qué tienes esta anestesia si ya no ejerces como médico?

—Supongo que hay profesiones que nunca dejan de ejercerse del todo. En un pueblo tan pequeño y a veces aislado como este conviene tener utensilios y medicamentos básicos, por si hay una urgencia. Ahora mismo tú eres una buena prueba de ello.

Sonríe.

—Y te lo agradezco mucho, aunque me parece —le digo mientras mete hilo en la aguja que va a penetrarme la piel repetidas veces— que ahora mismo me será difícil expresarlo...

Decido girar la cabeza definitivamente y no seguir las acciones del médico jubilado. Prefiero ocupar mi mente con mi objetivo.

—Por cierto, el otro día, en la fiesta mayor, cuando te pregunté sobre Olivia, me quedé con varias dudas —le digo mirándolo a los ojos, que están concentrados en los movimientos alrededor de mi mano.

Él detiene la actividad por un segundo, durante el cual sus ojos coinciden por fin con los míos.

—Me parece que para no interesarte la historia, insistes mucho en el tema.

—A los de la revista no les pareció lo bastante interesante —le miento—, pero a mí nunca ha dejado de interesarme.

—¿Qué más quieres saber?

El tono de la pregunta me indica que el hecho de que la responda no garantizará que yo reciba la información que busco.

—Si crees que la empujaron.

—Es posible, ya te lo dije —me contesta sin apartar los ojos de mi mano—. Pero también te dije que con lo que vi no pude determinarlo. En caso contrario, lo habría hecho.

—A veces no hay pruebas de un hecho, pero los años de experiencia y la intuición indican lo contrario...

—¿Qué sacarás ahora de remover todo esto?

—Que se haga justicia, si debe hacerse.

—Aunque te dijera que creo que es muy probable que alguien la empujara, eso no ayudaría a determinar quién lo hizo.

Cojo aire y adopto la sinceridad como estrategia.

—La policía ha detenido a Andreu. Lo han acusado de la muerte de Olvido. No sé en qué se basan, pero estoy completamente convencida de que es inocente.

—Lo siento, pero no veo qué tengo yo que ver en todo esto.

—También sé que Olvido no murió cayéndose al río y dándose un golpe en la cabeza. Como lo sabes tú y lo sabe la policía. No puede ser casualidad. Estas cosas han empezado a ocurrir desde que decidí descubrir qué le pasó a Olivia. Haya prescrito o no lo que sucediera, en este pueblo hay alguien que no quiere que se sepa la verdad y está dispuesto a hacer lo que sea necesario para evitarlo.

Pere se queda en silencio el poco tiempo que tarda en acabar el procedimiento en mi mano. Después me la venda, aún en completo silencio, y deja el trabajo listo.

—Ven en un par de días para que vea cómo está.

—Gracias. —Cuando ya está a punto de levantarse de la mesa, añado—: Pere, sé que fuiste tú quien dejó la nota anónima en mi casa.

Los ojos se le abren y las pupilas se le dilatan como fuegos artificiales breves y brillantes, pero rápidamente vuelven a formar parte de un rostro impertérrito que me observa, incrédulo.

—No sé de qué nota me hablas, pero en ningún caso te la dejé yo.

—¿Qué tiene que ver Àgata Fabra con todo esto?

—Martina, te repito que…

—Esta mañana te he seguido, después del entierro —lo interrumpo.

Por fin enmudece y la terquedad de sus facciones se desvanece. En su lugar se instala la expectativa.

—¿Quién era el hombre con el que te has encontrado? —sigo preguntándole.

—Una persona que conocía a Olvido y ha venido a despedirse de ella.

—¿A escondidas?

—No tiene nada que ver con la chica del vestido azul, y no me corresponde a mí contar su historia.

—¿Estás seguro?

Parece que la cabeza le dé mil vueltas valorando todas las opciones, la información que debe de haber guardado enterrada entre los recuerdos y las emociones en un carpeta cerrada que no esperaba tener que abrir nunca más.

—¿Por qué dejaste la nota? ¿Qué querías decirme poniéndome en contacto con Àgata?

Tras un largo minuto de resistencia y una mirada esquiva en la dirección por la que ha desaparecido Encarna, empiezan a salirle por la boca nuevas palabras:

—Àgata Fabra sabe la verdad. Pensé que sería más fácil ponerte en contacto con ella que implicarme yo.

—Lamento decirte que la señora Fabra vive ya en un mundo formado solo por recuerdos e ilusiones pasadas. Al menos la mayor parte del tiempo. Me parece que, pese a tus esfuerzos por evitarlo, al final te tocará contarme lo que querías que me dijera ella.

—Pues saldrás peor parada, porque yo solo sé una parte de la historia.

—Me conformo con escucharla.

—¿Qué quieres exactamente, Martina? ¿Por qué esta obsesión con esta historia?

—Porque ya ha pasado demasiado tiempo y es hora de que la verdad salga a la luz.

—Tienes que entender que lo que me pides implica que determinadas personas que no tienen ninguna culpa, o que incluso han sido víctimas de las circunstancias, vean su vida trastornada después de tanto tiempo. Como le pasó a Olvido.

—Esta última frase me provoca una punzada en el corazón,

como si me hubiera clavado un puñal acusador con sus palabras—. No me siento cómodo exponiéndolas así.

—Y aun así dejaste la nota en mi casa.

Silencio.

—Nadie ha dicho que la verdad sea bonita, ni fácil, pero me gusta pensar que, al final, de una u otra manera, nos hace libres. Solo te pido que me cuentes lo que sabes, de qué formaste parte y decidiste no volver a hablar. Porque tanto tú como yo sabemos que es importante. Y necesario.

Pere baja la mirada y valora de nuevo las opciones. Casi puedo ver cómo su cerebro dibuja las diferentes líneas de acción, como si de las ramas de un viejo pino se tratara, y estas se bifurcan y crecen exponencialmente ocupando espacios y adquiriendo formas diversas en el cielo azul y limpio de las frías montañas.

—Un momento —me dice en tono pausado.

Y acto seguido se levanta y se dirige a la puerta por la que ha desaparecido Encarna hace ya más de diez minutos.

Creía que se trataba del lavabo, pero ahora, al salir ella con el camisón de encaje de manga larga celeste, que le llega a los tobillos, deduzco que es su habitación.

Pere la acompaña colocándole la mano, firme y segura, en la espalda hasta que llega al sofá, donde le indica que se siente. Luego me pide que ocupe el lugar contiguo, él se sienta en el sillón de piel desgastada y se levanta las perneras del pantalón a la altura de las pantorrillas, lo que deja al descubierto los calcetines negros de algodón bajo las alpargatas de tela azul.

—Ahora le explicaré a Martina unos hechos que sucedieron en el pasado y quiero que tú también estés presente.

Es la primera vez que Encarna no se muestra ansiosa y con ganas de hablar o de preguntar algo desde que la conozco.

De repente la veo con ojos nuevos y entiendo de otra manera la relación que mantienen los dos desde hace tantos años. A menudo dibujamos en nuestra mente caricaturas de cómo creemos que son las parejas que conocemos. Asignamos tres o cuatro rasgos característicos a cada uno y después los hacemos bailar siguiendo dinámicas preestablecidas e imaginadas, a menudo generalizadas, obviando así la esencia de lo que de verdad son, sobre todo en la intimidad. Pero Encarna conoce perfectamente a su marido, y del mismo modo que durante más de treinta y ocho años ha tenido la paciencia necesaria para evitar preguntarle lo que él no estaba aún preparado para contestar, sabe que ahora ha llegado el momento de escuchar con atención y con el corazón en un puño, y dejar aparcado el papel de cotilla impertinente que tan a menudo la acompaña.

Mientras Pere ordena sus pensamientos de manera metódica, las dos observamos en silencio, expectantes por escuchar por fin la historia que tanto tiempo llevo esperando.

—No sé a ciencia cierta si alguien mató a Olivia —empieza—, aunque sospecho que su muerte no fue *solo* un accidente. Tampoco sé quién fue el responsable de lo que pasara en el puente del Malpàs, pero sé que tuvo que ver con los Fabra. De todas formas, supongo que es mejor empezar por el principio, como dicen, aunque algunas cosas ya debes de saberlas. —Cuando pronuncia esta última frase me mira a mí—. A Olivia la encontraron muerta en el puente del Malpàs el segundo día de fiesta mayor del año 77. Eva y Robert habían ido allí a festejar, como hacían muchos, porque era un sitio bastante alejado y solitario para estar tranquilos, pero no tan lejano para no poder ir andando. A media tarde los dos llegaron resoplando y con la cara muy roja de la carrera que habían hecho para volver al pueblo, y entre jadeos me contaron el susto que se habían llevado: cuando habían llegado a las proximidades del puente, justo donde empieza el túnel por el que el tren minero cruzaba las montañas, habían encontrado al borde del camino la maleta rectangular que Eva había reconocido casi inmediatamente, porque la había tenido delante hacía muy poco, aquella misma mañana. Como ni vieron ni oyeron a nadie en los alrededores, su instinto fue asomarse al barranco, y rápidamente distinguieron la figura humana que yacía al fondo, entre las piedras del río. Estaba boca abajo, con las manos extendidas. Tenía el vestido azul muy mojado. La llamaron, pero no hubo respuesta.

»Luego avisamos a Tomàs, que entonces era el policía de Falgar, y fuimos con él y sus hombres al puente. Bajaron por el barranco con gran trabajo y esfuerzo, porque es un lugar al que es complicado acceder, y llegaron hasta donde estaba la chica. A mí no me dejaron ir con ellos porque ya la daban por perdida, y dijeron que solo faltaba que el único médico de la zona se hiciera daño intentando salvar a una muerta. La verdad es que no se equivocaron. Cuando la encontraron, ya hacía rato que había fallecido. De hecho, creo que si no murió en el acto, lo hizo poco después.

Por un momento la narración se detiene y parece que Pere se traslade mentalmente a la lejanía de aquel fatídico día de verano. Encarna y yo esperamos en silencio, disimulando nuestra impaciencia como podemos hasta que el médico salga de su estado transitorio por sí mismo y retome el hilo de la historia exactamente donde la ha dejado.

—Trasladaron el cuerpo a Treviu y lo dejaron en la sala anexa al cementerio, donde a veces se habían practicado autopsias, muy rudimentarias, lógicamente, porque solo había un desagüe y una luz amortiguada que apenas te permitía ver las herramientas que cogías. Y tampoco es que estas fueran como las de ahora —dice volviendo a mirarme—. En la actualidad más bien te parecerían herramientas de carpintero o de ebanista. Recuerdo que además hacía mucho calor. Era normal en un pueblecito como este tirar del médico para solucionar rápidamente estos casos, más aún sin saber la identidad de la chica, en plena fiesta mayor, en fin…

Asiento ligeramente con la cabeza para indicarle que entiendo perfectamente la situación y para animarlo a que siga con su relato.

—El caso es que me resultó imposible averiguar con total seguridad si se trataba de un accidente, de un suicidio o… de algo peor. Piensa que para empujar a alguien desde arriba no es necesario hacer excesiva fuerza, porque no hay resistencia que frene la caída del cuerpo, especialmente si se pilla a la víctima desprevenida, así que es difícil encontrar marcas en la piel, como podría haber en caso de asfixia, por ejemplo, para que me entiendas. Por otra parte, la noticia causó tanto alboroto que enseguida la zona donde se había encontrado la maleta se llenó de huellas y de gente que destrozó las pocas evidencias que quizá se habrían encontrado si se hubiera inspeccionado mejor. De todas formas, es un lugar de piedra dura y tierra, excepto la grava de la vía del tren, y eso tampoco facilita que se encuentren restos de huellas o de forcejeos, en caso de que los hubiera habido.

»Ahora, que entonces se actuara de esta forma nos parece una barbaridad, pero en aquel momento no era cuestión de mala fe, sino más bien de ignorancia, de suponer que en Treviu no podía pasar nada tan extraordinario. Así que se asumió y trató como un accidente o un suicidio desde el principio.

»Por lo que pude comprobar, las contusiones y fracturas eran las propias de la caída, hecho que tampoco me aportó información adicional. Tenía heridas en las manos que podían corresponder al intento de agarrarse a matas y piedras durante el descenso, pero me resultaba difícil confirmarlo, y en cualquier caso habrían sido normales en caso de accidente...

—Pero ¡la maleta! —lo interrumpo.

—Exacto. De ahí la teoría del suicidio. Evidentemente, si Olivia se hubiera caído accidentalmente, la maleta habría caído con ella, o al menos no la habríamos encontrado perfectamente en el suelo, al lado de un árbol. Al final, esta es la versión que se dio como oficial.

»Eva contó que la chica había preguntado dónde estaba la parada del correo, y resulta que después había ido en dirección contraria a la que le habían indicado, hasta llegar al puente del Malpàs. Los que se la encontraron por el camino dicen que se la veía nerviosa o despistada, aunque saludó a todos con los que se cruzó moviendo la cabeza o sonriendo. Pero a mí la versión del suicidio no me habría parecido menos plausible que a los demás si no fuera por una cosa que pasó la tarde que hice la autopsia...

»La hice en la habitación que posteriormente se reformó como salita para que el cura se cambiara antes de la misa. Durante toda la tarde recibí muchas visitas de curiosos, en los momentos de descanso que salía al exterior. La gente estaba tan alterada y tenía tanta curiosidad por lo que había pasado que incluso oía las risas nerviosas que los críos no podían reprimir cuando intentaban ver, subidos uno encima de otro desde la pared del cementerio, lo que sucedía a través de la estrecha ventana de ventilación que había en la sala.

Encarna y yo lo miramos, expectantes.

—El caso es que una visita destacó por encima de las demás, y fue la del señor Fabra padre, Ramon. Apareció al atardecer, cuando buena parte de los nervios y del alboroto había amainado, dando paso a la preparación de la cena y el posterior baile. El sol se ocultaba en un cielo rojo, de esos que anuncian vientos, y yo había salido a fumarme un cigarrillo y a respirar el aire fresco de la tarde. Entonces apareció el señor Fabra, con un puro en la boca y las manos detrás de la espalda, con aquella barriga gorda de comer mucha panceta que le deformaba la camisa blanca. El señor Fabra era un gato viejo, y con una pésima salud de hierro. Siempre con el colesterol alto, ¡y bien que fumaba y se ponía tibio de whisky del bueno! Y aun así sobrevivió a su mujer… En aquel entonces ya tenía más de cincuenta años, y yo acababa de cumplir los cuarenta. Se acercó y se apoyó en la pared de la iglesia, al lado de la puerta, observando de reojo a las chicas que preparaban las mesas de la cena en la plaza de abajo. Y me dijo: «¡Qué manera de hacerle pasar el día de fiesta!». Me lo dijo en tono cínico, no se me escapó. Pero con el señor Fabra, y sobre todo entonces, era mejor llevarse bien, porque tenía contactos que podían ser útiles si la Transición no acababa bien. Además, daba trabajo a casi todas las familias de Treviu. Así que me limité a encogerme de hombros y le dije que no me importaba y que lo sentía por la pobre chica. Después me preguntó si se sabía su identidad. Le contesté que no, pero que suponía que con los anuncios en los periódicos alguien la reclamaría. Entonces, él me preguntó qué le había pasado a la chica. Y le contesté: «No puedo decirlo». Y entonces me soltó, con aquella manera suya de hablar, levantando las comisuras de los labios, como si se riera de una broma o de un chiste que solo él sabía: «Yo no perdería demasiado el tiempo. Parece claro que la chica no estaba bien y se tiró por el barranco». Luego dio media vuelta y se fue por donde había venido. Así que aquello me dio mala espina. Nunca ha dejado de dármela…

—¿Y no lo comentaste con nadie? —vuelvo a interrumpirlo, sorprendida por la tranquilidad y el silencio de Encarna a estas alturas de la narración.

—Si hubiera encontrado alguna prueba... Me lo estuve pensando mientras esperaba que apareciera alguien reclamando el cuerpo, alguien que pidiera una investigación más exhaustiva... Pero ese momento no llegó. Una semana después decidimos enterrarla entre todo el pueblo, y nos repartimos los costes de la lápida y una corona de flores. Se convirtió como en una familiar para todo el mundo, sobre todo cuando vimos que nadie aparecía para llorar su muerte. No me atreví a decir nada sobre la conversación con Fabra padre, pero tampoco habría servido de nada sin ninguna prueba que corroborara mis sospechas. Y cuando la enterraron, yo enterré mis dudas con ella. Y quizá, con el tiempo, me habría convencido de que habían sido sospechas infundadas si no hubiera sido por lo que pasó después.

Un largo silencio vuelve a interrumpir la narración. El corazón me da un vuelco porque detecto en los ojos de Pere la duda y la posibilidad de que se retracte. Encarna lo mira atenta, con los ojos clavados en su rostro, serena como no la había visto nunca. Parece que lo anime en silencio. Al final, su mano de dedos gruesos y con algunas manchas en la parte superior se desplaza a la rodilla de Pere. Este movimiento lo saca del estado de confusión en el que se encuentra.

—No sé qué dice la ley ni cuánto tardan en prescribir determinados delitos, pero si lo que voy a contaros sale a la luz... —De nuevo sus ojos clavados en los míos—. Podría meterme en problemas.

—No diré nada si no es estrictamente necesario.

Quizá peco de ingenua al ser tan sincera, pero no me atrevo ni quiero mentirle en esta cuestión.

—Lo que más siento es romper mi promesa de guardar silencio.

Pienso que el hecho de ser médico y estar acostumbrado a guardar la confidencialidad de los pacientes no debe de ayudarle en este dilema.

—Olvido ha muerto —le recuerdo—. En la comisaría de Falgar hay una persona inocente acusada de matarla. Eso quiere decir que el culpable aún está entre nosotros, y seguirá estándolo si no hacemos nada por evitarlo… ¿Quién sabe si volverá a cometer otro crimen?

Un último suspiro parece dar el asunto de las dudas por zanjado y, frotándose las manos nerviosamente, vuelve a arrancar el relato.

—Dos días después de que enterráramos a Olivia, vino a verme Julià, el menor de los Fabra. Tenía muy mala cara. No sé si has visto alguna fotografía suya. Era un chico alto y delgado, de facciones angulosas y piel blanca y fina. Estoy seguro de que a muchas chicas les parecía atractivo —sus ojos buscan ahora los de Encarna, que mueve la cabeza afirmativamente—, quizá de una manera un poco maternal. Aquella mañana tenía unas ojeras azules como sus ojos, y se veía que le faltaba descanso y que algo no iba bien. Yo había sido su médico desde que había nacido. Aquel día de agosto ya había cumplido los veintiún años. Entró en la consulta, que entonces tenía en la sala adyacente a la casa —mira hacia la pared de su derecha— y que ahora utilizamos para guardar trastos casi tan viejos como nosotros… Como decía, entró con los hombros encogidos y caídos, arrastrando los pies. Me dijo que desde hacía una semana le costaba mucho dormir por las noches, que se las pasaba en vela, y me preguntó si podía darle unas pastillas, como las que le había dado a su madre en varias ocasiones, para que se tranquilizara y así poder dormir de una vez. Intenté descubrir qué le provocaba el insomnio, pero no saqué nada en claro. Al principio lo atribuí a un mal de amores o a una trifulca con su padre, con el que nunca se había entendido, probablemente porque tenían un carácter muy distinto. De hecho, Julià era un chico muy sensible, con maneras de actuar muy diferentes de las de su padre. Hasta tiempo después no vi que la coincidencia de su insomnio con la muerte de la chica del vestido azul no era una casualidad. En aquella primera visita le di tranquilizantes para tres noches y le dije que volviera a finales de semana. Al día siguiente vino a buscarme Àgata Fabra diciéndome que habían encontrado a Julià inconsciente en la cama. Se había tomado las tres pastillas de golpe. Le hice un lavado de estómago y se salvó de milagro. Cuando al día siguiente fui a la Casa Gran para hacerle el seguimiento, le fue imposible ocultar los golpes que le había propinado su padre la noche después del incidente, por más que se inventara todo tipo de excusas muy difíciles de creer. Les dije que era imprescindible que lo tuviera en observación inventándome un riesgo de cardiopatía que en realidad no existía, porque en aquel momento fue lo único que se me ocurrió para sacarlo de la casa lo antes posible. Al principio eran muy reticentes, pero al final la señora Fabra accedió, imagino que reuniendo el instinto maternal que en el último momento supo encontrar. No sé si por eso sufrió represalias después, ni si pensó que en todo caso mejor que las sufriera ella que su hijo. Como bien sabe Encarna —le dirige una mirada cómplice, ahora que por fin puede compartir una parte del relato del que también ella formó parte—, Julià se quedó con nosotros alrededor de una semana. A los dos o tres días notamos que había mejorado mucho. El susto del lavado de estómago y la penalización paterna lo habían dejado baldado y por fin había podido dormir todo lo que su cuerpo hacía tiempo que necesitaba. Pero seguía inquieto la mayor parte del día, y yo veía que había algo que se lo estaba comiendo vivo. Al final, tras cuatro días insistiéndole, me confesó que durante la fiesta mayor su padre lo había pillado besuqueándose en la despensa... con el chico de la cuadra. Las consecuencias habían sido terribles para su compañero, al que habían despedido de inmediato, pero mucho peores para él, porque desde entonces su padre le había hecho la vida imposible. No solo lo había insultado, vejado y maltratado, sino que tenía la intención de enviarlo a un reformatorio, donde le «arreglarían la cabeza y volverían a convertirlo en un hombre». Evidentemente, además, lo desheredaría hasta que la transformación fuera del todo oficial y él lo viera con sus propios ojos. Me dijo que su madre lo acariciaba a escondidas durante aquellas terribles noches de angustia y dolor, tanto físico como psíquico, pero, como todo el mundo sabe, nunca se atrevió a plantar cara a su marido. Y fue entonces, después de esta explicación, cuando me preguntó si lo ayudaría a salir de esta situación.

Le dije que sí.

29

Cuando salgo de la casa de los Duran ya está completamente oscuro. La calle está vacía y avanzo sola con la compañía de Laica, los mosquitos y las mariposas nocturnas, que chocan repetidamente contra los vidrios de las farolas de luz amarillenta que iluminan el camino de vuelta a mi casa. Por fin ha dejado de llover.

Aún fascinada por la narración, inhalo con fuerza el aire fresco de la noche.

En la terraza de la fonda no hay nadie. Las noches ya son más frías, y el final del verano empieza a experimentar la soledad propia del resto del año en este pequeño pueblo de montaña.

Estoy a punto de empezar a subir hacia mi casa cuando un pensamiento que no puedo formular, apenas una intuición, me mantiene paralizada.

Mi mirada, que se había detenido en la puerta del jardín de la rectoría, se desplaza ahora hacia el huerto, y un recuerdo, o quizá una idea, lucha con fuerza por formularse en mi cabeza.

Casi sin pensarlo, acabo de cruzar el asfalto que me separa de la puerta del jardín de la rectoría, la abro y avanzo por el caminito que me lleva al huerto.

Aunque la luz de las farolas de la calle Mayor apenas ilumina el lugar en el que me encuentro, la luna casi llena que asoma entre las nubes, que empiezan por fin a disiparse, funciona como una linterna sostenida desde el cielo.

Llego a la zona cercana a la escalera que sube hacia la puerta de la rectoría y observo el huerto a mi derecha.

Empiezo a procesar el instinto que me ha hecho llegar hasta aquí, el recuerdo de algo que me pareció extraño o poco habitual el día que Andreu estaba trabajando en el huerto.

Busco con los ojos la zona en cuestión utilizando las matas de tomateras como referencia. Encuentro una piedra de tamaño superior al de un ladrillo que no recuerdo haber visto aquel día, cosa que solo consigue alentar mis sospechas, porque ¿quién colocaría una piedra grande y pesada en el sitio donde acaba de plantar algo?

Aparto la piedra levantándola con precaución con el pie a falta de un palo de madera, siguiendo, como siempre, las indicaciones de mi abuelo de no levantar piedras con las manos, ni en el río ni en la montaña, para ahorrarme más de un susto. Laica, sentada en el caminito, me mira con curiosidad e inclina ligeramente la cabeza hacia la derecha.

—Será solo un momento —susurro, y me doy cuenta de la extraña impresión que causaría si alguien pasara ahora por la calle y me descubriera arrodillada en un huerto ajeno bien entrada la noche.

Debajo de la piedra solo encuentro la tierra fértil. Diviso, a escasos metros, debajo de la escalera, un grupo de herramientas apoyadas en la pared. Me dirijo hacia allí y, evitando el primer impulso de coger el pico más grande, cojo el pico pequeño de jardinería. Solo puedo utilizar una mano, y así también mi-nimizaré el movimiento y los ruidos que pueda causar.

Vuelvo al huerto y me pongo a cavar penosamente, de la manera más silenciosa posible, un agujero en la zona exacta en la que estaba la piedra hace menos de cinco minutos.

Tengo la sensación de que han pasado al menos diez minutos desde que he empezado a cavar y estoy ya dudando de mi instinto y mis conclusiones precipitadas cuando la luz de la luna me permite identificar la punta de una bolsa de plásti-co en uno de los lados del agujero.

Laica debe de notar mi nerviosismo, porque se levanta y viene hacia mí moviendo el rabo hasta que llega al agujero y mete el morro para inhalar toda la información que le es posible. La aparto con delicadeza y bajo su mirada atenta escarbo con cuidado y con la mano sana la zona donde está el plástico.

La tierra es dura y está húmeda, y el hecho de poder utilizar solo una mano ralentiza mucho el proceso, que se me hace largo y pesado por la incomodidad que supone estar arrodillada e inclinada con casi medio cuerpo dentro del agu-jero. Con el pico grande acabaría mucho antes, pero temo estropear lo que sea que haya dentro de la bolsa de plástico.

Cinco minutos después decido por fin darle una opor-tunidad y lo utilizo a una distancia prudencial para al menos aflojar un poco la tierra densa y apretada de la zona. La estra-tegia funciona, y sale un bloque compacto pegado a un trozo de cemento que me permite por fin identificar el contenido.

Dentro de la bolsa de plástico, sucia de tierra húmeda, distingo un libro o una libreta gruesa de tapa dura de color verde oscuro.

Después de volver a meter toda la tierra en el agujero, aplanarla, colocar la piedra en el mismo lugar en el que estaba y dejar las herramientas en su sitio, me marcho deprisa y muy nerviosa hacia mi casa escondiendo la bolsa que contiene el libro viejo debajo de la chaqueta.

En cuanto llego, saco el libro de la bolsa y empiezo a inspeccionarlo.

En las tapas duras, desgastadas por el paso del tiempo, no consta ningún título. En la primera página encuentro una fecha y una localización escritas a mano:

1977 — RECTORÍA DE TREVIU

Paso la página y leo otra fecha, la del día 27 de abril de 1977, acompañada de un texto escrito a mano. Se trata, sin duda, de un diario escrito por alguien que vivió en la rectoría o pasó allí mucho tiempo en el año 1977.

El año que murió Olivia.

El año que Pere aceptó ayudar a un chico torturado por la culpa y la angustia, y decidió guardar el secreto durante treinta y ocho años.

Me preparo una taza de té negro con leche y enciendo la chimenea por primera vez, cosa que parece gustar especialmente a Tom y a Laica, que se tumban en la alfombra cercana fascinados por las llamas, que bailan ante sus ojos inquietos.

Me dejo caer en el sillón y apoyo el diario en las piernas.

Me espera una larga noche de lectura.

30

Me despierto con los primeros rayos de un sol débil que lucha por imponerse a la telaraña de nubes finas pero insistentes que han madrugado más que yo. Aunque frágil, la luz ha conseguido colarse por la ventana del estudio, cruzar el arco de la puerta, que está abierta, y llegar a mi rostro, apoyado en una muy mala postura en el brazo del sofá.

Además de la tortícolis que anticipo para los próximos dos días, la mano en la que Pere me puso los puntos anoche me palpita, insistente, como si de un bombo se tratara, con punzadas de dolor recurrentes y constantes, puntuales como unas campanas estridentes que nunca dejan de tocar.

Me palpo el bolsillo delantero de los vaqueros con la mano buena en busca del papel plateado que envuelve las tres pastillas analgésicas que Pere me proporcionó muy amablemente al final de mi visita. «Hoy no te lo parece, pero mañana tendrás la sensación de que te martillean la mano con un mazo», me dijo. El efecto de la anestesia me hizo subestimar la comparación, pero ahora me parece muy acertada.

Tom duerme profundamente, aún tumbado junto a la chimenea, ahora llena de frágiles cenizas. A su lado, Laica, despierta y atenta, vuelve a mirarme con esa cara suya de curiosidad, torciendo levemente la cabeza. Sin duda percibe mi dolor y mi intranquilidad.

Me tomo una pastilla con un trago de agua fresca del grifo de la cocina. Me quedo parada delante del fregadero peleándome con la tentación de tragarme otra. Una vocecita lejana pero insistente me desanima, argumentando que es mejor que me presente en la comisaría lo más serena posible. La misma voz me recuerda además que conducir hasta Falgar con una sola mano ya es suficiente incentivo y que no es necesario que complique las cosas con un episodio de narcolepsia a medio camino.

Además, independientemente del comportamiento inexcusable de Agustí Fabra ayer en la carretera de Gascó, debo reconocer que el incidente ha sido un revulsivo: desde ese momento no he tocado ni el Trankimazin ni una gota de Cuervo. Y no porque no me haya apetecido. Así que decido seguir eligiendo las opciones correctas y me guardo las pastillas en el bolsillo.

Pese a la sensación de urgencia por salir de casa, me obligo a tomar un café con leche rápido y a comerme una rebanada de pan con aceite, que caliento en la tostadora mientras el café borbotea y sube a la parte superior de la vieja cafetera metálica. Engullo el pan de pie en la cocina y me bebo el café en dos largos tragos.

Luego cojo los restos de papel de periódico que guardo debajo del fregadero y los utilizo para envolver el diario del cura, que me ha mantenido buena parte de la noche desvelada. No he terminado de leerlo, pero la información que he descubierto deja clara la identidad de los implicados en la muerte de Olivia y, en consecuencia, debería ayudar también a exculpar a Andreu de la muerte de Olvido, sobre todo si, a partir de la detención, la policía consigue que confiesen.

Meto el diario en la mochila amarilla, que me cuelgo a la espalda, y bajo por la calle Mayor sin cruzarme con nadie hasta la era de la casa de los Linus, donde aún tengo aparcado el coche. Estoy a punto de abrir la puerta, con las llaves del coche en la mano buena, cuando me surge la duda de si llevarme a Laica tiene sentido. No la dejarán entrar en la comisaría, y no le gusta demasiado ir en coche.

Paso la mano sana entre el suave pelaje blanco y marrón de la perra y le digo:

—Tú te quedas aquí, Laica. ¡Vete a casa, vete!

Aunque no parece demasiado convencida de mi plan, al final acepta y se dirige lentamente hacia la calle Mayor invirtiendo el camino que acaba de hacer. Sus pasos en el suelo húmedo de rocío son lo único que rompe el silencio.

Ya en el coche, intento cambiar de marcha y coger el volante con la mano sana. No es fácil cruzar la mano izquierda hasta la palanca sin soltar del todo el volante, pero puedo sujetarlo ligeramente con la derecha sin hacer demasiada presión durante el tiempo que necesite cambiar de marcha y mantener al máximo la velocidad durante el trayecto. Como es muy temprano y estamos a finales del verano, no creo que encuentre mucho tráfico de camino a Falgar, así que no debería ser complicado llegar. Por otra parte, rezo para que el bollo del coche sea la única consecuencia de haberlo estampado contra el roble el otro día y funcione al menos hasta que llegue a mi destino.

Después de recorrer la calle Mayor, encuentro delante de mí la Casa Gran. Pero esta vez ya no me provoca fascinación ni admiración. Ahora se me presenta como una fachada presuntuosa encargada de ocultar y contener los secretos más terribles, los comportamientos más reprobables y cínicos de una familia gobernada por un alcohólico que convirtió a todos aquellos que lo rodeaban en la peor versión de ellos mismos, envenenando el ambiente y la vida de los habitantes de la casa hasta el punto de que Olivia acabó muerta entre las piedras del río bajo el puente del Malpàs.

De repente se me aparece la visión de Elvira, solo un día antes, con los ojos desorbitados y aquel papel húmedo en la mano, apretándolo con una fuerza que parecía que iba a hacerse daño...

Y todo empieza a tener sentido. En mi cabeza empieza a dibujarse una línea de acontecimientos.

¡Cómo me había engañado Andreu! ¡Cómo me había hecho pensar que no sabía nada de la muerte de Olivia! Por eso había dejado la nota en el espejo, ahora no tengo ninguna duda. Yo estaba interfiriendo en su plan, estaba acercándome demasiado y si pillaban a la persona culpable de la muerte de Olivia, él no podría coaccionarla... Porque eso es lo que estaba pasando, ¿verdad? Es evidente que él también había leído el diario de la rectoría, y seguramente, después de descubrir toda la verdad sobre la muerte de Olivia, había decidido chantajear y sacar provecho.

Incluso es posible que al principio los Fabra no se tomaran seriamente las amenazas, y fuera el mismo Andreu —y no unos chicos de Falgar, como él me había contado— quien profanó las tumbas para enviarles un mensaje...

Y había funcionado, pero no como él esperaba. Habían matado a Olvido, porque habían deducido que era ella quien los estaba chantajeando. Pero cuando los Fabra pensaban que ya lo habían dejado todo atrás y nadie más podría manchar el nombre de la familia, había vuelto a aparecer una nota anónima, una nota que lo único que podía querer decir es que se habían equivocado de víctima... Por eso Elvira estaba tan enfurecida la otra noche: la familia Fabra se había equivocado de enemigo, era evidente que Olvido no tenía nada que ver con las insistentes amenazas que seguían recibiendo después de su muerte. Otra persona era la responsable de aquel chantaje vergonzoso que les había hecho revivir toda la historia de la chica del vestido azul, una historia que ya creían olvidada.

Miro la mochila de tela amarilla, que está en el asiento del copiloto, y un escalofrío me recorre la espalda. Hasta ahora, el descubrimiento del diario y la perspectiva de demostrar la inocencia de Andreu —al menos respecto de la muerte de Olvido— me ha resultado tan estimulante que no he pensado en el riesgo que corro teniéndolo en mi poder.

Pero los Fabra no pueden saber que lo tengo. Nadie lo sabe. Además, su coche no está en la era, lo que quiere decir que quizá incluso se han marchado por fin con el rabo entre las piernas.

Vuelvo a meter primera y empiezo a recorrer los seis kilómetros que me separan de la comisaría de Falgar con el corazón en la boca y deseando que el martilleo de la mano desaparezca de una vez, o al menos que las punzadas de dolor se distancien en el tiempo.

Accedo a la carretera comarcal sin problemas y sin cruzarme con ningún coche durante los primeros ochocientos metros.

Pero se me hiela la sangre cuando llego a la curva anterior al mirador y distingo el Cayenne negro de los Fabra aparcado en el asfalto delimitado para este propósito.

Reduzco la velocidad para ganar tiempo mientras intento discernir las formas y figuras que configuran el paisaje: los muros de piedra y cemento, los pinos altos y densos, apretados unos contra otros, que tapan las montañas por las que en su momento se construyó el mirador. A la derecha está el desvío que baja al pueblecito de Munné, que se encuentra a unos diez kilómetros de carretera estrecha y serpenteante que llega hasta el río. Pero por este camino también se accede al puente del Malpàs a través de un caminito de tierra que empieza en la primera curva de la carretera que baja a Munné y en el que no hay espacio para dejar el coche, lo que justifica la presencia del cuatro por cuatro negro en el mirador y la ausencia de sus ocupantes.

Estoy ya a escasos metros de la entrada del parking del mirador cuando, sin pensarlo, doy un volantazo y aparco a dos plazas de distancia del Cayenne.

Observo a mi alrededor con atención. No hay rastro humano. Absoluto silencio. Solo pinos y un cielo de mañana fresca como una telaraña.

Palpo con la mano buena la parte trasera de los vaqueros solo para corroborar lo que ya sabía: no llevo encima la Star. No me ha parecido apropiado presentarme con ella en la comisaría, y en el momento de salir de casa tampoco he pensado que pudiera necesitarla.

¿No es así como suceden siempre estas cosas?

Aun así, llevo la navaja de mi abuelo. Está un poco oxidada y se atasca cuando intento abrirla con una sola mano, pero llevarla encima siempre me ha hecho sentir más segura, aunque no sé cómo la utilizaría si tuviera que defenderme. Una pistola parece algo más distante y limpio, una solución más cómoda y menos traumática que hundir una hoja metálica afilada y sucia en la carne y los órganos de alguien que supone una amenaza para tu vida. Sea como fuere, y tal como están las cosas, siempre es mejor la navaja que nada. La cojo y la guardo plegada en el bolsillo trasero del pantalón. Después escondo la mochila debajo del asiento del copiloto.

Bajo del coche, cierro la puerta con extrema delicadeza, encogiendo los hombros cuando pulso el botón de cierre automático, y oigo el ruido metálico rompiendo el silencio de las montañas.

Me agacho detrás de la puerta y espero unos segundos escuchando a mi alrededor.

Silencio.

Vuelvo a levantarme y me dirijo sigilosamente, casi de puntillas, al cuatro por cuatro negro. Me acerco muy despacio, con la cabeza medio agachada, hasta que estoy segura de que no hay nadie dentro, ni siquiera tumbado.

Entonces inspecciono el interior. El asiento del conductor está bastante cerca del volante, lo que me hace pensar que la que ha conducido hasta el mirador ha sido Elvira. No tengo manera de saber si Agustí está con ella. Sé que se marchó a Barcelona después del entierro por cuestiones de negocios, o al menos es lo que alegó en el entierro, pero no sé si ha vuelto o no.

El coche está limpio e impoluto por dentro. No hay rastro de botellas de agua o paquetes de clínex en el reposabrazos del copiloto ni en el espacio que está junto al cambio de marchas, en el centro del vehículo. Pero distingo con sorpresa un trozo de papel arrugado en el compartimento inferior de la puerta del conductor. Algunas letras están borrosas, como si se hubieran mojado, y a duras penas puedo distinguir la palabra *Malpàs*.

Pero ya tengo bastante.

¿Es posible que Andreu, antes de que lo detuvieran, dejara una última nota a Elvira citándola en el puente del Malpàs? ¿Quizá mencionando el lugar en el que debía dejar el dinero que le pedía a cambio de su silencio?

Elimino en la medida de lo posible todos los juicios que se presentan en mi cabeza respecto de la actuación de Andreu: el hecho de que durante todo este tiempo haya sabido quiénes eran los responsables de la muerte de Olivia, y por extensión también de la muerte de Olvido, y lo haya mantenido en silencio; que en lugar de delatarlos haya decidido sacar provecho.

Decido seguir los pasos de los Fabra.

Sea lo que sea lo que han ido a hacer allá abajo, es probable que sea incriminatorio, y si puedo grabarlo con el móvil, sería una buena prueba complementaria de su culpabilidad, junto con el diario del cura.

Sin duda, Andreu tendrá que dar las explicaciones correspondientes relativas a la nota y al chantaje, pero en estos momentos no quiero preocuparme de eso.

Miro el móvil: solo una barra de cobertura y más del setenta por ciento de batería. Tengo bastante para grabar lo que esté pasando en el puente del Malpàs.

Decidida, empiezo a bajar en silencio la carretera asfaltada hasta que llego al camino de tierra y avanzo hacia el lugar en el que Olivia pasó sus últimos minutos de vida.

31

Avanzo a buen paso por el camino de tierra aún embarrado, lo que me permite confirmar que no soy la única que lo ha transitado recientemente. Distingo las huellas de un pie de número similar al mío, que ya he visto antes mezcladas con otras en el río, muy cerca del lugar donde apareció muerta Olvido.

La ausencia de huellas de un pie ligeramente mayor me hace pensar que Elvira ha asistido sola a la reunión, al pago o a lo que sea que haya ido a hacer al puente del Malpàs. Aun así, hay otros caminos y maneras de acceder, así que no puedo estar segura.

Cinco minutos después llego al punto en el que las viejas vías de tren se cruzan con el camino de tierra, y giro a la izquierda siguiendo su dirección, saltando alternativamente las traviesas de madera intercaladas entre los raíles de acero y la vegetación silvestre que se ha impuesto durante los casi cuarenta años que han pasado desde el accidente que cerró las minas para siempre.

Intento recordar la última vez que estuve aquí. Mis abuelos me traían de vez en cuando, porque me fascinaban los vagones viejos y abandonados, y el cambio de agujas, que yo misma podía empujar con las manos, aunque siempre con la ayuda de mi abuelo, porque entonces no tenía la fuerza suficiente... Imaginaba que cuando la luz del día empezaba a atenuarse y llegaba la noche, en aquellos vagones se reunían los fantasmas de todos aquellos que habían muerto en el accidente de 1977. Entonces se contaban historias de su vida pasada a la luz del fuego, que encendían porque les gustaba la calidez y el color rojo y naranja de las llamas retorcidas con las ramas y el carbón que ellos mismos seguían extrayendo de aquellas minas que nunca habían dejado de ser su casa, y que ya no suponían ningún peligro para ellos.

Recorro la vía y observo a mi alrededor inhalando el frescor que emana de las hojas puntiagudas de los pinos, en las que aún hay gotas de la lluvia de ayer; del musgo, que crece, constante, en las cortezas de los árboles, escuchando el latido de las alas de los cucos y poniéndome en la piel de Olivia en su último día de vida.

Desde que alguien había abierto la tumba y había vuelto a exponer los fantasmas del pasado ante los ojos de todos los habitantes de Treviu, las preguntas me habían dado vueltas en la cabeza cada día y cada noche. Y de ahí había surgido la necesidad de escribir, de encontrar una explicación. ¿No escribimos por eso? ¿Para entender el mundo que nos rodea? ¿Para encontrar y dar sentido a las personas que habitan en él, a las cosas que hacen y a sus motivos para hacerlas?

Me doy cuenta de que desde la muerte de Olvido he olvidado completamente la posibilidad real del reportaje para la revista, la posibilidad de reconstruir mi vida anterior, ahora que Jan está interesado. Aun así, la idea ya no me resulta tan tentadora, y un nuevo concepto va dibujándose en mi cabeza.

Pero el recuerdo de mi último intento fallido de comportarme como una heroína rompe estos pensamientos, y de repente me apetece beberme una botella entera de Cuervo, alienarme y echarme atrás. Y surge entonces una nueva angustia, probablemente avivada por el mono de alcohol y pastillas, que, sumado a los nervios por la situación y al dolor insistente en la mano derecha, me obligan a sentarme en el suelo y apoyarme en la corteza de un pino.

Respiro hondo para recuperarme de las dudas que me invaden en estos instantes. No debería estar aquí. ¿Quién me he creído que soy? ¿Qué pretendo hacer? ¿Efectuar un arresto civil con una vieja navaja? ¿Llevar a la persona (o personas) arrestada bajo amenaza hasta mi coche y de allí a la comisaría de Falgar? ¿A las mismas personas que no han tenido ningún problema en cargarse a Olivia y después a Olvido, y que harán lo mismo con cualquier otro que se les ponga por delante?

Las imágenes del rostro de aquel chiflado saltando sobre mí, la sensación de tener fuego en las costillas y sentir como si mil perdigones me perforaran el cuerpo entre gritos que no entendía, y la cara de pena y culpabilidad de Levy cuando abrí los ojos en el hospital sustituyen la visión de los pinos y el canto de los pájaros junto al puente del Malpàs. Ya la fastidié una vez. Es muy probable que ahora vuelva a hacerlo. ¿Y para demostrar qué? La inocencia de Andreu. Ni siquiera estoy segura de que se lo merezca. Y de todas formas podría haberlo hecho llevando el diario a la comisaría y alertándolos sobre la presencia del coche de los Fabra en el mirador... Aunque entonces es posible que ya no estuvieran, que hubieran desaparecido para siempre.

Y esta es la idea que no puedo soportar: que los malos se salgan con la suya.

Este último pensamiento, la posibilidad de la injusticia, es lo que al final me ayuda a centrarme y a arrinconar las demás dudas en un lugar lejano y por ahora inaccesible del cerebro, lo que me permite recuperar la poca confianza que me queda y volver a ser una persona más o menos operativa.

No es necesario que interfiera en nada de lo que pase. Solo tengo que grabarlo por si sirve como prueba. Lo más probable es que Andreu pidiera una suma de dinero y los interesados hayan ido con la intención de entregarlo o de acabar con la persona que los chantajea, que sin duda habían pensado que era Olvido.

Pero Andreu está en la comisaría de Falgar. Por lo tanto, lo más seguro es que lleguen a la zona, la inspeccionen, vean que no hay nadie y dejen el dinero. Quizá después decidan esperar, escondidos, para ver quién pasa a recogerlo, lo que solo serviría para ganar tiempo y que, una vez avisada la policía, esta pudiera localizarlos más fácilmente.

En cualquier caso, no es necesario que sean conscientes de mi presencia.

Dejo de abrazarme las rodillas y las flexiono para volver a ponerme de pie y reanudar el último tramo del camino que forman las vías.

Poco después acelero el paso cuando, a escasos metros de mi destino, empiezo a distinguir entre los pinos densos y apretados que me separan de la entrada del túnel una figura humana, quieta e imperturbable, apoyada en la piedra del muro del puente.

Así que ha venido sola.

Mejor.

Sigo avanzando evitando la vía del tren, que ofrece poca protección, y me desplazo lateralmente entre los pinos y las matas de boj procurando no pisar ninguna rama u otro objeto que pueda delatar mi presencia hasta que decido detenerme a una distancia prudencial, escondida detrás de una mata y con la cámara del móvil grabando la escena.

Apoyada en el muro de piedra que forma la barandilla del puente del Malpàs, Elvira espera, paciente, acompañada de una bolsa de piel negra. Imagino que debe de estar llena de dinero, sin que eso suponga que ella tenga la intención de dárselo a alguien. Al menos no de forma definitiva.

Pasan unos minutos, que se me hacen muy largos, en los que dudo muchas veces si dejar de grabar y reservar la batería que queda para lo que pueda venir después.

Al final, con los ojos fijos en la oscuridad impenetrable del túnel, que está a unos escasos treinta metros de su localización, Elvira empieza a hablar en tono claro y alto:

—¡Venga ya! ¡No hace falta que te hagas de rogar tanto! Tan valiente que parecías con tus amenazas…

En esta última frase hay cierto matiz de desagrado, aunque la diga con una sonrisa forzada y grotesca en los labios. Silencio.

—No pretenderás que vaya a buscarte… ¿No quieres tu dinero? ¡Con lo que has insistido estos últimos días! Pues ven a buscarlo. No pienso llevártelo a tu cueva. ¿No te han enseñado que esconderse es de cobardes?

Ahora el desprecio es patente y evidente, sin matices.

La última frase surte efecto, y una figura alta y robusta se define entre el juego de luces y claroscuros que dibuja la entrada de la cueva.

Si aún no lo tenía claro, la voz que emana de la figura acaba de convencer a Elvira de que no se trata de Andreu.

En el momento en que reconozco la voz, entiendo la gravedad de lo que está a punto de pasar.

—No quiero tu dinero para nada.

Y el rostro surge a la luz temprana del día.

Puedo leer en las caras de los dos lo que están sintiendo: Elvira tarda menos de dos segundos en reconocer esas facciones angulosas y esos ojos profundos y azules, a pesar del paso de los años.

Él, el hombre de la cazadora marrón y el pelo ondulado, experimenta en todo su cuerpo el placer que le produce la sorpresa y la confusión de Elvira. Y no solo eso. Hay algo más en los ojos verdes, abiertos y redondos como dos ovnis que surcan el espacio: miedo.

—Pero tú… —murmura ella.

Y aunque su voz es entrecortada, casi un rumor, a Julià no se le escapa el movimiento que ejecuta su brazo derecho, y la mano que palpa la cubierta de la bolsa de piel negra que le cuelga del hombro. Así que él levanta el brazo y la mano izquierda, que hasta ahora había mantenido paralelos al cuerpo, y forma un ángulo recto con los brazos mientras con la otra mano sujeta el guardamanos de una escopeta.

—Ni se te ocurra —le ordena en tono tranquilo y firme.

Luego avanza lentamente, manteniendo la posición, hasta llegar a un metro escaso de donde está ella.

—La bolsa. Quítatela despacio y lánzala al suelo.

Ella parece reacia a obedecerlo, pero un movimiento de cañón acaba de persuadirla. Elvira deja que la bolsa se le deslice por el brazo hasta llegar a la mano, y luego, cogiéndola por el asa, la lanza a unos tres metros de distancia, en el puente.

—Así que todo fue un montaje —dice mirándolo fijamente a los ojos.

—No hemos venido aquí a hablar de eso.

—¿Ah, no? ¿Y qué hemos venido a hacer entonces?

Su tono es condescendiente y desafiante, y por primera vez tengo la sensación de conocer a Elvira de verdad. La Elvira no contenida, la que no está representando un papel. Una mujer llena de odio y amargura capaz de cometer un asesinato sin pestañear.

—Hemos venido a hacer justicia. Justicia poética, Elvira. Verás: lo que pasará es que subirás a este muro de piedra y te tirarás abajo. Y aunque eso no arreglará la muerte de Olvido, ni la de Olivia, ni siquiera la vida que yo habría podido vivir si no hubiera tenido que fingir mi propia muerte, al menos pagarás por lo que has hecho. Aquí y ahora.

La explicación de Julià corrobora mis sospechas anteriores, y de repente me quedo paralizada. Me debato entre intervenir o dejar que Julià siga con su plan. Puedo ponerme en su lugar perfectamente. Creo que yo, en su caso, haría lo mismo. Pero eso no quiere decir que lo defienda como manera de actuar socialmente aceptable. La única gracia de los humanos es que sabemos lo que podemos llegar a hacer y establecemos normas de control social para evitarlo.

Me pregunto si no ha pasado ya demasiado tiempo y el asesinato de Olivia ha prescrito. Como no se ha investigado en todos estos años, algo dentro de mí me dice que, por absurdo que parezca, es muy probable que la justicia de este país considere que Elvira no puede ser juzgada por la muerte de Olivia treinta y ocho años después. Aun así, sí que puede ser juzgada por la de Olvido, pero la palabra *circunstancial* me da vueltas en la cabeza como una amenaza. Empiezo a intuir que es posible que nunca vuelva a darse una oportunidad de hacer justicia como la que está produciéndose ahora mismo ante mis ojos.

Sin ser consciente de haber tomado la decisión, como si no fuera responsable de mis actos y sorprendida por mi iniciativa, me levanto y salgo de mi escondite.

—¡Espera! —grito mirando a Julià.

Mi voz los asusta a los dos, que tardan un par de segundos en digerir mi presencia.

Elvira me mira con rencor, como si fuera otro problema molesto que solucionar. Julià desvía los ojos de la figura que tiene delante, solo un momento, para escrutar mi rostro, en el que busca algún rasgo característico que le permita reconocerme, pero no lo consigue.

—Esto no es asunto tuyo, chica —dice volviendo a mirar a Elvira—. Vete y no compliques más las cosas.

—Sí que es asunto mío. Sé lo que ha hecho Elvira, y tengo pruebas que demuestran que…

Justo en ese momento, Elvira, en un gesto que me sorprende por su rapidez y agilidad, aprovecha para avanzar hacia Julià y golpear el largo cañón de la escopeta con la suficiente fuerza para que se le caiga de las manos y vaya a parar al suelo de piedra del puente.

Luego se abalanza hacia ella con la intención de cogerla, pero Julià es lo bastante rápido para darle una patada y apartarla de su radio de acceso, lo que la hace deslizarse pesadamente cinco o seis metros en mi dirección.

Corro hacia la escopeta y la cojo a tiempo para evitar que ninguno de los dos se haga con ella, porque se han quedado a un par de metros de donde me encuentro, forcejeando y empujándose mutuamente mientras corrían hacia el arma.

Respiro hondo y recuerdo las explicaciones de Levy la primera vez que cogí una pistola. Pero esto es una escopeta de caza, mucho más grande y pesada que mi Star de 9 mm y con el gatillo bastante más duro. Deseo con todas mis fuerzas no tener que utilizarla, porque no tengo claro que el tiro no me salga por la culata. De momento la sujeto con la máxima seguridad que puedo aparentar, como si cogiera la escopeta de balines con la que a veces disparo con mi padre, y apunto a las dos figuras alternativamente.

—¡No os mováis! Quedaos donde estáis y separaos.

Los dos me obedecen a regañadientes. Elvira me observa, escrutadora y pensativa, lo que me incomoda mucho. Ignoro su mirada viperina, que va acompañada de cierta condescendencia, y me dirijo a Julià:

—Me llamo Martina. Llevo más de tres semanas investigando la muerte de la chica del vestido azul y…

Por su mirada perdida, soy consciente de que no me está escuchando. Solo está pensando en cómo volver a conseguir la escopeta y acabar de una vez lo que ha venido a hacer.

—Julià, escúchame. —Doy a mis palabras toda la determinación y asertividad de las que soy capaz. Me doy cuenta de que pronunciar su nombre ha conseguido que me dedique toda su atención por primera vez—. Nadie tiene que enterarse de lo que ha pasado aquí. He descubierto un documento que explica lo que le pasó a Olivia. Lo escribió un cura en el año 77, y si conseguimos encontrarlo, él podrá confirmar lo que sabe ante las autoridades, y entonces…

—Todo esto es muy complicado, chica. Además, yo mismo podría testificar lo que pasó, si no fuera porque legalmente estoy muerto.

—¡Venga, hombre! —exclama Elvira—. ¿Cómo vas a testificar? No sabes nada de lo que pasó, ni cómo…

—Cuando volviste de reunirte con ella en este puente en el que estamos ahora y contaste a mis padres lo que habías hecho, no estabais solos, Elvira. Yo también estaba. Lo escuché todo.

—¡Es imposible! ¡En aquella habitación solo estábamos nosotros tres!

—Parece mentira que, después de convertirte en la señora de la casa, sigas conociéndola tan poco como el primer día que la pisaste. Entre las paredes de la Casa Gran hay al menos tres habitaciones secretas. Las construyeron durante la guerra para que los hombres de la familia, con la valentía que los caracteriza, se escondieran para evitar luchar con ninguno de los dos bandos. Aquellas habitaciones eran muy útiles para las reuniones con mi mejor amigo, ya me entiendes. Hay una contigua al despacho de mi padre. Se oye todo a través del conducto de ventilación.

—¡Rata cobarde, escondida detrás de las paredes!

—¡Basta! —grito—. Andreu también puede testificar. Si no la juzgan por la muerte de Olivia, lo harán por la muerte de Olvido. No es necesario que te expongas. Solo tenemos que llevarla a las autoridades y…

—Lo siento, chica. Tu intención es buena, pero no es suficiente para mí.

—Lo que quieres hacer te convierte en un asesino. ¿Es así como quieres pasar el resto de tu vida? ¿Por culpa de ella?

—No me importaría. Aunque, créeme, haría todo lo posible por seguir desaparecido como hasta ahora.

Y cuando dice esta última frase, la mirada se le vuelve dura y resolutiva.

—Haz lo que tengas que hacer —lo interrumpe Elvira mirándolo, desafiante—. No dejes que esta niña sea la excusa para actuar como el cobarde que eres, ¿o es que crees que es capaz de disparar un arma? ¿La has visto bien?

Enderezo el brazo izquierdo, con el que sujeto el guardamanos de la escopeta, porque apenas puedo hacer fuerza con la mano derecha. Me duele de aguantar el peso, y la firmeza con la que sujetaba la empuñadura y el gatillo al inicio se ha convertido en un temblor visible y constante.

El cansancio y la angustia acumulada en los últimos días me sube por las piernas y va instalándose progresivamente en el resto del cuerpo. Estoy confundida y poco convencida de mis argumentos, pero no me veo capaz de darle el arma a Julià y presenciar cómo lleva a cabo su plan.

—No, sin duda esta niña no es capaz de disparar ni a una mosca —sigue diciendo Elvira con su voz aguda, que sale de una sonrisa llena de desprecio, y empieza a avanzar muy despacio hacia mí con la mirada clavada en mis ojos.

—¡Quédate donde estás! —grito, airada, aunque soy consciente del tono de desesperación que ha acompañado mis palabras.

—Mira cómo le tiembla la mano… Mira cómo jadea. ¡Está a punto de darle un ataque de nervios! ¡Niñita de los cojones, tenías que meterte en este asunto sin que nadie te lo pidiera!

—¡Te juro, Elvira, que si das un paso más te disparo!

Pero mis palabras le entran en los oídos sin causarle el menor efecto, y sigue avanzando lentamente, como una serpiente constante y decidida, haciendo eses y sonriendo a su presa, hasta que llega a poco más de tres metros de distancia de donde estoy.

Respiro hondo, aprieto la culata contra mi hombro para evitar al máximo el retroceso en el momento en que dispare e intento ignorar las crecientes punzadas en la mano.

—No volveré a decírtelo, Elvira.

Separo un poco las piernas y reparto el peso del cuerpo con las rodillas semiflexionadas.

—¡Oh, si parece que lo intentará y todo! Mira cómo se posiciona, cómo apunta… ¿Y qué estoy oyendo? ¿El pestillo de seguridad? No habría apostado ni un céntimo a que sabías hacerlo…

Dejo de mirarla a los ojos y apunto con la mirilla a su pierna derecha.

Aprieto el gatillo con todas mis fuerzas.

La bala sale por el cañón con una potencia superior a la que esperaba, lo que provoca que la culata se me clave en el hombro y el retroceso me empuje violentamente hacia atrás. La consecuencia es que la bala destinada a su pierna acaba pasando a escasos centímetros de su oreja derecha y resulta inofensiva, y la escopeta se me cae de las manos en el momento en que me doy cuenta de la ineficacia de mi actuación.

Elvira, haciendo gala de su agilidad recién descubierta, se abalanza hacia ella y llega solo unos segundos antes que yo, pero tiempo suficiente para cogerla.

Lo veo en su rostro, en sus ojos: esta vez no habrá frases de desprecio. Solo soy una mosca que tiene que aplastar para seguir con sus planes, y no tiene tiempo que perder.

Nunca habría pensado que esta historia podría acabar así, que mi decisión en el mirador podría ser la más determinante y letal que tomaría en mi vida.

Todos estos pensamientos, mis miedos y las imágenes de las personas a las que quiero me invaden la cabeza sin orden aparente. Busco, entre los recuerdos y la confusión, una manera de salir de esta situación sin tener que dejarme la vida, pero soy incapaz de pensar.

Y es entonces cuando, de repente, la mano de Julià aparece detrás de Elvira y le asesta un golpe en la cabeza con una piedra del puente del Malpàs.

Ella, con el rostro compungido de sorpresa y dolor a partes iguales, se tambalea con las piernas débiles durante dos o tres segundos, y después cae con todo su peso, de lado, como si de una baraja de cartas se tratara.

La misma mano que le ha asestado el golpe mortal se dirige entonces a mí, ahora vacía, ofreciéndome ayuda para levantarme.

—No hay tiempo que perder, chica. Tenemos trabajo.

32

—¿Y dices que esto —me pregunta el policía de la barba levantando la mano izquierda, en la que sostiene una libreta gruesa de tapa verde oscura y vieja, mientras sus ojos me escrutan, incrédulos— lo has encontrado aquí, en el muro del puente?

—Justo aquí, en la barandilla. He visto que había algo desde la cueva y he venido a ver qué era. Y entonces ha sido cuando he descubierto que abajo estaba…

—El cuerpo —me interrumpe—. Sí, eso ya nos lo has contado. ¿Y puedes recordarme otra vez, por favor, por qué estabas aquí?

—Pues porque aunque hice creer a todo el mundo que no estaba escribiendo sobre la chica del vestido azul, sí que estaba haciéndolo, y quería volver a ver el lugar donde había muerto. Para mi reportaje.

—Me parecen demasiadas coincidencias. ¿A ti no?

—¡Claro que sí! Estoy fascinada con la relación de los acontecimientos. ¡Imagínese si no hubiera sentido la necesidad de venir aquí hoy, ¡cuánto tiempo podríamos haber tardado en descubrir el cuerpo!

—Y esto —vuelve a levantar el diario—, evidentemente, aunque sabías que no podías hacerlo, debes de haberlo leído.

Agacho un poco la cabeza fingiendo vergüenza.

—Tiene que entender la situación en la que me encontraba. Justo veo el cuerpo, allá abajo, y la libreta aquí arriba... Además, tenía que esperar a que vinieran, y no he encontrado mejor manera de pasar el tiempo que...

—Sí, claro, claro.

—Encontrará un contenido muy interesante, agente. Es prácticamente una declaración de culpabilidad, mucho más interesante que una nota de suicidio.

—Ya lo he leído por encima y me he hecho una idea, gracias. Me parece que estás muy poco afectada para haber encontrado el cadáver...

—No me da ninguna pena que una asesina haya decidido acabar con su vida después de tantos años y de los muertos que ha causado.

Mi voz ha salido dura y con un tono de enfado imprevisto, una actitud que nos ha sorprendido tanto al policía que me está interrogando como a mí misma, al menos en este contexto, que más bien llama a la prudencia. Pero aún puedo ver los ojos fríos y llenos de desprecio a punto de dispararme, aquella sonrisa malévola y amarga. Un escalofrío me recorre la espalda, y de repente tengo ganas de irme a casa, meterme debajo de la ducha y pasar la noche acurrucada frente al fuego. Y quizá servirme una copa. Pero solo una.

—¿Muertos? En este diario solo se dice que admitió haber matado a la chica del vestido azul, según un testigo que hace muchos años que ha muerto.

—Hable con Andreu. Él le contará que tiene motivos para pensar que también mató a Olvido.

—Qué casualidad, justo la muerte de la que se le acusa a él.

—¿Puede recordarme, si es tan amable, de dónde salió la pista que los llevó hasta él, agente?

—¿Sugieres que la nota anónima que lo situaba en el molino en el momento de la muerte la proporcionó Elvira para inculparlo?

—Comparen la letra. Estoy segura de que encontrarán suficientes documentos en la Casa Gran para hacerlo. Y comparen también las demás huellas que encontraron en el río con todo el calzado que encuentren de Elvira. Estoy convencida de que verán coincidencias.

—Si tienes razón, ¿por qué Andreu no dijo nada? ¿Por qué no acudió a nosotros para que la detuviéramos?

—No puedo hablar por él, pero pondría la mano en el fuego a que no lo hizo porque su intención era vengarse.

—¿Matarla?

Me encojo de hombros.

—En cualquier caso, no se puede juzgar a nadie por pensar en cometer un crimen, ¿verdad? Al menos mientras no lo ejecute. Y sinceramente, creo que ya tienen bastante trabajo con lo que tienen aquí.

Miro hacia abajo, donde un equipo de agentes colocan el cuerpo de Elvira en una camilla.

—¿Por qué iba a suicidarse una persona que ha aguantado durante tantos años con el asesinato en su conciencia? Sobre todo si, como dices, ha cometido otro para mantener oculta su culpabilidad. No tiene ningún sentido.

—No sé si tiene sentido o no. Lo que sé es que si tiene forma de pájaro, tiene plumas y pía, probablemente sea un pájaro. Por otra parte, es absurdo buscar una explicación al comportamiento de personas como Elvira —miento—. Es evidente que no se guían por los mismos códigos de conducta que nosotros. Y ahora, si no tiene más preguntas, me gustaría irme a casa y darme una buena ducha caliente.

Me levanto del muro de piedra con la intención de despedirme definitivamente.

—Por cierto, ¿qué te ha pasado en la mano? —me pregunta.

—Me caí ayer volviendo del entierro. El suelo resbalaba muchísimo.

—Quizá deberías ir a que te lo vieran…

—Me lo curó ayer Pere Duran. —Y después de un silencio, añado—: ¿Puedo marcharme ya?

—Sí, claro. Pero asegúrate de que estás localizable.

—No tengo intención de moverme de casa. Si me necesitan, allí me encontrarán.

—¿Mucho trabajo?

Por primera vez se le dibuja en la cara una media sonrisa, y solo por un segundo tengo la sensación de que en realidad sabe mucho más de lo que me ha dejado entrever cuando me hacía las preguntas.

—Bastante, tengo una historia por escribir. Lo bueno es que ahora ya sé el final.

Me despido del policía de la barba con una sonrisa y lanzo una última mirada al puente del Malpàs antes de darle la espalda y dirigirme a mi casa.

Al bajar del coche distingo, a través de los lirios que adornan la parte superior de la fuente del tronco, una figura de espaldas y con las manos en los bolsillos. Está en la era de la Casa Gran, intuyo que con la mirada clavada en las viejas piedras que forman la estructura centenaria. La reconozco de inmediato.

—¿Rememorando viejos tiempos? —le pregunto a Julià cuando llego a su altura.

—Podría decirse que sí. Tampoco hay tantas cosas buenas que rememorar. Entre mi padre y Elvira consiguieron hundir la familia en un pozo de desdichas.

—¿Cómo sabías que Elvira estaría en ese momento en el puente del Malpàs?

—Había quedado con ella. El día del entierro le dejé una nota en la puerta de la Casa Gran diciéndole que sabía la verdad y que era hora de que pagara por lo que había hecho. No podía soportar que volviera a salirse con la suya después de matar a Olvido…

Así que Andreu no le había seguido haciendo chantaje después de la muerte de Olvido, pero Elvira había pensado, erróneamente, que la nota era suya. Quizá no me había equivocado tanto al juzgarlo y aún no está todo perdido…

—¿Cómo supiste que había sido ella?

No tendré más oportunidades de obtener respuestas a mis interrogantes, así que debo aprovechar para aclararlos antes de que se haga el escurridizo.

—No lo sabía, pero lo sospechaba. Lo confirmó, autoinculpándose, cuando se presentó a la cita con el dinero.

Asiento con la cabeza.

—Pere… —empiezo a preguntarle.

—Ha sido mi único contacto directo desde que me ayudó a fingir que había muerto, el único que sabía dónde encontrarme en caso de emergencia. De hecho, fue él quien me avisó de la muerte de Olvido.

—Pero ella sabía que estabas vivo… Encontré unas cartas en la Casa del Molí que…

—Sí, sí que lo sabía. Pero los remitentes de las cartas que mandaba a Olvido eran falsos. No quería buscarme problemas si alguien las encontraba.

—¿Y Àgata también sabía lo que pasó?

—Sí, aunque me arrepiento de habérselo contado. Habría tenido una vida mucho más feliz si la hubiera mantenido en la ignorancia. Pero en aquel momento me pareció que debía avisarla antes de, digamos, desaparecer y dejarla en esta casa llena de secretos y mala sangre. —Tras un breve silencio durante el cual observa el edificio, que se alza, imponente, delante de él, añade—: Las pocas veces que he estado aquí entre mis viajes, por decirlo de alguna manera, siempre he venido hasta la entrada del pueblo, casi siempre de noche, para no exponerme a que me reconocieran. Pero nunca había sido capaz de acercarme tanto como ahora. Tengo la sensación de que tanto la casa como yo somos por primera vez un poco más libres, si algo así es posible.

Luego se mete la mano en el bolsillo de la cazadora de piel y saca un papel amarillento de textura granulada doblado en un rectángulo.

—Toma —me dice tendiéndomelo—, he pensado que te gustaría ver su rostro ahora que ya has descubierto su identidad. Pensaba dejártela en el buzón antes de marcharme.

Desdoblo el papel y reconozco inmediatamente el rostro de Olivia, la esencia de todo lo que me han contado concentrada en un bello esbozo de trazo sencillo y limpio hecho con carboncillo negro.

—Gracias —le digo, intentando contener la emoción en la garganta. Y a continuación, mirando la Casa Gran, añado—: Podrías quedarte, ¿sabes? Tu hermano la ha puesto en venta hace poco, pero aún no ha encontrado comprador.

—Es tentador, pero no puedo reaparecer ahora, después de tanto tiempo. Tarde o temprano alguien me reconocería, y no puedo arriesgarme a que la policía me descubra. —Y tras un silencio añade—: No. Ya no hay nada que me ate a este lugar. No después de la muerte de Olvido.

—En eso te equivocas —le contesto—. Hay alguien a quien deberías conocer antes de tomar una decisión definitiva.

33

No recuerdo haber visto nunca la cocina de los Linus tan llena de gente.

Además de la mesa redonda de siempre, Linus ha añadido un par de tableros de madera encima de unos caballetes fabricados hace ya mucho tiempo por Samuel, creando así una estructura que casi triplica la capacidad habitual.

La idea inicial era que comiéramos todos en la era, pero un aguacero inesperado nos ha obligado a cambiar de planes y recluirnos en la intimidad de estas cuatro paredes que forman parte de mi infancia, y ahora de mi vida adulta.

El carbón se quema, rojizo, y de vez en cuando escupe alguna llama bajo la vigilancia de Pere Duran, que coloca minuciosamente en la parrilla las costillas y las butifarras previamente salpimentadas. Al otro lado de la cocina, cerca del fregadero, Marian y Encarna terminan de preparar la ensalada.

Me acerco a la nevera, donde Samuel se asegura de que haya suficientes bebidas frescas para todo el mundo. Me recibe con una sonrisa y un abrazo.

—Mi pequeña Momo… —murmura estrechándome en sus brazos—. ¡Sabía que acabarías descubriendo la verdad!

—No lo he hecho sola, ¿sabes? —Sonrío—. He tenido una ayuda privilegiada.

Le guiño un ojo.

—Bueno, se hace lo que se puede.

Cierra la nevera y me da una de las dos cervezas que tiene en la mano.

—¿Y tu padre… estará bien? Marian me lo ha contado por encima, pero no he acabado de entenderlo…

—Estará bien. Estaremos bien. Puede seguir el tratamiento en Falgar y bajar cada dos semanas a Berga para hacer el seguimiento con el especialista. De momento nadie se mueve de aquí.

—Como debe ser —le digo levantando la botella de vidrio para chocarla con la suya con una sonrisa en los labios.

—¡Como debe ser! —me contesta complementando mi gesto.

En la mesa, dos porrones de vino tinto, tres platitos de patatas fritas, aceitunas y dos salseras con alioli esperan, pacientes, que la comitiva se siente definitivamente donde Linus, Samuel y yo compartimos palabras y tragos de cerveza.

—¿Y qué pasó exactamente? ¿Por qué Elvira mató a la chica del vestido azul? —me pregunta Linus.

—Hombre, eso nunca podremos saberlo seguro, porque ninguno de los testigos de esta historia está actualmente vivo —miento—, pero el diario del cura narra con bastante detalle la confesión de Julià, y no veo motivos para ponerla en duda.

—Entonces ¿te basarás en ese diario para escribir el reportaje? —me pregunta Samuel.

—He decidido que no escribiré el reportaje. Escribiré una novela.

—¡Ostras, fantástico! Una novela sobre Treviu… —dice Linus.

—Sí, basándome en el diario, en las conversaciones que he mantenido, lo que he ido descubriendo… y un poco de imaginación.

—Pues tendrás trabajo. Hay muchas cosas que no sabemos exactamente cómo pasaron —me dice Samuel.

—No tantas… A mi modo de ver, la historia de la chica del vestido azul fue más o menos la siguiente: Elvira, procedente de una familia más bien modesta de Berga, había conseguido contra todo pronóstico ganarse la atención de Agustí en una fiesta mayor, un par de años antes. Como se quedó embarazada a los pocos meses de relación, él no tardó en proponerle matrimonio pese a los deseos de su suegra, Carme, que habría preferido que su hijo mayor eligiera un mejor partido, de más alto linaje y con mejor posición económica.

»Durante los dos años que vivieron en la Casa Gran después de casados, Elvira buscó de mil maneras la aprobación de sus suegros, en especial de Carme, pero nunca obtuvo buenos resultados. Hasta que aquella noche, fruto de la visita de Olivia y los acontecimientos que precipitó, vio la posibilidad de ganarse los favores de su suegra para siempre.

»En agosto del 77 Elvira tenía una hija de poco más de un año, y estaba embarazada de cuatro meses. Su único objetivo era vivir tranquila, con un buen estatus, con buenas condiciones económicas… Pero sobre todo que la familia la aceptara por fin, porque no tenía otra. Su madre había muerto durante la guerra, y su padre era un coronel fascista alcohólico y abusador. Aunque esto siempre lo había mantenido en secreto. Nunca hablaba de sus orígenes, y a Agustí le había contado que se había quedado huérfana durante la guerra.

—¿Y cómo sabes tú estas cosas? —me pregunta Samuel.

—No las sé. Me las he inventado —le contesto para justificar la información que me ha proporcionado Julià—. Ya te he dicho que era la historia de la chica del vestido azul según mi modo de ver... ¿O prefieres que me limite a hacerte una lista de las conclusiones policiales y nada más?

—No, no, claro que no. Así es mucho más interesante.

—El caso es que la visita de Olivia resultó ser la oportunidad que Elvira había estado esperando durante aquellos dos años de matrimonio. Por lo que he podido ver en las pocas fotografías de la época, de joven Elvira era una chica bastante atractiva: pelo anaranjado, fino y ondulado, ojos castaño claro y facciones bien definidas, piel de melocotón y cuello alto y delgado. No era una chica guapa, pero sí atractiva y única. Tengo la impresión de que cuando se divertía, su sonrisa debía de ser auténtica y contagiosa. Pero las ganas de satisfacer y gustar a los demás fueron minando su seguridad y enturbiándole el alma hasta que fue aceptada y hacerse imprescindible se convirtió en su único objetivo, y paradójicamente eso la convirtió en una persona gris y amargada.

Los ojos de Linus me indican que mis suposiciones son bastante ciertas.

—La constante vigilancia y reprobación de su suegra, quizá en realidad a causa de las miradas lascivas del señor Ramon Fabra, famoso en toda la comarca por sus aventuras extraconyugales, la obligaban a buscar una manera de conseguir que la familia la aceptara definitivamente. Aunque su amor por Agustí había empezado como una estrategia para conseguir una vida mejor, se había enamorado de él durante los tres años que llevaban juntos, y tolerar la inapropiada mirada de su suegro se había convertido en una labor más que soportable. En realidad, el hombre apenas estaba en casa, y la mitad del tiempo que lo hacía se lo pasaba durmiendo la mona en el sillón de la sala de estar o en su habitación. Su suegra, Carme en cambio, se pasaba el día en la casa, arriba y abajo, dando órdenes a las criadas y vigilando que hicieran todas las tareas con extrema eficacia y atención. Conseguir que ella la viera con buenos ojos se había convertido en el principal objetivo de Elvira, porque aún faltaba más de un año para que terminaran de construir la casa de Barcelona, situada en la zona alta, adonde tenían previsto mudarse cuando Agustí anunciara a sus padres que no tenía intención de seguir viviendo en Treviu ni de ocuparse del alquiler y la gestión del cultivo de las tierras, porque un conocido le había ofrecido que se ocupara de una empresa textil a las afueras de la ciudad. Desde el punto de vista de Elvira, conseguir que los Fabra se sintieran en deuda con ella era la única manera de solucionar todos sus problemas y garantizarse una buena herencia a pesar de que Agustí hubiera decidido marcharse a Barcelona. Por eso, cuando vio la oportunidad de solucionar el problema con Olivia, no se lo pensó dos veces.

Samuel da un trago de cerveza mirándome, expectante.

—Olivia había llegado a Treviu procedente de un pequeño pueblo del norte de España, donde se había criado en el seno de una familia modesta y trabajadora. Cuando abrieron las minas de Falgar, su padre vino a trabajar, como hicieron muchos otros de diversos lugares de España, especialmente de Asturias y Navarra. Y murió en las minas, junto con treinta y cinco personas más, en el accidente del año 77. Sin su aportación económica, que enviaba a casa de forma regular, la familia pasaba por muy malos momentos. Entiendo que ahora ya no debe de quedar nadie vivo, porque, si no, hubieran venido hace pocos días al entierro, habrían conocido el caso de Olivia por la prensa y habrían atado cabos enseguida; y quizás todo hubiera sucedido de otro modo. Sea como sea, Olivia había venido a Treviu con la intención de enfrentarse con el señor Fabra, porque tenía pruebas, que les había hecho llegar su padre, el encargado de la mina, de que el señor Fabra había falseado la renovación de las obras de seguridad de los nuevos túneles de la mina y era el responsable directo del accidente que había causado la muerte de todas aquellas personas. Olivia las había encontrado escondidas al fondo de un armario un mes antes de venir a Treviu.

—¿Es eso cierto? —me pregunta ahora Linus con los ojos muy abiertos.

—Es lo que le contó Julià al cura que escribió el diario.

—Y esas pruebas...

—Estás adelantándote a los acontecimientos. —Sonrío y sigo—: Dada la situación de miseria en la que se encontraba la familia de Olivia, ella había pensado que exigir una compensación por los daños causados a cambio de su silencio era una medida más práctica y eficaz que denunciarlo y esperar años y años a que se hiciera justicia, justo en un momento en el que el sistema institucional estaba configurándose de nuevo y nada estaba claro. Así pues, Olivia acudió a la Casa Gran, seguramente sin que nadie de su familia lo supiese, con la excusa de presentarse como candidata para servir en la fiesta, y en el momento en que se quedó a solas con el señor Fabra en el despacho para hacer la entrevista, le expuso la situación cuando él ya estaba a punto de tirársele encima. Después de un ataque de rabia y frustración en el que rompió varios objetos de la habitación, lo que causó un estruendo considerable que provocó que acudiera su mujer, Olivia les dijo que haría de criada para no despertar sospechas hasta que le dieran una respuesta, al final de la noche, y los dejó solos. Cuando Carme y Ramon estaban discutiendo la situación en el despacho, Elvira los oyó y decidió implicarse, porque no hay nada que una más a las personas que un enemigo común. Y ya habían encontrado uno. Elvira propuso mantener al margen del conflicto a Agustí para evitarle un disgusto y no hacerlo más grande. Fue suya la idea de que fuera ella misma la que entregara el dinero que Olivia había pedido, y de hacerlo en un lugar apartado de la casa, cercano a la estación, para asegurarse de que desaparecería en el mismo tren en el que había venido a perturbar la paz de la familia Fabra. Pero no es eso lo que Elvira había planeado realmente.

»Aquella misma noche se encontró con Olivia y le comunicó que había descubierto, a partir de la discusión entre el señor y la señora Fabra, la implicación del señor Fabra en el accidente de la mina. Se mostró comprensiva y empática con Olivia, y la convenció de la importancia de que la verdad saliera a la luz por el bien de las demás familias afectadas por la tragedia, que tenían derecho a saber la verdad y que se hiciera justicia. Entonces le prometió que la ayudaría y la citó en el puente del Malpàs con la excusa de encontrarse y que ella le proporcionara las pruebas de las que habían hablado sin riesgo de que los Fabra se dieran cuenta.

»Cuando se encontraron en el lugar de la cita, la empujó barranco abajo y se quedó con las pruebas que incriminaban al señor Fabra.

Padre e hijo me observan con los ojos muy abiertos, fascinados por haber descubierto por fin la verdad de esta historia, y seguramente pensando en todas las veces que han hablado o se han cruzado con la vecina que ha resultado ser una asesina.

—Cuando volvió a la Casa Gran, Elvira citó a sus suegros en el despacho y les devolvió la bolsa con el dinero que le habían proporcionado aquella misma mañana para pagar a Olivia. Les dijo que ya no tenían que preocuparse más de ella, que este tema no volvería a salir a la luz. Y que Agustí no debía enterarse de nada, que era un asunto entre ellos. Cuando su suegra la increpó, exaltada al entender que acababa de cometer un asesinato, ella, en tono muy frío y pausado, le hizo saber que mientras nadie dijera nada y se mantuvieran unidos, no habría ningún problema, pero que las pruebas con las que Olivia los había amenazado seguían existiendo, bien guardadas, por si a ella le pasaba algo o la situación familiar se alteraba.

»Y así, desde aquel día, Elvira consiguió ser la persona más poderosa de la familia Fabra… Hasta que treinta y ocho años después alguien descubrió la verdad y amenazó con destruir todo aquel mundo que ella se había creado.

—¿Y dónde están las pruebas?

—Probablemente escondidas en la Casa Gran, o en la casa de los Fabra en Barcelona.

—Pero no nos has contado cómo Julià llegó a saber lo que había pasado —me dice Linus.

—Ah, Julià… Julià también tiene su historia, claro. Era el menor de los hermanos Fabra, un alma sensible, amante de la música, compositor por vocación. Y homosexual. Aunque había mantenido una relación con Olvido, amiga suya desde que eran pequeños y en la que después encontró a una buena confidente que había accedido a seguir haciéndose pasar por su novia para calmar los rumores y sospechas que corrían por la familia Fabra y el pueblo.

»Para Ramon Fabra era intolerable tener un hijo homosexual, porque consideraba que la homosexualidad era una enfermedad inadmisible y deshonrosa para la familia. A Julià no se le escapaba que lo mejor que podía hacer era mantener un perfil bajo y disfrutar de sus aventuras amorosas en la sombra. La Casa Gran era ideal para estos menesteres, porque resulta que tenía pasadizos secretos que su propio padre utilizaba para hacer desaparecer a sus amantes en caso de que se viera comprometido si la mujer llegaba a casa antes de lo previsto las pocas veces que se ausentaba.

—Llevo toda la vida oyendo rumores sobre los pasadizos y las habitaciones secretas de la Casa Gran —dice Linus—, pero ellos siempre habían dicho que no existían...

Asiento y continúo:

—Los construyeron durante la guerra para esconder a los miembros de la familia y evitar así que los obligaran a militar en alguno de los dos bandos. Julià conocía la existencia de estos pasadizos, y a menudo los utilizaba para encontrarse con su amante, el chico de la cuadra. Resulta que uno de estos pasadizos tenía un conducto de ventilación que daba al despacho del señor Fabra. Y por esta razón, la mañana que Elvira volvió de la cita con Olivia, Julià lo oyó todo y se enteró de lo que había pasado. Sin saber cómo reaccionar ni a quién dirigirse, acabó yendo a la iglesia, cosa muy poco habitual en él, y confesó lo que sabía. Una confesión que el cura trasladó después a su diario con la esperanza de que un día la verdad saliera a la luz sin que él tuviera que vulnerar el secreto de confesión.

—Y poco después, el pobre Julià murió en aquel accidente de coche. ¡Qué tragedia familiar! ¡Parece que estas cosas solo pasen en las películas! —concluye Linus.

—Lo que no entiendo —interrumpe Samuel— es cómo el diario del cura fue a parar a las manos de Elvira Fabra. ¿Y la muerte de Olvido qué pinta en todo esto?

—Aquí solo puedo responderte con suposiciones —sigo diciendo—, pero creo que alguien encontró el diario del cura y, en lugar de llevarlo a la policía, decidió sacar beneficio económico haciendo chantaje a Elvira. Creo que el primer contacto con ella no tuvo el efecto deseado y que la persona en cuestión decidió aderezar un poco las cosas y desenterrar unos cuantos huesos de la tumba de la chica del vestido azul para darle a entender a Elvira que no se trataba de una broma. Y creo que Elvira captó el mensaje. También creo que el lugar de entrega del dinero estipulado por esta persona estaba muy cerca del molino, y que eso hizo que Elvira pensara que quizá Olvido sabía más de lo que había dicho hasta entonces. Y probablemente así fuera, porque lo más normal es que Julià, antes de morir, le hubiera contado a su amiga y confidente lo que había pasado. El primer día que fui a verla me dio la sensación de que sabía más de lo que decía, y supongo que Elvira debía de pensar lo mismo, aunque no pudiera imaginarse cómo había obtenido la información. El caso es que decidió acabar con la amenaza, como había hecho treinta y ocho años atrás, esta vez golpeando a Olvido en la cabeza con una piedra.

»Pero resulta que Olvido no era quien le había estado haciendo chantaje. Los muertos no pueden escribir cartas, claro, y tú, Samuel, fuiste testigo igual que yo, después del entierro, de lo histérica que estaba Elvira aquella mañana de lluvia.

De repente veo en los ojos de Samuel el inicio de un razonamiento que se queda atascado, la presencia de aquel hombre al que mencioné y seguí el día del entierro, el parecido de su rostro, de alguna manera, con el de Andreu… Su intuición trabaja, audaz, para encontrar una salida a las dudas que se le acumulan en el cerebro, pero sabe que ahora no obtendrá la información que necesita para resolverlas, aunque sospecha que esta se encuentra en mi poder. Pese a que es tentador, no puedo contarles toda la historia de Andreu y revelar que Julià está vivo. Antes de que se marcharan, les he prometido que no los delataría, y tengo la intención de cumplir mi promesa.

—En cualquier caso —sigo diciendo—, al final Elvira descubrió de alguna manera la identidad de la persona que la chantajeaba y, quién sabe, quizá incluso la mató. Esto no lo sabemos. Sea como fuere, consiguió el diario del cura. Y puede que, después de todo, tuviera por fin algún tipo de remordimiento lo bastante fuerte para considerar que la única salida que le quedaba era el suicidio, la muerte.

—No me cuadra —dice Samuel—. No después de todo lo que hizo.

—Eso mismo me dijo la policía ayer, en el puente del Malpàs. Pero, créeme, Samuel, vi su cuerpo estrellado contra las rocas del río, y el diario en el muro del puente.

—Quizá la cosa no fue como parece —dice Linus con su sonrisa enigmática.

—Quizá no… —le digo en tono relajado y un poco misterioso, como si estuviera burlándome—. ¿Tan importante es?

—Supongo que no —contestan los dos a la vez.

Y sé, porque se lo veo en los ojos, que intuyen la verdad.

—¿Dónde está Andreu, por cierto? —me pregunta Samuel con una sonrisa maliciosa—. ¿Ya lo han puesto en libertad?

—Sí, ayer. Vieron que un juego de huellas de las que había en el camino del molino coincidían con un calzado que Elvira había escondido en los establos de la Casa Gran. Por otra parte, confirmaron que la nota anónima que habían recibido justo después de la muerte de Olvido, que apuntaba que Andreu era el culpable, correspondía a la letra de Elvira. Con todo eso y las demás pruebas circunstanciales, la han considerado culpable de la muerte de Olvido. Después de todo el revuelo, Andreu ha decidido irse unos días de viaje.

—¿Solo? ¿No te ha invitado? Creía que entre vosotros había algo…

—Lo había. Pero no ha terminado de funcionar. Aun así, no se ha ido solo. Su padre vino a buscarlo.

—Ya —sigue diciendo Samuel—. Quizá aquel hombre con la cazadora de piel marrón…

—Quizá —le digo, y se me escapa una sonrisa.

—¿De qué habláis ahora vosotros dos? —nos pregunta Linus.

—De nada, papá —le contesta Samuel—. Tonterías. Y entonces ¿no se sabe quién la chantajeaba? —insiste.

—Supongo que hay cosas que están destinadas a quedar indefinidas…

Aunque no apruebo la actuación de Andreu, creo que se merece la oportunidad de rehacer su vida, especialmente ahora que ha descubierto que su padre está vivo.

—En todo caso, me alegro de que todo haya terminado —concluye Linus con una amplia sonrisa—. ¿Y qué piensas hacer ahora? ¿No vuelves a Barcelona?

—No. No se me ocurre un lugar mejor para escribir una novela que aquí arriba.

Y una sonrisa se me dibuja entre las mejillas. Una sonrisa sincera, limpia, como la que se me dibujaba hace muchos años, cuando Marian me preparaba mi café especial. Una sonrisa pura, fruto de la alegría de vivir.

—¿Crees que la publicarán? —me pregunta Linus con ojos ilusionados—. ¡Sería fantástico!

—No lo sé, Linus. Pero sin duda creo que es una historia que merece la pena contar.

Y como si de un texto ensayado se tratara, y esta última frase fuera la señal pactada, Pere Duran, Encarna y Marian se acercan a la mesa con la ensalada y la carne, y se sientan para compartir en familia una de las comidas más deliciosas que he degustado nunca.

AGRADECIMIENTOS

Agradezco su ayuda y colaboración a todos los que han compartido conmigo su talento y sus conocimientos para hacer posible esta novela. Todo error u omisión que pueda encontrarse es indiscutiblemente responsabilidad mía.

A Josep Lluís González, por su generosidad al compartir conmigo sus conocimientos y experiencias, y por responder con paciencia a todas mis preguntas, que nunca son pocas.

Al señor Antonio Rodríguez González, del Grupo Operativo de la Policía Judicial de Granollers, por su generosidad y paciencia al resolver mis dudas, hipótesis y descripciones de armas, que sin duda en algún momento le parecieron descabelladas.

A Rosa Mena y a todos los que formaron parte de la edición de Lectures al Jardí, donde esta novela empezó a ser una realidad. Y al jurado del premio El Lector de l'Odissea 2015.

A Lola Gulias por ser la primera agente literaria que confió en mí. A Silvia Bastos, Pau Centellas y Carlota Torrents, por confiar después. Y a Bernat Fiol, por acompañarme en este nuevo viaje que empezamos ahora.

A Pol Miquel, por hacer realidad el mapa, y a Gerard Miquel, por crear la portada de la novela en su primera edición en Amazon, que sin duda ayudó a que se colocara en los primeros puestos durante los tres años que estuvo allí autopublicada.

A Núria Puyuelo, por descubrir y apostar por la publicación de la novela, y a todo el equipo de Penguin Random House y sus sellos editoriales Rosa dels Vents y Suma de Letras, por hacerlo posible.

A Pol Vilaseca, por enseñarme a diferenciar lo que es trascendente de lo que no lo es, y recordármelo cada día, y por haberme cambiado la vida manteniendo solo lo que realmente importa.

A mis abuelos Guadalupe y Joan, por haberme regalado la memoria de unos veranos de infancia idílica en ese lugar que años después ha inspirado esta novela.

Y a Gerard y a mis padres, Remigi y Pilar, por haberme apoyado siempre en mi insistencia por contar historias y compartirlas con el mundo. Sin duda, sin ellos esta novela no habría sido posible.